KB237073

T. S. 엘리엇 문학과 베르그송 철학

" Henri Bergson' Influence on Time and Memory
in T. S. Eliot' Poems and Plays "

T.S. 엘리엇 문학과 베르그송 철학

양재용 지음

KSI 한국학술정보㈜

이 책은 T. S. 엘리엇(Eliot)의 시와 시극을 베르그송(Henri Bergson)의 작품인 『의식의 직접적인 자료에 대한 에세이』(*An Essay on the Immediate Data of Consciousness*)에 나타난 시간과 기억으로 분석했다. 이 책은 엘리엇에 대한 지식을 가지지 않은 일반인 보다는 문학에 대한 식견이 있는 독자를 위한 책이다. 그러나 전문적인 학자뿐 아니라 일반인들도 볼 수 있도록 쉽게 쓰려고 노력했다.

T. S. 엘리엇은 모더니즘의 문학의 수장이며 창시자이다. 그의 시와 극 그리고 비평을 포함한 문학은 낭만주의 문학이 보여준 한계를 보완하고 20세기 문학에 새로운 지평을 열어주었다. 특히 그는 종교와 철학 그리고 신학과 신화 그리고 과학 그리고 불교나 힌두교의 동양 철학을 두루 섭렵하여, 이런 이질적인 요소들을 그의 작품 속에 이산화황처럼 녹여서 심원한 깊이와 넓이의 작품을 만들었다는 점에서 현대 문학의 예언자다.

이 책이 나오기까지 저의 정신적인 자아를 형성시켜준 김흥호 선생님과 이명섭 선생님 그리고 유병천 선생님에게 감사드린다. 그분들이 없었다면 나에게는 학문의 열정도 미래에 대한 도전도 없었을 것이다. 이 분들은 아직도 나의 선생이며, 학생으로서 배울 수 있는 큰 스승이며, 인격자로서 내가 행복한 근거이다.

엘리엇의 문학과 베르그송의 철학을 공부하는 학생들이 이 책으로 어떤 생각이나 깨달음을 얻고 그의 학문에 발전이 있게 된다면 이 책을 쓴 작가로서 더 큰 행복은 없을 것이다. 특히 외국문학을 공부한 이런 결실이 우리 문학에 조금이나마 도움이 되어 우리 문학의 깊이와 넓이를 더한다면 외국문학을 공부한 사람으로서 보람과 긍지를 느낄 것을 생각하며 오늘도 한 걸음 더 걸어갈 것이다.

목차

I

머리말

베르그송이 엘리엇에 끼친 영향과 두 사람과의 상호 관계를 논한 책이나 논문은 많지 않다. 그것은 베르그송에 대한 엘리엇의 호감이나 생각이 훗날 부정적으로 변했고 엘리엇이 베르그송의 사상을 여러 번 비판했던 것도 다른 하나의 이유일 것이다. 1948년도에 엘리엇은 자신이 영향을 받아서 깊이 빠졌던 "베르그송주의로의 전환은 일시적"(Ackroyd, 20, 40)이었다고 부정적인 선언을 했다. 이런 이유 때문에 대부분의 비평가들은 엘리엇에게 끼친 베르그송의 영향을 그가 파리에 있던 1910-11년으로 한정 짓고 있다. 1916년에 엘리엇은 Oxford University Extension Program에서 베르그송에 대하여 "베르그송의 철학은 근본적으로 신비하고 낙관적이다"(Moody, 1979, 49)고 강연을 한 바 있다. 여기서 낙관적이란 단어의 뜻은 기독교의 원죄를 인정하고 기독교에서 구원을 갈망한다는 뜻이라기보다는 오히려 진화의 관점에서 인간과 세상이 진보할 수 있다는 진화론적인 생각을 염두에 두고 했다면 베르그송에 대하여 부정적인 생각을 했다고 볼 수 있겠다. 엘리엇은 1927년에 앵글로 가톨릭으로 완전히 개종한 이후에도 베르그송에 대하여 계속해서 부정적인 입장을 견지했다.

그러나 1952년도 엘리엇이 말년에 이르러서는 "40년 전에 자신에게 불러일으켰던 상상력과 그때 들었던 강의와 고매한 인격을 갖춘 그런 철학자의 출현을 갈망한다"[1]고 증언했다. 1912년에 그는 어머니에게 베

---

1) The introduction to Josef Pieper, *Leisure: The Basis of Culture*(New York: Pantheon, 1964), p.xi. Paul Douglass, *Bergson, Eliot, and American*

르그송의『신철학 입문』(*The Introduction to a New Philosophy*) 한 권을 크리스마스 선물로 드렸다. 이 책은 나중에 흄(T. E. Hulme)에 의해『형이상학 입문』(*An Introduction to Metaphysics*)이라는 이름으로 최초의 영어 번역본으로 출간되었다. 엘리엇이 말년에 인터뷰에서 한 증언과 파리에서 돌아온 후의 그의 행동으로 볼 때에 엘리엇의 베르그송에 대한 관심과 영향은 줄기차게 그의 의식을 끊임없이 지배했고 의식 세계의 저편에 머물러서 영향을 주었음을 짐작할 수 있겠다.

엘리엇의 어머니는 몇 년 후에 버트란드 러셀(Bertrand Russell)에게 보내는 서한에서 베르그송에 대하여 자신과 아들이 관심이 있었고 사람들에게도 영향을 끼쳤음을 알 수 있는 흥미 있는 언급을 한다.

> "저는 베르그송의『창조적 진화』를 읽고 곧 여러 강좌를 수강했습니다. 그리고 토마스의 열정에 상당히 영향을 받았습니다. 그러나 이런 엘리엇의 열정은 시간이 지남에 따라 식었다고 생각합니다. 베르그송의 생명의 힘과 불멸성(不滅性)에 대한 열정에서 사람들은 영원한 생명에 대한 암시를 발견했고 이것이 그들의 관심을 불러일으켰다고 생각합니다."2)

그러나 엘리엇이 공감했던 베르그송의 영생불멸에 대한 암시가 그에게는 일시적인 현혹에 지나지 않았음을 다음의 증언에서 알 수 있다.

Literature(The University Press of Kentucky, 1986), p.54.

2) 엘리엇이 베르그송에 많은 관심을 갖게 된 것은 생명과, 생명력 그리고 생명이 不滅한다는 "베르그송의 철학 세계에서 엘리엇은 永生不滅에 대한 암시를 발견하지 않았나 짐작된다. 그리고 이런 점이 몇몇 사람들을 흥분하게 했다"고 샤로트 엘리엇은 러셀에게 보내는 서한에서 말하고 있다. Charlotte Eliot to Bertrand Russell, 18 Jan. 1916, in *The Letter of T. S. Eliot:* Volume 1, 1898-1922, ed. Valerie Eliot.(London: Faber, 1988)

　　"흥분시키는 베르그송의 영생불멸의 약속은 좀 값싼 매력이 아니
었던가?(Has not his exciting promise of immortality a somewhat
meretricious captivation?)".[3]

　　엘리엇이 기대했던 영생불멸을 갈망하는 희망은 사라졌다. 그는
"세계가 점차적으로 꾸준히 진보한다는 희망이 나를 좌절하게 한다"[4]
(SE, 293)고 실망 섞인 고백을 하게 된다. 그리고 엘리엇은 베르그송
의 진보주의를 인본주의의 또 다른 이설(異說)에 지나지 않다고 생각
하게 된다. 그는 베르그송을 "형이상학에서 새로운 감각들을 발명하
는" 소피스트 정도로 낮게 평가했으며 베르그송의 '시간관'을 '순전히
파괴적인 것'으로 간주했다. 왜냐하면 그가 소중히 여겼던 영원과 영
생불멸 대신에 "영원한 것은 존재하지 않는"[5] 사상만이 베르그송 철
학의 주조를 이루고 있었기 때문이다.

　　영국 국교도인 엘리엇의 신앙 세계는 베르그송의 창조적 진화론의
세계와는 거리가 너무나 멀었다. 그리고 그 당시의 가톨릭은 베르그송
의 창조적 진화를 이단으로 보았다. 이것은 앵글로 가톨릭 신자인 엘
리엇에게도 영향을 끼쳤을 것이다. 세계와 인간이 점차적으로 진화와
창조를 거듭한다는 것은 인간의 한계를 넘어서 신의 영역에 도전하는
것으로 가톨릭교인들은 생각했기 때문이다. 또한 1914년에 바티칸은
베르그송의 주요 작품을 금서로 간주하기도 했다.

　　낭만주의가 표방하는 진보주의의 특성은 베르그송의 사상과도 유사

---

3) "A Prediction in Regard to Three English Authors: Writers Who,
Though Masters of Thought, are Likewise Masters of Art", *Vanity Fair*,
21(Feb. 1924), p.29.

4) *Selected Essays*는 *SE*로 약함.

5) T. S. Eliot, "London Letter", *Dial* 71(Aug. 1921): 216; T. S. Eliot:
"Mr. Middleton Murry's Synthesis", *Criterion* 6(Oct. 1927): 346-47.

한 면이 많다. 그러나 엘리엇은 베르그송의 이런 낙관론을 숙명론[6]의 한 유형으로 생각했다. 엘리엇에게 낙관주의의 생생한 희망을 준 사람은 베르그송이었지만 그는 이러한 낙관주의에 반발[7]하게 된다.

개종 후의 엘리엇은 『크라이티어리언』(*The Criterion*)에서 베르그송을 이단으로 간주했다.(1986, 55) 왜냐하면 엘리엇은 토마스 아퀴나스의 신비주의를 이상적 모형으로 생각했기 때문이다. 그래서 1913-1914년에 엘리엇은 감정을 중시하는 베르그송의 신비주의를 '허약한 신비주의(weakling mysticism)'으로 평가했다.[8]

엘리엇에게 지대한 영향을 끼쳤던 사람들은 줄리앙 방다(Julien Benda)와 마리뗑(Jacques Maritain) 같은 토마스 아퀴나스 신학설을 신봉하는 고전주의자들이다. 1923년 프랑스의 한 잡지의 기사에서 엘리엇은 방다(Benda)와 모라스(Maurras)의 책과 그리고 베르그송의 저서인 『물질과 기억』 모두가 자신의 지적 발전에 영향을 주었다고 인정했다.(Brun, 150) 고전주의자를 자처했던 엘리엇이 방다와 모라스의 영향을 받았으나 베르그송의 사상인 생명의 약동(*élan vital*)[9]이

---

6) "To assume that everything has changed, is changed, is changing, and must change, according to forces which are not human, and that all a person who cares about the future must or can do is to adapt himself to change is fatalism which is acceptable", T. S. Eliot, "Commentary", *Criterion* 5(June 1927): 283.

7) 엘리엇의 이런 비판적 태도는 "자신의 도덕과 정신세계를 지탱시킨 고전적인 기독교에 정면으로 위배되는 새로운 베르그송의 낭만주의의 비전이 엘리엇의 신경을 거슬리게 하여 베르그송을 거부했을 거라"고 말한다.(Paul Douglass, 55)

8) 엘리엇은 '지성(intellectus)'을 신에 대한 비전을 얻는 과정으로 보았다. 토마스 아퀴나스적 '지성'은 추론적인 '이성(ratio, reason)'과 대조되는 용어로 직관을 포함한 높은 정신기능을 의미한다.

9) 베르그송은 자유의 등급을 후에 '지속의 긴장'이라고 말하기보다 '근본적

로마 가톨릭 교회로부터 인정받지 못한 점은 엘리엇에게도 영향을 끼쳤다고 보았을 때 엘리엇에 끼친 베르그송의 영향은 한계가 있다고 보아야겠다. 이 연구는 이런 베르그송이 끼친 영향과 그 한계를 밝히는 것이 중심이 될 것이다.

엘리엇의 사고에 대한 베르그송의 영향은 수수께끼로 남아 있다. 이런 베르그송의 영향을 연구하기 위해서 선결되어야 할 것은 엘리엇이 베르그송에 대해 쓴 원고[10])를 참조할 필요가 있다. 엘리엇이 쓴 베르그송에 대한 원고를 읽어보면 초기 단계(1910)에서조차 엘리엇이 베르그송의 사상에 매우 불편한 심기를 느끼고 있었음을 알 수 있다. 엘리엇은 베르그송이 궁극적으로 방다와 마리뗑의 전통을 잇는 토마

인 생의 이론'으로 발전시키고 있다. 그에 의하면 지속에는 두 가지 상반되는 경향이 있다. 하나는 하강하는 방향이고 다른 하나는 상승하는 방향이다. 하강하는 지속은 의식 상태의 질을 점점 양으로 변해서 유기성이 이완되어 감소하는 과정이다. 이러한 방향의 극한은 순수한 동질성과 순수한 반복이며 이것을 그는 물질성으로 정의한다. 그러나 이와 달리 점점 긴장하고 강렬해져 상승하는 지속은 생명의 약동(*élan vital*)의 방향이다. 생명체는 한마디로 물질에 침투한 의식이다. 생명체는 자기 안에 상반되는 두 요소, 즉 물질성과 정신성을 지니고 있다. 생명의 원리는 필연과 수동성이 지배하는 물질의 운동을 제지하며, 자기 존재의 영속화를 꾀하는 긴장의 과정이다. 그리고 이러한 생의 긴장은 오직 실천적 차원에서만 가능한 것이기 때문에 베르그송의 지속의 긴장은 정확히 행위의 힘과 자유롭고 창조적 활동에서 나온다고 주장한다.

10) "Draft of a Paper on Bergson", Ms. 1910-11, Eliot Collection, Houghton Library, Harvard University. 이후로는 DB로 인용. 엘리엇이 하버드에 재학 중 베르그송에 관해 쓴 원고로 엘리엇의 철학적 입장을 이해하기 위해서는 필수적이다. M. A. R. Habib는 발레리 엘리엇(Valerie Eliot)의 허가를 받고 엘리엇의 복잡한 논쟁거리를 정확하고 합리적으로 설명하면서 베르그송이 어떻게 그의 문학 작품에 영향을 끼쳤는가를 "'Bergson Resartus' and T. S. Eliot's Manuscript"에서 분석했다. '베르그송에 관한 논문'은 없기 때문에 하비브의 논문에서 재인용함.

스 아퀴나스의 시각에 기반을 두지 않은 것에 불안을 느꼈을 것이다. 베르그송에 대하여 엘리엇이 비판한 책은 1912년과 1913년 사이에는 출간되지 않았다. 칸트에 관한 엘리엇의 원고[11]을 읽어보면 브래들리의 영향이 1913년 봄까지 지속되고 있음을 알 수 있다. 베르그송에 대해 엘리엇이 쓴 원고는 1910년 말경이나 그 이전에 벌써 엘리엇이 브래들리 사상에 빠져들었고 베르그송보다 브래들리를 더 좋아했음을 보여주고 있다. 이 원고는 엘리엇에 끼친 브래들리의 영향의 깊이를 알게 해 줄 뿐 아니라 엘리엇의 철학적 입장을 이해하게 해 준다. 엘리엇은 브래들리의 철학에 빠져들었으나 곧 브래들리 철학에 한계를 느끼게 된다. 최종적으로 그는 흄의 기독교에 안착하게 된다. 이것은 엘리엇이 통일(unity)과 질서를 중시하는 보수적 전통의 입장을 견지하는 근거가 된다.

또 한편으로 그는 가장 모던하고 역설적인 시인이자 비평가로 평가되기도 한다. 그러나 엘리엇을 전통적인 시각 이외의 관점에서 해석한다면 그에게 텍스트가 무한히 열려 있음을 발견하게 된다. 이처럼 열린 시각은 소홀히 했던 부분을 제대로 다시 볼 수 있게 되고, 엘리엇의 철학에서 나타나는 다양하고 이질적인 배경[12]을 볼 수 있게 해 준

---

11) M. A. R. Habib, "The Prayers of Childhood: T. S. Eliot's Manuscripts on Kant", JHI, 51(1990), 103, 106.

12) 엘리엇은 조사이어 로이스(Josiah Royce), 윌리엄 제임스(William James), F. H. 브래들리, 해럴드 요아킴(Harold Joachim), 버트란드 러셀(Bertrand Russell), 콜링우드(R. G. Collingwood)의 지도와 영향을 받았고, 베르그송에 심취했으며(Craft 88), 마이농(Alexis Meinong)의 영향을 받았다. (Schwartz 171-2ff) 월터 벤 마이클즈(Walter Benn Michaels)의 주장에 의하면, 엘리엇은 그의 스승 윌리엄 제임스의 저서를 읽었고 그에 관한 글도 썼다. 그는 또한 로이스를 통해 찰스 샌더즈 퍼스(Charles Sanders Peirce)의 영향을 받기도 했다. 그리고 엘리엇의 비평 태도는 흄에게 상당한 영향을 받았다는 것도 널리 알려진 사실이다. 엘리엇은 배빗의 지도

다. 엘리엇의 시와 비평 그리고 시극이 보여주는 세계는 단일한 관점이나 시각만으로 볼 수 없는 다양하고 복합적이며 다면적 구조[13]을 가지고 있다. 이런 다면적 구조는 끊임없이 변하는 역동성을 지니고 있기 때문에 확정되거나 고정되어 있지 않고 끊임없이 변할 수 있는

아래 19세기와 20세기 초기의 불란서 문학비평을 연구 중이었다. 시몬(Symon)의 『문학에서의 상징주의 운동』(*The Symbolist Movement in Literature*)을 읽고 라포르그를 모방하여 시를 쓰기도 했다. 그는 흄의 기독교 인본주의 사상을 배빗의 신고전주의와 Maurras의 왕당파와 가톨릭 권위주의 사상에 흡수하여 그의 폭넓은 고전적인 기독교 인본주의 세계를 확립하였다. 특히 Georges Sorel, Maurras, Pierre Lasserre 등 L'Action Franscaise와 관련된 사람들은 엘리엇에게 또한 독서의 토대를 제공하였다. Julien Benda나 Jacques Maritain 같은 토마스 아퀴나스 신학설을 신봉하는 고전주의자들의 영향도 지대하다. 대학원 시절에 그는 「칸트의 비판과 불가지론의 관계」를 썼다. 그는 언더 힐에게 이끌려서 신비 경험을 직접 체험하기도 한다. 특히 그는 불교경전과 인도 사상에 깊이 심취하여 『바가바드기타』(*The Bhagavad Gita*)를 읽었다. 그는 『바가바드기타』가 단테의 『신곡』 다음으로 그에게 영향을 끼쳤다고 고백할 정도로 이 책에 흥미를 가졌다.

13) 그에 대한 평가도 가지각색이어서 플라톤주의자(Weitz 48 – 64)로 불리기도 하고 때로는 아리스토텔레스주의자(Freed 9 – 26; Perl 1984: 79 – 86))로 불리기도 한다. 또 힐리스 밀러(J. Hillis Miller)는 엘리엇이 관념론자에서 실재론자로 변신했다고 본다.(Perl 1989: 46) 해리엇 데이빗슨(Harriet Davidson)은 엘리엇의 실용주의를 부정하며 그를 하이데거적 현상학자이며 해석학자로 본다. 그리고 그 이전에는 가다머파(Gadmerian) 학자이고 리꾀르파(Ricoeurian)학자라고 주장한다.(Davidson 168) 만주 자인(Maju Jain)에 의하(250)면, 엘리엇은 자신이 철학을 계속했을 경우 '후설이나 하이데거의 아류(minor Husserl or Heidegger)'가 되었을 것이라고 말한 적이 있다. 마이클 빌러(Michael Beehler)는 『대성당의 살인』 및 『네 개의 사중주』를 퍼어스(C. S. Peirce)와의 관계를 밝히는 데 주력한다. 무엇보다도 실용주의자로서의 그를 평가하는 작업이 강력하게 일고 있다. 마이클즈(Michael)는 엘리엇의 철학은 "전혀 관념론과는 거리가 멀고 상대주의에 가깝지만 실용주의에 더욱 가깝다고 말한다."(187, 194) "T. S. 엘리엇의 탈구조주의", 박경일 『포스트모던 엘리엇』에서 재인용.

독자와 텍스트와의 관계로 보아야 한다.

베르그송의 『시간과 자유 의지』와 『창조적 진화』 그리고 『물질과 기억』에서 중심을 이루는 사상은 시간과 기억이다. 엘리엇의 초기 시부터 그의 시극까지의 모든 작품을 베르그송의 시간과 기억의 문제로 일관되게 분석하는 이번 시도는 엘리엇에게 간과되었던 새로운 면을 보는 계기가 될 것이다. 지금까지 엘리엇 시에 대한 연구도 그의 대표작인 『황무지』(The Waste Land)나 『네 개의 사중주』(Four Quartets), 시극 그리고 초기 시를 전체적으로 연관을 지어서 연구하기보다는 개별 작품을 어떤 특정한 비평 이론에 적용하여 연구해 왔다. 그러나 엘리엇은 그의 초기 시에서 시극에 이르기까지 의식의 변화를 겪어 왔다. 그러나 이런 변화를 겪으면서도 그에게 지속적으로 계속되어 온 문제는 시간과 기억 그리고 영원이라 하겠다.

의식과 생각은 끊임없이 변화와 발전을 거듭한다. 그러므로 어느 특정한 시기의 작품만을 분석한다면 변해 가는 시인의 의식을 따라잡지 못할 것이다. 이런 관점에서, 그의 초기 시에서부터 『네 개의 사중주』, 시극 그리고 그의 비평 가운데 역사의식까지를 함께 다룬다면, 그의 시에 일관되게 흐르고 있는 사상을 이해하고 작품 상호 간의 관련성을 비교, 대조할 수 있게 되어 작품의 의미를 훨씬 잘 이해할 수 있을 것으로 생각된다. 따라서 본 연구는 그의 시기별로 중요한 작품을 선별하여 다루어 보겠다.

베르그송의 시간과 기억의 관점에서 본격적으로 엘리엇의 초기 시에서부터 시극까지를 해석하려는 시도는 아직 국내는 물론 국외에도 없었다. 국외에서 엘리엇의 특정한 한 작품을 시간의 관점으로 분석을 시도한 학자로는 폴 더글러스(Paul Douglass)가 있다. 그러나 그도 작품을 구체적인 예를 들어 분석하지 않고 베르그송의 이론과 엘리엇의 이론의 유사성만을 밝히려 했다. 폴 더글러스(Paul Douglass)와 도널드 차일즈(Donald Childs)는 엘리엇과 베르그송과의 관련성을 연구한 가장 비중 있는 비평가들이다. 기쉬(Gish)는 엘리엇의 시를 초기 시에서 『네 개의 사중주』까지 시간의 관점으로 분석한 비평가이다. 그로버 스미스(Grover Smith) 또한 훨씬 이전에 베르그송의 영향에 대해 언급했으나 초기 시에만 중점을 두었고, 하비브(Habib)는 엘리엇의 자필 원고를 가지고 엘리엇의 입장과 베르그송과의 관계를 분석했으나 철학적인 갈등만을 부각시켰다. 이것은 엘리엇 연구에서 보여주는 하비브의 한계다. 르 브렁(Le Brun) 또한 엘리엇의 객관적 상관물 이론과 베르그송의 언어에 관한 이론의 유사성만을 지적하고 있다. 앤 워드(Anne Ward)는 베르그송의 시간으로 『가족 재회』를 분석했으나 베르그송의 기억의 한계는 드러나지 않는다.[14]

이런 연구는 엘리엇의 특정한 작품을 부분적으로만 다루면서 베르그송과의 관계를 다루고 있다. 그리고 이들 비평가들 대부분은 엘리엇에 대한 베르그송의 영향이 갖는 한계를 지적하기보다는 영향만을 강조하는 경향이 주류를 이루고 있다. 또한 이런 비평가들이 시간의 문제를 깊이 있게 연구하기는 했지만 기억과 자아를 시간과 관련지어 본격적으로 연구한 논문과 책은 국내외 어느 곳에도 찾아 볼 수 없는 실정이다. 이런 관점에서 베르그송의 사상 가운데 핵심을 이루는 시간과 기억이 엘리엇 문학에 어떤 영향을 주었으며, 또 그 한계는 어느 정도인지를 분명히 밝히는 것도 본 연구의 목적이 될 것이다.

베르그송의 영향이 일시적이었다는 엘리엇의 고백에도 불구하고, 스무 살 초반의 감수성이 예민한 청년기의 순수하고 유연한 생각에 끼친 베르그송의 영향은 엘리엇이 기독교인으로 확고한 세계를 확립

---

14) 참고문헌을 참조하시오.

하기 전에 받은 영향이라는 점을 감안할 때 상당했으리라 짐작된다. 비록 베르그송에 대한 열정이 식었다 해도 그의 중요한 사상인 시간과 기억 그리고 언어와 신비주의의 영향은 엘리엇의 무의식에 남아서 작품에 영향을 끼쳤을 것으로 생각된다.

제2장에서는 시간과 기억에 관한 철학자들의 이론이 역사적으로 어떻게 정의되어 왔으며, 베르그송의 시간과 기억이 엘리엇의 시간과 영원과는 어떤 유사성과 차이를 보이는지를 설명하겠으며, 엘리엇과 베르그송 사이에 논쟁이 되었던 문제를 다루어 보겠다. 또한 기억과 지속15) 사이의 밀접한 관계에 대해서도 다루기로 하겠다. 또한 엘리엇의 역사의식은 '영원한 현재'와 어떤 관계가 있으며 데리다의 '흔적'과는 어떤 유사성이 있는지를 논의하겠다. 언어에 대한 엘리엇과 베르그송의 관점의 차이와 그들의 신비주의도 고찰하겠다. 2장의 마지막은 엘리엇이 베르그송에 대해 비판한 논쟁 가운데, 직관에 대한 비판과 베르그송의 이원론에 대한 비판을 다루겠다.

제3장에서는 초기 시에서 이런 엘리엇이 갖고 있는 이중성(二重性)16)의 문제를 다루겠다. 「프루프록의 연가」("The Love Song of J. Alfred Prufruck")에서는 베르그송이 구분하는 표층 자아와 심층 자아로 나누어 작품을 분석하겠다. 「바람 부는 밤의 광시곡」("Rhapsody

---

15) 純粹 기억의 존재는 베르그송 철학의 원천이 되는 持續 *durée*의 이론에 필연적으로 연결되어 있다. 왜냐하면, 의식 존재에 있어서 존재한다는 것은 지속한다는 것이며, 持續한다는 것은 記憶하는 것을 의미하기 때문이다.

16) 청소년기와 대학 시절 그리고 초기 시에 쓴 엘리엇의 시는 낭만주의와 빅토리아 조의 시인들의 영향을 받았음을 그의 고백과 시를 통해 알 수 있다. 그러나 그는 낭만주의를 매도하면서 비판하고 베르그송을 새로운 낭만주의 전통으로 생각하여 부정한다. 나는 이런 그의 모순되는 태도를 그의 이중성으로 본다. 이것은 그의 詩觀과도 밀접한 관계가 있는데 그는 사물을 한 면만을 보지 않고 양면을 본다.

on a Windy Night")은 베르그송의 순수 기억과 기계 기억의 관점에서 분석할 것이다.

엘리엇의 초기 시는 그가 확고한 기독교 세계로 들어서기 전에 겪은 혼란과 과도기에 쓰였다. 그의 초기 시는 후기에서 보이는 안정된 기독교의 패턴이나 틀에 맞춰서 쓰이지 않았다. 이런 관점에서 『황무지』는 엘리엇의 가장 널리 알려진 대표작 가운데 한 작품이지만 『네 개의 사중주』에서 보이는 완숙한 단계와 시극에서 보이는 확고한 종교의 경지와 비교해 볼 때 아직은 초기 시의 단계에서 벗어나지 못한 과도기적 작품으로 평가할 수 있다. 이 연구에서는 1917년대의 초기 시를 강조하기 위해 『황무지』를 세부적인 장으로 취급하지 않고 초기 시와 함께 다루어 보겠다.

제4장에서는 『네 개의 사중주』의 중심 주제를 이루고 있는 '시간과 기억'을 베르그송의 시간과 기억과 비교하여 베르그송이 엘리엇에게 어떤 영향을 주었으며 그 영향의 한계는 무엇인지를 밝히겠다. 그리고 엘리엇의 기억과 시간이 과학의 결정론의 시간, 베르그송의 순수 기억 그리고 기독교의 '영원한 현재'와는 어떤 유사성과 차이점이 있는지를 『네 개의 사중주』를 통해 고찰하겠다.

제5장에서는 인생의 말년에 왜 시극을 쓰게 되었으며 그의 전 작품에서 일관되게 나타나는 원죄(原罪)와 시간의 문제가 어떤 관련을 맺고 있으며, 죄의식(罪意識)은 시간과 어떤 관계를 맺고 있는지를 다루어 보겠다. 또한 엘리엇에게 직접적인 영향을 주었던 흄과는 어떤 유사성이 있는지도 살펴보겠다. 원죄와 기억 그리고 영원 간의 관계를 연구하여 엘리엇이 어떻게 시간을 극복했으며, 베르그송의 기계적 시간이 시간 세계를 넘어선 시간과는 어떤 차이가 있는지 그리고 베르그송의 순수 기억과 엘리엇의 영원(永遠) 간에는 어떤 유사성이 있으

며 그 차이점은 무엇인지를 논의하겠다. 그리고 그의 초기 시와 비평 그리고 『네 개의 사중주』와 『가족 재회』(*The Family Reunion*)에서의 구원의 방법과 『원로 정치인』(*The Elder Statesman*)에서의 구원의 방법 사이에는 어떤 변화가 있는지도 살펴보겠다.

II

엘리엇과 베르그송의
시간과 기억

1. 시간과 기억의 문제

제2장에서는 시간과 영원의 관계와 그리고 기억에 대한 철학자들의 개념과 정의를 설명할 것이다. 기억은 지속의 문제와 밀접한 관계를 맺고 있기 때문에 지속과 직관의 대한 엘리엇과 베르그송의 견해를 알아보겠다. 역사의식은 시간의 문제와 밀접히 관계된다. 역사의식과 베르그송의 시간을 통해 그 의미를 알아보겠다.

언어에 대한 엘리엇과 베르그송의 관점을 규명하고 언어와 신비주의와의 관계를 밝히겠다. 엘리엇과 베르그송 사이에 가장 논점이 되는 문제 가운데 수를 물질과 의식에 똑같이 적용해야 된다는 엘리엇의 주장이 갖는 한계를 신비주의와 관련하여 지적하고자 한다.

엘리엇에게 있어서 시간이란 무엇인가? 그의 시와 비평 그리고 시극에서 일관되게 지속되는 시간의 문제는 '압도적인 문제'로 항상 그를 의식적으로 무의식적으로 사로잡는 난제였다. 그는 하버드대학 재학 시절에 교지인 『하버드 애드버키트』(*Harvard Advocate*)에 몇 편의 시를 기고하면서 본격적인 시작 활동을 했고 그의 시에 나타나는 시간에 대한 언급으로 보아 시간에 대한 그의 관심을 알 수 있다. 무엇보다도 스무 살 초반의 감수성이 풍부한 젊은 시절의 파리 유학 기간 중 당시의 프랑스 철학자 가운데 특히 베르그송의 철학 강의를 듣게 되었고 자연스럽게 베르그송 사상의 핵심인 시간과 기억의 문제에 빠져들게 된다.

시간이라는 문제는 플라톤, 아리스토텔레스, 플로티노스, 아우구스티누스, 보에티우스, 토마스 아퀴나스 그리고 현대의 베르그송, 하이데거, 후설에 이르기까지 수많은 서양 철학자들이 규명하려고 시도해 온 문제이다. 아리스토텔레스는 오랜 사색을 통해 일상적인 시간에 대한 분명한 개념을 끌어오려고 노력한 사람이다. 하이데거의 평가에 따르면 전수된 시간 개념의 내용을 구성하는 것의 본질적인 것과, 일상적인 시간 이해의 테두리에서 시간에 대해 이야기될 수 있는 본질적인 것은 거의 다 아리스토텔레스와 아우구스티누스가 해 놓았다. 이와 같이 아리스토텔레스와 아우구스티누스는 시간에 대한 연구에 중요한 사람들이다.

브루스 베일리 Bruce Bailey는 『예이츠 엘리엇 리뷰』(*Yeats Eliot Review*)에 기고한 글인 "패러디, 희화화(戲畵化), 풍자에서의 『황무지』(*The Waste Land*)"에서 『황무지』와 『성회 수요일』(*Ash Wednesday*)에서는 환멸과 종교의 색채를 보였으나 『네 개의 사중주』(*Four Quartets*) 이후에 출간된 작품에서는 시간 철학에 대한 연구가 많아졌다고 지적하고 있다.(Bailey, 5) 그러나 『네 개의 사중주』 이전의 작품에도 시간에 대한 관심이 있음을 부인할 수가 없다. 특히 그가 영생불멸을 바라는 것은 시간에 대한 직접적인 실망과 관계가 있다고 생각된다. 시간에 대한 고대 철학자들의 명상에서부터 엘리엇의 시에서 나타나는 시간의 의미를 역사적으로 고찰함으로써 엘리엇의 시간에 대한 생각을 이해할 수 있겠다.

시간은 일반적으로 자연 과학적 시간과 시간을 의식함으로 얻어지는 경험적 시간으로 나눌 수 있다. 과학적 시간은 물리의 개념인 기계적인 장치에 의해 측정되는 시간으로 시간의 흐름을 양으로 측정할 수는 있다. 일상생활의 시간은 삶의 유용성(有用性)을 기준으로 하는 척도를 사용하거나 과학에 의해 측정된 기준을 사용한다. 그리고 이런 객관적 시간[17]이 우리들의 삶에 있어서 반드시 필요하다고 마이어호프(Hans Meyerhoff)는 말한다. 객관적 시간은 과학에서 말하는 시간이며, 고전 물리학은 시간을 일직선으로 간주한다. 뉴턴에 따르면 우리는 폭과 높이와 깊이로 정의되는 3차원의 세계에 살고 있다. 뉴턴에게 공간은 절대이고 시간은 우주에서 균등한 속도로 흐르는 독립적 차원을 갖는 절대로 생각되었다.

자연 과학적 시간은 19세기까지 절대의 진리로 받아들인 뉴턴[18]의 역학이었다. 그러나 아인슈타인[19]은 뉴턴의 절대 시간의 개념에 의심을 품게 되었고 공간조차도 절대적이지 않다고 생각하게 되었다. 그가

---

17) "Such a metric of time is absolutely indispensable for the practical purpose of action and communication. Without it we would be lost in a sea of subjective relativity."(Meyerhoff, 1966, 13)

18) 뉴턴이 1687년에 발표한 『프린키피아』(Principia)에서 "절대적이고 진정한 수학의 시간은 자연히 그리고 그 자체의 특성상, 외부의 어떤 것에 무관하고 균등하게 흐르며 지속적이다"라고 썼다. 시간은 어떤 시계나 혹은 어떤 관측자에도 상관없다고 뉴턴은 확신했다.

19) 1887년 알버트 미칼슨과 에드워드 모렐리는 실험적으로 빛의 속도가 진공 속에서 관찰자의 운동과는 무관하게 일정하다는 것을 입증하게 되었다. 우리가 정지하거나 앞으로 움직이거나 빛의 원천으로부터 멀어지든지 빛의 속도는 매초당 18600마일을 유지한다. 움직이는 시계는 정지된 시계보다 더욱 느리게 달리고 빛의 속도에서 완전히 정지한다(이런 상대적 효과는 분명히 도구를 동반하는 사람이 아닌 정지 점인 관찰자에게 분명하다). 그러므로 움직이는 관찰자는 짧은 막대로 빛의 속도를 측정하고 정지된 관찰자보다 느린 시계를 측정하기 때문에 두 관찰자는 빛의 속도가 같다는 것을 발견한다. 만일 두 쌍둥이 중 하나가 외계를 여행한다면 그는 그의 형보다 젊어서 귀향한다. 왜냐하면 그의 내부 시계는 그가 여행하는 동안에 느려져 있었기 때문이다. 움직이는 물체 속의 시계가 느리다는 사실은 우주에는 절대적인 시간은 없다는 것을 함축하는 것이다.

생각할 때 **절대적인** 것은 유일하게 **광속뿐**이었다. 시간의 상대성은 입자 물리학에서도 실험적으로 입증되어 왔다. 시간과 공간은 구별할 수 없는 연속체인 '공간-시간'으로 생각하게 되었다. 뉴턴의 3차원 공간의 세계는 아인슈타인에 이르러서는 4차원 시간인 우주로 대체되었다. 결과적으로 현대 물리학에서 현상은 공간뿐 아니라 시간으로도 명확히 말하는 것이 필요하다.

과학자와 시인 사이의 통찰력이 유사함을 인정한 아인슈타인은 한때 과학을 발견하는 감각이 논리적이지도, 지적이지도 않고 '갑작스러운 깨달음을 거의 황홀함으로 묘사한'적이 있다.(*Eliot and His Age*, 1971, 142n) 아인슈타인의 상대성 이론은 다른 물리 이론처럼 형이상학적 사색을 배제했다. 그리고 그것은 자연계에 대한 우리의 생각을 혁명적으로 뒤바꾸었고 과학자나 시인 그리고 신비가에게도 새로운 시각과 전망을 갖는 계기가 되었다.

미래의 물리법칙[20]은 우주의 미래를 결정할 수 있다는 확신을 가지

---

20) 양자론은 뉴턴이나 아인슈타인의 이론에서처럼 사건을 정확히 예언할 수는 없다. 그 대신 사건이 생기는 **확률**을 예언할 수는 있다. 아인슈타인 같은 학자마저 양자역학을 완전한 이론 체계로 받아들일 수 없는 것은 양자역학이 물리적 실체를 이해하는 데 있어서 일상적인 논리와 사고방식을 버릴 것을 요구하기 때문이다. 양자역학이 혁명적인 사고를 요하는 까닭은 자연의 이중성에 바탕을 둔 불확정성의 원리 또는 상보성의 원리를 이론의 기반으로 삼고 있기 때문이다. 불확정성의 원리란 "입자의 운동량과 위치를 동시에 정밀하게 측정할 수 없다"는 것이다. 이 원리는 자연현상에 대한 인간의 인식 능력에 한계를 둠으로써 물리적 실체를 새로운 각도에서 보게 한다. 고전 역학이 뉴턴 방정식을 통해 주어진 물리계는 어떤 물리량을 줄 수 있었다. 물리학은 미래에 일어날 일을 예측할 수 있다고 했다. 양자역학도 거시적 세계에서는 결정론적인 인과론을 갖게 된다. 그러나 $10-8$ cm 정도의 크기를 가진 원자 이하의 세계, 즉 미시적 세계에 가면 원리적으로 모든 물리량은 동시에 정밀하게 측정할 수 없게 되고 자연은 새로운 모습을 띤다. 물리학자들을 처음

기 때문에 호킹은 초물리적인 세계의 존재 가능성은 인정하지만 경험과 과학으로 밝혀진 물질세계나 양자의 세계를 넘어선 신비세계는 철학이나 종교 영역에서 다루어야 한다고 말한다. 현대의 많은 과학자나 기술자들은 실증주의(實證主義) 과학의 세계관에 젖어 있다. 그들에게는 인간 지능의 소산인 물리학과 과학으로 인식할 수 있는 세계만이 실재(實在)의 세계이다. 호킹이 인정했듯이 현대의 물리학과 과학이 아무리 발전해도 현상계의 드러난 질서와 법칙만으로는 자연과 우주의 보이지 않는 실재세계의 신비를 알 수 없다. 초자연과 고차원의 실재의

으로 당황하게 만든 것은 빛이나 전자 같은 소립자가 보여준 자연의 이중성이다. 미래를 예측하려면 입자의 위치와 속도를 정확히 알아야 한다. 그러나 불확정성의 원리에 따르면 현재의 물리적 상태를 정확히 알 수 없으므로 미래의 상태도 어떻게 변할지 정확히 알 수 없다. 따라서 현재의 물리적 상태를 정확히 알 수 있으므로 미래의 상태까지 정확히 예측할 수 있다는 고전 물리학의 결정론적 인과율은 확률론적 인과율로 수정되어야 한다.

아직 우주의 기원과 미래에 대해 인과론적인 결정론이 전혀 먹혀 들어가지 못한다는 것이 호킹의 이론의 한계이다. 과거는 기억하는데 왜 미래는 기억하지 못하는가? 왜 시간은 전진하는가? 이것은 우주가 팽창하는 것과 관계가 있지 않나? 호킹은 「시간의 화살」(*The arrow of time*)에서 시간과 함께 무질서, 즉 엔트로피가 증가하는 것은 '시간의 화살'의 예라고 말한다. 시간의 화살은 시간에 방향을 주어 과거와 미래를 구별한다. 시간의 화살에는 적어도 3가지 다른 것이 있다. 첫째는 열역학적인 시간의 화살이다. 이것은 무질서, 즉 엔트로피가 증가하는 시간의 방향을 부여한다. 둘째는 **심리적인** 시간의 화살입니다. 이것은 우리들이 느끼는 시간이 지나가는 방향입니다. 과거는 기억하나 미래는 기억하지 못한다는 것은 시간의 방향을 부여하고 미래가 아니라 과거를 기억하는 시간의 방향이다. 셋째는 우주론적인 시간의 화살입니다. 수축이 아니라 우주의 팽창은 시간의 방향을 부여한다. 심리적인 시간의 화살은 **열역학적인 시간의 화살**에 의해 결정되며 이 두 시간의 화살은 언제나 같은 방향을 향하고 있다는 것이 내 주장입니다. 만일 우주에 무경계 가설을 적용하면 두 개의 시간의 화살은 **같은 방향**을 향하고 있지는 않을지 모르지만 우주론적인 시간의 화살과 관계 지을 수 없다.

실상은 육안에 의한 자연과학이나 혹은 심안에 의한 이성과 오성에 의존하는 수학이나 철학만으로 완전하게 밝혀지기란 아직 이르다. 물리학적 시간은 과학의 법칙으로 미래가 결정되는 결정론적(決定論的) 과학이다. 호킹의 물리학조차 미래의 언젠가는 물리법칙이 미래를 예측할 수 있다고 주장한다는 점에서 결정론적 과학으로 볼 수 있다. 소립자의 세계에서는 질량과 속도 중 어느 하나를 알면 다른 하나를 알 수 없다는 불확정성 원리는 어떤 면에서 과학의 결정론의 한계를 스스로 인정하는 것이라 하겠다. 이런 결정론적 시간은 현재, 과거, 미래가 일직선상의 점으로 생각되고 이런 **점들은 불연속적으로 이루어져 있다.** 물체의 운동은 점들로 이루어져 있기 때문에 공간화(空間化)되고 수리적 양(量)으로 치환할 수 있다. 윌리엄 제임스는 시간을 작은 조각들로 잘라 놓은 단편들의 사슬(1950, 254)이라고 말했고, 데리다는 *nun*(now)을 點(points, *stigmē*)들의 연쇄로 보았다.(*Margins of Philosophy*, 37) 인과론적 결정론은 현재, 과거, 미래가 독자적으로 존재하여 과거가 현재에 어떤 영향을 주나, 미래가 현재에 영향을 미치는 상호 보완적 시간은 아니다. 그리고 인과론적 결정론은 인간 의식 속에 반성되고 수정되는 의식의 시간과는 다르다. 결정론적 시간은 현재에 의해 미래가 결정되고 과거에 의해 현재가 결정되기 때문에, 과거의 罪가 현재에 영향을 주어 과거만이 존재하여 구원(救援)의 가능성이 없는 시간이다.

그러나 객관적(客觀的) 시간에 의해 측정될 수 없는 시간이 내적 경험을 통해 의식에서 얻어지면 그것은 주관적 시간이 된다. 인간의 심리적 경험인 주관적 시간은 양으로 치환할 수 없는 질(質)의 개념이다. 현대 작가들이 끊임없이 관심을 가져온 시간은 개인의 시간이다. 베르그송은 주관적인 시간을 문학에서 주된 기법으로 사용한 철학자이며, 그의 지속 이론은 프루스트나 페기 그리고 윌리엄 포크너 같은 작가에게 영향을 끼쳤다. 그리고 베르그송은 이런 지속 이론을 윌리엄 제임스와의 교류를 통해 확립해 나갔고 제임스의 의식의 흐름 이론은 현대문학에 많은 영향을 끼쳤다. 제임스는 베르그송에게 신비 체험과 같은 종교 체험의 세계를 제시해 준 사람이다. 의식은 단편적인 것이 사슬과 같이 연결되어 있는 것은 아니다. 의식은 과거가 현재를 결정하는 결정론이 아니다. 오히려 의식은 강이나 시냇물처럼 연속해서 흐르는 것이라고 제임스는 말한다.

여기서 의식의 흐름[21]이란 용어가 유래되었고 순수 지속이라는 베르그송의 개념도 의식의 흐름으로 이해된다. 베르그송의 철학이 자연과학과 조화되어 구체적인 실재 철학으로 발전하게 된 것은 제임스의 실용주의 철학의 영향이라 하겠다. 베르그송은 독일의 관념 철학으로부터 영국의 경험론적 철학의 양극단을 조화하여 실재 철학을 마련하였다. 베르그송은 윌리엄 제임스에게 보낸 편지[22]에서 시간은 의식의 직접적인 사고의 전제임을 알 수 있다고 말했다. 마이어호프는 베르그송의 철학이 문학에 그처럼 커다란 영향을 끼쳐 온 이유를 다음과 같이 말한다. 인간의 활동은 자연과학에서 말하는 시간보다 '의식의 직접적인 소여'(베르그송)의 시간과 밀접히 관련된다고 볼 때 문학의 시

---

21) Consciousness, then, does not appear to itself chopped up in bits. Such words as 'chain' or 'train' do not describe it fitly as it presents itself in the first instance. It is nothing jointed; it flows. A 'river' or a 'stream' are the metaphors by which it is most naturally described.(1950, 254)

22) "as that enters into mechanics and physics, which overturned all my ideas. I saw, to my great astonishment, that scientific time does not endure······ that positive science consists essentially in the elimination of duration. This was the point of departure for a series of reflections which brought me, by gradual steps, to reject almost all of what I had accepted and to change my point of view completely."(Perry, 1935, 623)

간 취급은 항상 베르그송적이라고 주장한다.(Meyerhoff 10)

시간을 정의하거나 시간을 언어로 공식화할 때 시간을 해명하려는 인간이 시도는 본질적으로 인간의 능력을 벗어난 불가해한 작업이다. 시간의 문제는 시간의 본질에 있는 것이 아니라 시간에 대한 인간의 태도와 관점에 달려 있다고 하겠다.

인간은 누구나 시간과 공간의 지배를 받는다. 실존주의 철학자인 하이데거는 모든 인간은 '세계 속의 존재'라 말한다. 인간은 시간과 공간의 지배를 받으면서 살다가 이 세상을 떠날 운명이라는 것이다. 시간과 공간은 근본적인 차이가 있다. 공간은 언제나 한곳에 머물러 있다. 그러나 시간은 잠시도 한곳에 머물러 있지 않다. 시간은 항상 흘러가고 전진하고 지나가 버린다. 장소와는 달리 시간은 계속 흘러가는 속성을 가지고 있다. 아우구스티누스는 『신국』(제12권 제16장)에서 공간의 지배를 받지 않는 천사도 시간의 지배는 벗어날 수 없다고 말했다. 공간과는 달리 시간은 누구도 정의 내릴 수 없는 일종의 신비성을 가지고 있다. 아우구스티누스(354-430)는 시간의 신비성(神秘性)23)을 말하고 있다.

후설(Husserl)이 그의 『내적 시간 의식의 현상학』 서론 서두에서

---

23) What is time? Who can easily and briefly explain this? ……Surely we understand it when we talk about it, and also understand it when we hear others talk about it. What, then is time? If no one asks me, I know; if I want to explain it to someone who does ask me, I do not know. Yet I state confidently that I know this: if nothing were coming, there would be no future time, and if nothing existed, there would be no present time. How, then, can these two kinds of time, the past and the future, be, when the past no longer is and the future as yet does not be? But if the present were always present, and would not pass into the past, it would no longer be time, but eternity.(『고백록』 11권)

(김규영, 195) 아우구스티누스의 『고백록』 제11권을 언급했듯이, 오늘날도 역시 아우구스티누스의 말대로 "만일 아무도 나에게 묻지 않는다면, 나는 안다. 그러나 만일 시간이 무엇인지를 묻는 자에게 설명하려면, 나는 알지 못한다"고 말할 수밖에 없을 것이다. 그러나 아우구스티누스가 안다고 확신하는 것은 "시간은 非存在(non esse)로 흘러 지나가는 것으로만 **있다고 말한**"(『고백록』 11권) 것이다. 왜냐하면 "과거는 이미 존재하지 않았고 미래는 아직 오지 않았으며 현재는 과거로 흘러가기" 때문이다. 그리고 아우구스티누스는 "시간의 기원을 무(無)로부터 창조"[24]되었다고 설명한다. 아우구스티누스의 말처럼 현재가 '항상 존재한다(always present)'면 현재는 과거로 흘러가는 것이 아니기 때문에 현재는 시간에 속한 현재가 아니고 영원한 현재가 된다. 즉 그것은 영원이다. 그러나 현재는 과거로 흘러서 사라진다. 그래서 현재는 비존재(*non esse*)로 생각될 수 있다. 비존재는 무를 향한 상실이기 때문에 현재가 아니고 과거에 속한다. 그러므로 영원 또는 영원한 현재는 흘러가는 현재인 비존재와는 진정 다른 존재이다. 이러한 영원은 과거가 없으므로 과거는 현재를 결정할 수 없다. 그러므로 영원(永遠)은 시간의 결정론을 해방시킨다.

---

24) 하나님의 말씀으로 무로부터 창조된 세계는 두 가지 요소에 의해 제약되어 있다. 하나는 무형의 질료(*prope nihil*: almost nothing)요, 또 하나는 하나님의 마음에 있는 永遠한 形象들이다. 무형의 질료는 말씀에 의해 일정한 형상을 받아 안정되고 질서 있게 된다. 즉 세계는 모든 형상의 형상이 되신 말씀에 의하여 형성되고 질어지어서 어떤 안정성을 유지하면서 존재하게 된다. 그러나 동시에 세계는 항상 무로 되돌아가려는 경향을 가진 '거의 무(*prope nihil*)'에서 형성된 것이기 때문에 계속 무를 향해 움직이는 존재의 분산과 와해, 즉 비존재로 향해 있다. 그러므로 무는 항상 사물의 존재와 함께 붙어 다니면서 그것의 파괴와 멸망의 가능성이 되고 있는 것이다. 이와 같이 시간의 기초는 사물의 안정성과 불안정성이 된다고 볼 수 있다.(선한용, 61-2)

　기억이 시간과 자아의 구조를 해명하는 관건이 됨을 최초로 인식한 사람은 아우구스티누스다. 아우구스티누스는 그의 『고백록』의 앞부분에서 기억이 한 개인이 살아온 일생을 어떻게 재구성하여 작용하는가를 '문학적' 형식으로 보여준 후 자기의 시간론을 전개시켰다.

> 　Great is the power of memory, a fearful thing, O my God, a deep and boundless manifoldness; and this thing is the mind, and this am I myself. A life various and manifold, and exceeding immense. Behold in the plains, and caves, and caverns of my memory, innumerable and innumerably full of innumerable kinds of things, either through images, as all bodies; or by actual presence, as the arts; or by certain notions or impressions, as the affections of the mind, which, **even when the mind doth not feel, the memory retaineth, while yet whatsoever is in the memory is also in the mind over all these do I run, I fly: I** dive on this side and on that, as far as I can, there is no end. So **great is the force of memory, so great the force of life,** even in the mortal life of man.(*Confessions*, Bk. Ⅹ, italics's mine)

　아우구스티누스가 말하는 기억의 힘은 위대하고 복잡하고 다양하고 무한하다. 마음이 그 무수한 것을 느끼지 못할지라도 기억은 그것들을 보존하고 있다. 그리고 이 기억 속을 달리고 날아도 어디도 끝은 없다. 숙명적인 인간에게조차 기억은 그처럼 큰 힘을 가지며 위대한 생명의 힘이 있다고 아우구스티누스는 고백했다. 아우구스티누스는 기억을 통해서 내면의 무한한 가능성을 열어 주었고 기억을 통해 새로운 나를 발견하는 놀라운 힘을 보여주었다. 이것은 기억을 통해 자아를 창조적으로 재구성하는 기억의 기능[25]과도 유사하다. 기억이 시간과 관계될 때 기억의 중요성은 부각된다.

누군가 "만일 천지가 창조되기 전에 시간이 없었다면 '당신은 그때 무엇하고 계셨습니까?' 하고 아우구스티누스에게 묻는다면 그런 질문은 질문조차 될 수 없다고 아우구스티누스는 말했다. 왜냐하면 시간이 없을 때에는 그때도 없기 때문입니다."(*Confessions*, 286−7) 따라서 왜 하나님은 "'그때(then)' 창조하시고 더 빨리 창조하시지 않으셨느냐? 세상을 창조하시기 이전에 하나님은 무엇하고 계셨냐?" 등의 질문은 창조 이전에도 시간이 있음을 전제하는 것이라 하겠다. 때문에 아우구스티누스는 그런 질문을 무의미하고 어리석다고 말한다. 그는 능력이 없어서 답변을 못한 것이 아니다. 창조 이전의 문제는 인간의 한계가 미치지 않는 저 편의 문제라는 것이다. 이것은 또한 永遠한 無時間을 인정하는 답변이라 하겠다.

이렇게 항상 흘러가지만 非存在(*non esse*)로 흘러가는 것이기에 시간의 본질은 파악할 수 없다는 것이다. 시간을 객관적으로 파악하면 수수께끼로 남지만 인간의 경험과 결부하여 내면적 의식의 관점으로 볼 때 시간은 해결될 실마리를 찾을 수 있다. 이런 관점에서 해결의 실마리는 기억[26]이다. "과거는 이미 흘러가 버리고, 미래는 아직 오지

---

25) Next, the act of **creative recall** specifically shows the sense in which a quality of **continuity** may be attributed to the **self**. Continuity is exhibited by the fact that the different contents of one's memory at different times belong together. This sense of belongingness, in turn is shown by the fact that the recollection of a single, unique event makes it possible to **reconstruct** one's entire lifetime.(Meyerhoff 49)

26) 기억이 인간의 마음이나 자아와 관련지을 때 과거는 기억 속에 남게 된다. 아우구스티누스는 기억(memoria) 속에 남은 과거를 '과거의 현재(a present of things past)'라고 부른다. 또한 미래는 아직 오지 않았지만 앞으로 다가올 것을 기대(expectation)하여 존재하므로 미래도 '미래의 현재(a present of things future)'라고 부른다.

않았으므로" 과거와 미래는 존재하지 않는다. 이러한 관점에서 시간은 오직 눈에 보이는 현재만 존재한다. 그러나 현재는 단순하지 않고 복합적이다. 여기서 현재의 폭과 깊이는 무한히 넓어지고, 현재의 의식[27]이 확장되면 과거와 미래로 무한히 뻗는다.

윌리엄 제임스는 과학적 관련지을 통해 이해된 현재의 순간은 "전적인 이상적인 추상화"(an altogether ideal abstraction)(William James, 608)에 불과하고 말한다. 이런 시간은 우리가 사는 구체적인 감각에서 실현할 수 없는 시간이다. 이런 점에서 '표면적 현재'는 인간의 인식 행위가 구체적으로 보이는 현재이다.

아우구스티누스는 기억의 기능을 인간의 능력 가운데 고귀한 능력으로 생각하였다. 그 이후 베르그송은 기억[28]의 기능을 다시 부각시

---

27) 현재는 계속 지나가므로 존재하지 않지만 인간의 시각(*contuitus, gaze, contemplation*) 속에서 '현재의 사물 속의 현재(a present of things present)'로서 이해할 수 있다고 그는 말하고 있다. 간략히 말해서 과거, 현재, 미래라는 세 현재는 인간의 **마음, 즉 혼**(anima)**으로는 기억**(memoria)**과 시각**(contuitus, gaze, contemplation) 그리고 **기대**(expectation)의 형태로 파악된다.(*Confessions*, XI, 20, 26)

이처럼 시간의 세 가지 양태가 마음의 활동인 기억, 직관, 기대와 상호 일치되어 있어 마음 안에서 측정되고 파악되기 때문에 아우구스티누스는 시간을 '마음의 팽창(*distentio animae*)'이라고까지 말한다. 여기서 현재라는 시간은 중요한 의미를 갖게 되는 것이다. 이것은 '표면적 현재(specious present)'라는 윌리엄 제임스(William James)의 현재에 대한 이론과 비슷하다. 표면적 현재는 현재의 시점에서 시간의 흐름 속에 과거와 미래를 가리키는 질서와 방향과 같은 기본적 요소들이 이미 포함되어 있음을 시사한다. 현재에는 "그 자체의 어떤 폭이 있어서 우리는 여기에 정지해 있고 이것에서 과거와 미래라는 두 개의 시간의 방향을 들여다보게 된다." 제임스는 현재를 순간적인 지금이 아닌 구상적인 표현을 통해 말한다. 칼끝 같은 것이 아니라 말안장(saddle-back) 같은 것이어서, 우리가 그 위에 올라탈 수 있는 일정한 정도의 넓이를 가지며, 또한 그 위에서 전후의 두 방향으로 시간성을 조망, 구성할 수 있다.(1950, 609)

킨 중요한 철학자이다. 그러나 아우구스티누스는 기억을 인간의 능력 중 고귀한 능력으로서 본다. 이때 기억은 무시간의 영역인 영원한 하나님과의 관계에서만 의미가 있고 한계가 있다. 이것은 기억과 직관을 중요하게 보지 않는 엘리엇의 시각과도 유사하다.

베르그송의 두 번째 저서인 『물질과 기억』(*Matter and Memory*, 1913)은 존재론에 있어 기억은 의식과 무의식, 생명과 물질을 양분하는 기준이 된다는 점에서 중요하다. 라이프니츠는 물질을 '순간적인 정신'이라고 정의했다. 그러나 베르그송은 "물질은 끊임없이 다시 시작하며 현재에 존재한다. 이것이 물질의 근본 법칙이며 이때 필연성은 성립한다"(Bergson, 1913, 236)고 정의한다. 『물질과 기억』에서 베르그송의 주된 목적은 **의식의 본질은 기억**이며, 이 기억[29]의 존재는 신

---

28) 베르그송은 플라톤 이래 기억의 문제에 가장 중요한 의미를 부여한 철학자였다. 베르그송의 지속하는 자아는 시간 속에서 끊임없이 변화하고 생성하는 자아이다. 그러나 이러한 생성은 헤라클레이토스의 덧없는 만물 유전의 변화와는 분명히 다르다. 왜냐하면 지속의 질적 변화와 창조를 가능케 하는 근거는 바로 과거의 보존, 즉 기억에 있기 때문이다. 사실 지속은 두 가지 상반된 의미를 지니고 있다. 그것은 한편으로 흐르고 순수한 변화를 의미하기도 하고, 다른 한편으로 이 흐름을 지배하는 항존성의 인자를 포함하고 있다. 시간 속의 물질세계는 부단히 소멸하며 변한다. 그러나 생명과 의식은 과거를 자기 내부에 보존함으로써 물질적 시간성인 미래로만 진행하는 시간을 극복하는 힘으로 나타난다. 그리고 이 힘은 생물학적, 심리학적 의미에서 기억이다.(김진성 165)

29) 과거의 보존 능력인 습관과 기억의 관계를 밝히는 것은 특별한 의미를 갖는다. 전통적으로 기억과 습관 간의 관계에 관한 두 가지 상반된 이론이 있으며 그 하나는 기억이 습관과 분명히 유사성을 가지고 있다는 것이다. 그러나 그 본성에 있어서는 습관과 엄밀히 구분된다는 이론이다. 다른 하나는 기억과 습관은 다르지도 구분되지도 않는다는 것이다. 베르그송에게 있어 기억은 정신의 세계에 속하나 습관은 언제나 신체의 생리적인 사실로 이 둘은 구분된다. 그는 기억을 습관 기억(Bergson, 1913, p.83)과 이미지 기억으로 구분한다. 두 형태의 기억을 구분하는 것은, 물

체 질서와 무관한 독자적 실재성을 가지고 있음을 밝히는 데 있다.

베르그송에 의하면 의식(意識)은 언제나 실천적인 생에 관심을 갖는다. 그리고 의식은 끊임없이 행위와 그 결과에 관심을 갖는다. 이것

론 원칙과 이론으로만 가능하다고 말한다. 그 이유는 이 두 극단에 기억 사이에는 무수한 중간적 형태가 존재하기 때문이다.

의식의 실체를 구성하는 기억은 이미지 기억이며, 뇌수에 보관하는 기억은 습관적 기억뿐이다. 습관적 기억은 마치 운동의 연습이 신체의 일정한 조직에 배열되듯이 뇌수라는 폐쇄적 기체 속에 축적된다. 그리고 이 기억은 이미지이기보다는 행위에 가깝다.(Bergson, 1913, 89) 왜냐하면 이것은 과거의 어떤 시점에 위치한 어떤 일정한 내용이나 사태를 회상시키지 못한다. 이것이 기억이라는 이름으로 불릴 수 있는 이유는, 그것이 과거의 이미지를 보존해서가 아니라 과거의 이미지로부터 유용한 결과를 현재까지 연장시켜 주기 때문이다. 그렇다면 의식의 본령을 이루는 순수 기억은 어디에 보존하고 있는가? 베르그송은 이 물음 자체가 난센스에 불과하다고 말한다. 왜냐하면 이것은 정신의 존재성과 물질의 존재성을 혼동한 오류에서 나오기 때문이다. 물질적 질서는 존재하기 위해 일정한 공간을 필요로 하나 정신의 존재는 공간적으로 어디에도 있지 않은 것을 특성으로 하기 때문이다. 전화국에서 전화가 걸려 왔을 때 연결되는 것과 같이 어떤 특정한 공간을 기억이 차지하는 것은 아니다. 바로 이런 이유로 영혼은 물질이 소멸한 후, 즉 죽음 후에도 존재할 수 있을 가능성이 있으며 베르그송은 이것을 실어증에 대한 실증적 연구를 통해 제시했다.

무의식의 순수 기억이 일상의 순간에는 떠오르지 않는 이유는 무엇인가? 베르그송은 실어증 환자에 대한 실증적 연구를 통해 뇌는 서류를 담는 캐비닛의 서랍처럼 기억을 저장하지 않는다는 사실을 입증하고 있다. 뇌는 일종의 신경 근육의 연접기 역할만을 한다. 뇌는 운동 감각 기관의 제재 아래 현재의 삶에 불필요한 기억을 무의식 속으로 몰아넣고 현재의 유용한 기억만을 선택하여 방출하는 차단기와 선별기의 역할만을 할 뿐이다. 정상적인 의식 상태에서 모든 기억은 현재의 상황과 행위와 밀접한 관련이 있다. 그래서 평소에는 무의식의 침침한 지하실에 갇혀 있는 순수 기억이 의식의 표층에 부상할 때는 현재의 행위의 절박함에서 초연해져서 생에 무관심할 때이다. 순수 기억은 이러한 순간에 어떤 물질적인 사건에 촉발되어 떠오르게 된다.(김진성 134)

은 결핍된 존재인 인간이 끊임없이 행동하려 하기 때문이다. 이것은 인간이 시간에 **갇힌 존재**(存在)라는 의미이다. 시간 속에서 자신을 실현하기 위해 기다려야 한다. 그리고 기다림은 단순한 사고에 의해서가 아니라 활동을 통해 이루어져야 한다. 따라서 행동의 법칙은 인간 존재의 가장 근본적인 법칙이다. 의식은 현재의 **절박한 상황**을 해결하고 행위에 빛을 줄 수 있는 실용적인 기억만을 떠올린다. 행위에 밀착해 있는 현재의 의식은 기억의 총량은 무관심하다. 기억은 유용한 것만을 떠올리고 행동에 필요하지 않는 순수 기억은 억제한다. 그러나 순수 기억은 인간이 현재의 삶에 무관심해질 때 작동한다. 인간이 사심이 없어질 때 과거 기억은 온전한 전체로 되살아난다. 베르그송은 생에 사심이 없다는 것은 무용한 것 비실용적인 것을 생각하고 소중히 여기는 것과 통한다고 말한다. 실용적인 기억은 현상에 대한 부분적 지각밖에 제공하지 못하는 데 반해 순수 기억[30]은 실재에 대한 **완전한 인식**을 제공한다. 결정론의 시간은 행동에 유용한 것만을 선택적으로 기억하는 베르그송의 기계 기억으로 미래를 예측할 수 있는 시간이다. 그리고 실재에 대한 부분적 인식만을 제공한다. 그러나 순수 기억은

---

30) 이런 순수 기억은 불교의 반야지(般若智), 헤라클레이토스의 로고스 같은 무분별의 지혜이다. 이런 지혜의 눈으로 관조하면 무명(無明)의 눈에는 실체로 보이는 현상이 상즉상입의 의존 관계를 지닌 사사무애의 법계로 보이게 된다. 실용적 지성에 지배되는 지각도 과거의 기억이 현재의 지각과 결합하지만 동질적인 것에만 국한한다. 유기체에서 볼 수 있는 이질적인 다양성이 상호 침투하는 것이 아니다. 그러나 상즉상입이란 '상반의 상호 관입(相互 貫入, interpenetration of opposites)'이며, 이것은 다름 아닌 신과 같은 창조의 능력인 콜리지의 상상력("balance or reconciliation of opposites or discordant qualities")과 그 내용이 같다. 프루스트의 『잃어버린 시간을 찾아서』와 같이 엘리엇의 시에서도 과거의 일상적인 시간이 추억이라는 연금술사의 돌의 촉매작용에 의해 영원으로 되살아난다. (『T. S. 엘리엇 연구』, 이명섭, 1993, 169)

이 생의 삶에 사심이 없어져 과거에 관심이 없던 것이 새로운 의미를 띠어 인과론으로 결정되는 자아를 회복하여 되찾는 자아다. 지속은 과거를 현재에 연장시키는 기억의 연속적 생이다. 그러므로 각자 고유한 리듬을 갖는 기억의 두께를 지니고 있다. 이런 의미에서 수학과 자연과학에서 나타나는 동질적 시간과 구별된다. 베르그송은 인간의 기억을 유기체(有機體)의 전체성(全體性)과 지속성(持續性)을 지닌 의식과 거의 동일시하고 있다.

> 우리의 의식 상태는 서로 침투하여 매 순간 유기적인 전체성(*totalité organique*)을 구현하면서 존재로 향한다⋯⋯. 의식 상태의 이런 상호 침투 관계는 시간의 차원에서 기억으로 나타난다. 생명의 기억은 한마디로 시간의 非逆性을 可亦化해서 물질적 흐름을 극복하는 능력이다. 생명체에 있어서 과거는 흘러가지 않고 현재에 살아남고, 현재와 하나의 새로운 단위를 이뤄 의식의 세계는 매 순간 새로운 질로서 태어난다. 이 새로운 질은 순간에서 보면 창조이고 이런 창조를 가능하게 하는 것은 과거의 보존, 즉 지속이므로 이것을 합쳐 창조적 진화(*évolution créatrice*)라 한다. 지속하는 자아는 어떤 개념으로 표상화할 수도 이미 완전히 형성된(*toute faité*) 실재로서 객관화할 수도 없다.(김진성 53)

이 구절에서 기억은 의식과 밀접한 관계가 있음을 알 수 있다. 이런 기억은 '항상 새로운 현재'다. 이런 기억은 과거와 현재 나누어지는 결정론31)의 시간에서는 볼 수 없다. 기억은 상호 침투하는 의식의 질

---

31) 베르그송 철학은 여러 분야에서 사물을 **위에서 바라보는 관점**을 견지하며 사물을 아래에서 보는 이원론, 원자론, 관념연합론, 스펜서(Spencer)의 진화론, 과학주의를 비판한다. 사물을 위에서 바라보는 것은 존재론적으로 보다 고차적인 질서에서 하강의 길을 통해 저차원의 사실을 설명하는 관점이다. 이에 반해 사물을 아래에서 보는 관점은 저급의 요소에서

적 차원임을 알 수 있다. 베르그송의 '지속'은 사라져 버리지 않고 현재에 살아남아 매 순간 새로운 의식을 탄생하는 의미를 갖는다. 이런 지속은 기억과의 관계에서만 의미가 있는 것이다.

직관(直觀)은 진정한 '의식'인 참된 앎을 주는 무분별32)의 의식이라고 베르그송은 말한다. 직관은 '순수 기억'(순수 지속을 보여주는)의 흐름에 빠진다("intuition is an immersion in the indivisible flow of consciousness, a grasping of pure becoming and real duration")는 말 속에 직관과 순수 기억 간의 밀접한 관계를 알 수 있다.33) 이런 직관

출발하여 복잡화(complication)와 강화(intensification)의 길을 거쳐 고차적인 사실을 설명하는 입장이다. 그러나 파스칼이 지적했듯이 고차적 질서에서 저차적 질서로의 하강의 길은 연속적(*continu*)이나 그 역은 비연속적이다. 운동에서 不動으로, 連續性에서 不連續性으로 線에서 點으로 이행은 가능하나 그 逆은 불가능하다. 마찬가지로 자발성의 이념에서 그 내용을 상실함으로써 타성의 이념이 획득되나 타성의 이념에서 자발성의 이념은 나올 수 없다. 기계론이 처음에 출발한 필연의 굴레에 빠져나오지 못하고 자발성을 부인하는 이유가 바로 이것이다.(김진성 51)

제논의 역설은 화살의 궤적을 추적할 때 화살이 지나온 궤적은 점이 모여서 선을 이루는 것은 불연속이 모여 연속을 이루는 것으로 4차원인 시간을 3차원인 공간으로 간주하는 것으로 베르그송이 비판한 바 있다. "그의 시선을 보다 높이 들어 올림에 있어", 『시간과 자유의지』(*Time and Free Will*, p.105) "높은 곳에서 바라보는 신에 있어서", 『도덕과 종교의 두 원천』(*The Two Source of Morality and Religion*, p.220) 등과 같이 사물을 위에서 바라보는 관점은 그의 여러 저서에서 볼 수 있다.

32) 분별은 베르그송의 기계 기억처럼 행동에 유용한 것만을 선별적으로 구별하여 기억하기 때문에 유용하지 못하는 것은 기억하지 못하고 잊혀버린다. 그러나 시간이 지나 행동에 필요한 기준에 따라 선택적으로 구별할 필요가 없을 때 잊혀 버린 과거는 현재의 사물을 보고 문득 되살아 나오게 된다. 베르그송은 이것을 순수 기억으로 말하고 프루스트에게는 새롭게 자아가 재구성되는 계기가 된다. 새롭게 시간이 지나면서 창조되며 과거의 기억이 현재까지 지속되어 매 순간 발전하기 때문에 이것을 창조적 진화라 부를 수 있다.

에 대한 베르그송의 정의는 엘리엇의 시에서 보이는 의식과도 유사하다.("To be conscious is not in time" *CPP*.)

베르그송의 영향은 프루스트의 소설로 이어진다. 프루스트는 심층 자아인 바다에서 기억이라는 그물을 가지고 잃어버린 시간을 찾는 것과 유사하다. 프루스트는 친구에게 보내는 서한에서 기억이 없으면 예술이 있을 수 없다고 말할 정도로 예술에 있어 기억의 문제를 누구보다 강조하고 있다. 그의 소설이 주는 신비한 매력은 기억의 이론이다. 특정한 순간에 잃어버린 듯하나 실은 우리 내부에 기억은 존재한다. 무의식적 기억은 지금까지 죽었던 과거의 실재세계(實在世界)를 만나게 해준다. 이런 기억은 현실에 있어서 우연한 감각을 통해서 생긴다. 이런 감각으로 인해 자아는 시간과 관계없이 존재하는 기억을 마음속에서 일깨운다. 이 기억은 시간의 폭력에서 우리를 해방시켜준다. 이런 기억의 창조적인 힘은 우리에게 잃어버린 과거를 대면하게 해준다. 이때 우리는 일종의 황홀한 상태를 경험하고 절대적 행복감을 맛본다. 프루스트의 순수 회상을 통한 기억은 과거가 부활하고 현재에 과거가 새로운 의미로 다가와서 새롭게 나를 재구성하는 의미가 있다.

인간 정신의 고유 기능인 '기억의 사용'은 우리를 세상에 대한 집착에서 해방시키고 신의 계시에 접근하도록 이끈다. 데리다의 기억이나 베르그송의 기계 기억과는 달리 베르그송의 순수 기억이나 아우구스티누스와 단테의 기억은 우리 삶의 단편적인 것을 어떤 일관적인 패턴으로 정렬시킨다. 이런 단편적인 것들은 신의 존재를 약속하는 빛으로 마음속에서 빛날 때까지 의미 깊고 풍요롭게 만드는 힘을 가지고

---

33) T. A. Goudge, "Bergson, Henri", Paul Edwards, ed., *The Encycl. of Philosophy*, Vol.1 and 2(New York & London: Macmillian, 1967), p.290a 이명섭, 「*Four Quartets*와 태장계 만다라에 육화된 자비와 신앙」에서 재인용, p.197.

있다. 알버터스 매그너스나 토마스 아퀴나스 같은 중세의 신학자들에게 있어 기억은 단순한 이미지의 저장소로서의 기능만은 아니다. 기억은 이미지들이 정신적인 실재로서의 징조가 될 때까지 놀라운 이미지들을 명상하는 힘이다. 즉 기억은 신에게 인도하는 힘으로서의 효력을 발휘한다.(Sicari, 413) 아우구스티누스의 창조적 기억은 신과도 만난다. 인간이 신을 알기 이전에 이미 신은 기억에 있었던 것이다. "보라, 당신은 실로 내 속에 있어 주었음에도 불구하고 나는 밖에서 구했다……. 당신은 나와 함께 있어 주었지만 나는 당신과 함께 있지 않았다."(*Confessions*, X, 27, 38) 이런 기억의 힘은 영원한 하나님과의 관계에서만 의미와 그 한계가 있다.

결정론적 인과론에 갇힌 사람은 자유가 없다. 그들의 얼굴은 시간에 찌든 얼굴이요 상대 세계에 사는 뿌리 없는 삶이다. 그러나 엘리엇은 기억을 통해 이런 결정론적인 시간에서 해방될 수 있는 가능성을 보여준다.

그는 기억의 기능에 대해 "기억은 과거뿐만 아니라 미래로부터 해방을 위한 것(This is the use of memory: For liberation—not less of love but expanding Of love beyond desire, and so liberation From the future as well as the past"(*CPP*, 195)으로 생각한다. 즉 기억을 통해 인간이 시간에서 해방할 수 있음을 시사하고 있다. 창조적 기억은 인간을 시간과 공간에서 탈피하는 자유를 주며 실재를 있는 그대로 인식하여 시간에서 인간을 해방시키기도 한다. 이런 기억은 베르그송의 순수 기억과 너무 흡사하다. 단테가 사용한 기억은 과거의 이미지를 단순히 저장하는 창고가 아니라 과거 경험을 새롭고 다른 형태로 해석하고 새롭게 고치는 힘의 역할을 한다. 엘리엇은 단테로부터 이런 기억을 배웠다고 시카리(Stephen Sicari, 414)는 말하고 있다. 베아트리체를 신으로 인도하는 천국의 메신저로 만든 것은 단테의 창조적인 기억을 통해서이다. '성숙한 회상'이나 기억이 인간의 사랑에 의해 베아트리체로 하여금 신에게 인도하는 체험을 하게 만든 것이다. 단테의 작품에서 엘리엇은 기억의 힘을 발견했고, 실제로 엘리엇의 작품에서 기억은 장미원으로 이끄는 힘으로 작용한다. 엘리엇이 단테의 작품에 대해 배운 것은 『신곡』(*The Divine Comedy*)에서 보이는 악몽과도 같은 정죄(淨罪)의 여행이다.(414)

인과론적 시간에서 우리를 해방시켜 진정한 자아를 만드는 순수 기억과는 다른 기억을 말하는 학자가 있다. 그는 해체주의 기수인 데리다이다. 과거의 기억과 미래의 기대로 분열되는 시간을 인식하고 현재를 기억[34]과 기대의 흔적 사이에 있는 주름이라고 데리다는 말한다.

인간의 말은 조금 전의 말이 다음 말에 흔적으로서 보존 또는 유보되어 있다고 데리다는 말한다. 음절에 따라 자간을 만드는 방식으로 발화된다는 것이다. 이때 흔적으로서의 보존은 '기억'이라고 말할 수 있다. 기억은 기억해야 할 것과 그렇지 않은 것의 차이를 인간의 뇌에 새기는 행위이다. 따라서 기억은 곧 유보며 보존이다. 이렇게 볼 때 시간과 공간은 개념이 서로 다르면서도 동시에 시간이 공간으로 또

---

34) 현재라는 것은 지나간 현재이기에 현재는 지나간 과거의 흔적이 현재라는 가상 속에 작용하고 있을 뿐이다. 이런 과거의 '다시 당김'이나 미래의 '미리 당김'과 같은 기억과 기대의 흔적은 보통 지각되거나 의식되지 않는다. 그런 것을 의식하지 않고 사람들이 살아간다. 말하자면 지금이란 기억과 기대의 흔적 사이에 있는 주름일 뿐이다. 기억과 기대가 없으면 그런 주름이 생기지 않는다. 주름은 있지만 그 자체에서 홀로 설 수 있는 것이 아니기 때문에 지금이라는 주름은 아무것도 아니다. 그 주름은 구조적으로 차이를 만들고 공의 반송을 가능케 해주는 네트의 연결과 같기에, 지금의 주름은 말의 분절과 같다. 지금에 과거의 흔적이 이미 들어와 있고 미래의 흔적도 미리 들어올 수 있는 시간상의 빈 공간이요, 흔적이다. 그런 여백을 통해 인간은 의미를 구성한다.(김형효 141)

공간이 시간으로 변화된다고 하겠다. 그 이유는 기억도 차이이며 간격도 차이[35]이기 때문이다.

2. 역사의식과 영원의 문제

엘리엇의 시들은 역사의 의미에만 관심을 기울이는 것이 아니다. 오히려 그는 영원성을 수용할 수 있는 시간의 한 형식을 역사로 간주한다. 시간이 단지 개인의 경험일 뿐만 아니라 모든 사람이 공유할 수 있는 경험이라면 역사는 직접적이고 개인적 감정을 초월한 어떤 공통의 목표나 목적을 포함하는 것이다. 기독교의 관점에서 보면 그것은 그리스도나 초시간에 들어가는 것을 의미한다. 엘리엇의 시에서 역사는 항상 외적 시간으로 흘러가거나 혹은 인간은 진보라는 환상을 역사에서 갖는 경우이다. 아니면 역사는 그리스도의 탄생으로 인하여 구원을 얻고 하나님이 활동하는 영역이 시간 가운데 있기도 한다.

엘리엇은 「전통과 개인의 재능」("Tradition and Individual Talent")에서 그의 역사관을 전개한다. 그는 지속적으로 시인이 되기 위해 필요한 것은 역사의식[36]이라 말한다. 또한 역사를 과거와 현재의 끊임없는

---

35) 그래서 '차이가 나다'와 '연기하다'의 복합적 의미를 포함하는 차연이라는 단어는 〈시간의 공간 되기〉와 〈공간의 시간 되기〉가 서로 교차하는 직물로 표상된다. 데리다가 말하는 기억해야 할 것과 그렇지 않은 것의 차이라고 말한 기억은 행동에 유용한 것만을 선택적으로 기억하는 베르그송의 기계 기억과 유사하다 할 수 있겠다.

36) 역사의식은 과거의 과거성뿐만 아니라 과거의 현재성에 대한 인식이 요구되며, 역사의식은 시인에게 자신의 시대뿐만 아니라 호메로스로부터 유럽 문학의 전체가 동시적 존재로서 그리고 동시적 질서를 구성하는 느낌으로 글을 써야 한다고 엘리엇은 말한다. 시간적 감각뿐만 아니라 무시간적 감각 그리고 무시간의 감각과 시간의 감각이 함께하는 역사의식은 작가를 전통적인 작가로 만든다고 말한다. 그리고 어떤 작가, 어느

대화의 역동적인 과정으로 보고 있다. 이 말은 역사를 고정된 실체로서 보지 않는 것을 의미하고 텍스트만이 존재한다는 의미를 내포하는 포스트모던 세계의 주장과 다르지 않음을 알 수 있다. 베르그송은 언어를 끊임없이 변하는 유기체인 호수로 비유했다. 그러나 포스트모던의 세계와 베르그송의 세계에서 근본적으로 다른 점은 베르그송이 신의 존재를 인정했다는 점이다. 이런 그의 기독교에 대한 생각은 『도덕과 종교의 두 원천』(*The Two Sources of Morality and Religion*)에 신비주의에 대한 그의 생각과 함께 잘 나타나 있다. 베르그송은 정신적 지속의 한 전개 양상으로 물질을 이해했다. 그에게 물질과 정신은 존재론적으로 상위 개념이 아니라 지속의 실재에 입각한 하위 개념으로 이해된다. 베르그송의 지속의 존재론은 생성과 변화의 흐름을 근원적이고도 궁극적인 실재로 인정하는 역동적인 형이상학의 모습을 드러낸다. 이런 모습은 물질이 정신과 **대립적 구조**를 이루어 온 존재론적인 전통과의 결별을 의미한다. '과거의 과거성뿐 아니라 과거의 현재성'으로 본 엘리엇의 역사 인식은 베르그송이 본 시간에 대한 의식과 유사하다. 베르그송에게 있어 순수 기억은 과거와 현재가 독자적 실체로서의 시제는 아니다. 과거는 현재에서 새로워지고 현재는 과거로 인해 새롭게 재구성한다는 점은 엘리엇의 역사의식과 유사함을 발견하게 된다. 그리고 발전은 과거에는 알지 못했던 것을 현재에 알게 된다는 점에서 베르그송의 순수 기억의 작용과 비슷하다.("the difference between the

---

예술가도 혼자서는 완전한 의미를 갖지 못하며, 시인의 평가는 죽은 시인과 예술가들 간의 관계에서만 의미가 있다고 주장한다. 현존하는 기념비들은 과거의 예술 작품들 속에서 이상적 질서를 형성한다. 그리고 이상적 질서는 과거의 작품들 속에서 탄생한 새로운 예술 작품에 의해 수정된다. 그리고 온전히 현존하는 질서는 새로운 예술 작품이 나타나 새로운 질서를 위해 수정되어야 한다. 그리고 온전함을 위한 예술 작품의 가치나, 관계, 크기 등도 재조정되어야만 한다고 말한다.(*SE*, 14-6)

present and the past is that conscious present is an awareness of the past in a way & to an extent which the past's awareness of itself cannot show", *SE*, 16)

그러나 "예술 자체는 결코 개선되지 않지만 예술의 소재는 결코 같지는 않다(art never improve, but that the material of art is never quite the same). 그러나 예술은 발전(development)과 세련(refinement), 복잡(complication *SE*, 16)해진다"고 엘리엇은 말했다. 이것은 예술은 시대가 지나도 향상되는 것은 아니지만 예술의 소재는 언제나 변할 수 있다는 것을 뜻한다. 엘리엇은 또한 '유럽의 정신'을 '자기 정신보다 가치 있는 무엇(16)'으로 생각한 것은 전통을 존중하는 것으로 베르그송에게는 없는 엘리엇의 입장을 보여주는 것이다.

엘리엇이 베르그송의 철학을 천박하게 생각한 것은 진보가 끊임없이 진행된다는 그의 안이한 가정37) 때문이다. 여기서 진보는 베르그송이 말하는 진보를 의미한다. 엘리엇은 진보의 힘이 아주 약하지만 실재하는 것으로 생각했다. 엘리엇은 진보가 규칙적인 발전보다도 쇠퇴와 밀접한 관련을 맺고 존재한다고 생각했다. 이 말은 17세기가 16세기보다 발전했다고 말하면서도 혼돈의 시대에서 질서의 시대로 바뀌었다는 것을 뜻하는 것이기도 하다. 17세기의 예술가와 과학자가 16세기의 인문주의자보다 더 우수하다는 전제는 17세기의 과학자나 예술가가 영원에 더 접근했다고 가정할 때 단언할 수 있는 것이다. 그러나 17세기 이후에 질서는 무질서가 되었다. 이것은 반드시 시대가 변할 때 무질서가 질서로 향한다는 전제는 끊임없이 진보가 진행된다는 환상에 사로잡혀 있기 때문에 나오는 것이라는 것이 엘리엇의 생각이다. 엘리엇에게는 질서로 나가는 발전은 단지 가능성으로만 존재하지만

---

37) Eliot, "A Preface to Modern Literature". p.44.

시대가 변함에 따라 상실[38]은 분명하게 진행된다. 엘리엇에게 있어서 진보한다는 의미는 영원성을 향해 나아가는 것을 의미한다. 그러므로 영원(永遠)에 대한 관심이 증가하면 진보한다고 말할 수 있고 영원에 대한 관심이 점점 없어지면 퇴보한다고 말할 수 있다. 이런 관점에서 베르그송이 말한 발전은 엘리엇의 견해와는 분명히 다르며 영원이라는 형이상학적 전통이라는 기준에 비추어 보아서 이것에 근접해야 발전한다고 보아야 할 것이다.

엘리엇의 예술에 대한 관점은 그의 시에서 보여주는 형이상학적 세계관[39]과 상당히 다른 대조를 이루고 있다. 엘리엇의 역사의식을 볼 때 그의 예술에 대한 비평 태도는 현재와 과거의 두 시제 중에서 현재는 과거에 의해 과거는 현재에 의해 의미를 갖게 되는 상대주의적 시각[40]을 보여준다. 엘리엇은 시인이 전통적인 시인이 되기 위해서는

---

38) 「문화의 정의에 관한 소고」("Notes towards the Definition of Culture", 1948)에서 엘리엇은 "사실 시간이 분명하게 오는 한 가지 것은 상실이다. 획득이나 보상은 거의 언제나 생각할 수 있으나, 결코 확실한 것은 아니다"라고 말했다. 이것은 물리학에서 엔트로피의 법칙, 즉 열역학 제2법칙과 유사하다. 자연의 상태는 합성보다는 분해되어 가는 과정이다. 合成이 이루어지려면 人爲的 노력이 있어야 한다. 이런 물리학의 관점은 반드시 發展만을 전제로 하지 않고 衰退도 함께 진행되는 自然 法則을 의미하는 것이다.

39) 소쉬르(Ferdinard de Saussure)는 언어에 대해 '차이'에 의해 언어가 의미를 갖는다고 정의했다. 여기서 니이체, 데리다(Derrida), 푸코(Michel Foucault), 화이트(Hayden White), 폴드만(Paul de Man)으로 이어지면서 문학을 일종의 재현(representation)으로 보는 담론을 전복시킨다. 그 대신 언어를 대조에 의해 의미를 갖는 일종의 게임으로 보는 기능주의적 관점이 등장하는데 이것이 포스트모던 문학으로 발전하게 된다.

40) 엘리엇이 '전통론'에서 보여주는 시간은 과거와 미래를 현재라는 시점(*punctum*)이 '공시적으로 소유(*simul possessio*)'하는 '정지된 현재(*nunc stans*)' 속에서만 가능한 시간은 아니다. 그리고 현재에 과거와 미래가 정복/흡수되는 통일체(unity)를 이루어 성육화의 의미를 갖는 시간도

역사의식을 가져야 한다고 말한다. 시인에 대한 평가는 과거와 현재와의 관계에서 의미를 갖고 작품도 과거의 작품에 의해 수정되고 새로운 예술 작품에 의해 새로운 질서가 형성되어야 한다고(*SE*, 14-5) 엘리엇은 생각한다. 이런 생각은 데리다의 흐르는 시간[41)]의 관점과 상당한 유사함을 발견할 수 있다. 엘리엇의 역사의식과 그의 예술론은 모든 시간이 현재에서 통일된다고 주장하는 로고스 중심주의의 '정지된 현재', 즉 '영원한 현재'를 중심으로 해석되지 못하고 있다. 오히려 현재는 과거에 의해 인도되고 과거는 현재에 의해 수정되어 서로가 서로에게 영향을 주는 결정할 수도 확정될 수도 없는 구조를 이루고 있다. 마치 현재와 과거가 끊임없는 긴장과 갈등의 상태에 있어서 어

아니다. 엘리엇의 '전통론'은 이보다는 상대주의적인 시간과 유사한 인식론을 보여주고 있다. 이런 상대주의적인 시각은 그가 대학원에서 브래들리 철학을 공부하는 시절부터 시작되었다는 것은 그의 박사학위 논문인 『브래들리 철학에 있어서 지식과 경험』에서 "실재의 세계는 이미 만들어져 있는 것이 아니라 구축되어 있고 매 순간 구축되는 과정으로 보았다. 그리고 성격상 본질적으로 실재적인 구축물이며 근사치에 가까운 구축물이다." 이것은 엘리엇의 상대주의 시각을 보여준다. 그것은 '실존은 본질에 선행한다'는 실존주의 교리처럼 끊임없이 변하는 과정으로 보고 있는 것이다.

41) '정지된 현재(*nunc stans*)' 속에 과거와 미래가 정복되고 흡수되어 통일체를 이루는 현재와 달리, '흐르는 현재(*nunc fluens*)'는 정지된 현재처럼 독립된 실체로서의 시제는 없고 과거와 미래에 의해 구성되는 현재만이 있다. 과거와 미래의 흔적만이 남아 있다. 과거와 미래가 상호 교차하며 둘이 X처럼 가로질러 짜여 상호 의존적 관계를 지닌 '공동체(community)'를 이룬다. 이런 공동체는 과거와 미래라는 타자가 정복／흡수되어 동일성을 이루는 '통일체(unity)'와는 다르다. 좁은 의미의 말이나 글은 모두 타자들에 의해 구성되었다는 뜻에서, 즉 '원초적인 글(archwriting)'이 밑바탕에 깔려 있다는 뜻이다. '글밖에는 아무것도 없다(There is nothing outside the text)'는 데리다의 말은 객관적인 세계의 구조는 글처럼 상호 침투하는 그물망처럼 엮어져 있다는 뜻이다.

느 쪽으로도 기울어질 수 없는 관계이다. 이런 시간은 과거가 현재에 정복되어 흡수되는 정지된 시점이기보다는 아포리즘 상태로 의미의 흔적들이 상반된 뜻을 지닌 상태다. 다시 말하면 두 가지 다른 뜻이 교차하는 '어긋난 시간(contretemps)'이다. 이는 어느 하나도 정복되거나 흡수되지 않고 서로가 서로에게 영향을 주고 어느 한쪽도 '합'으로서의 투기가 아니며 흩어지고(disseminate) 둘 중 어느 것으로도 결정할 수 없는(undecidable) 상황이다. 엘리엇의 역사의식과 예술론은 기독교의 전통을 이루고 있는 단테나 토마스 아퀴나스를 계승하고 있지 못하다고 생각된다. 엘리엇의 이런 시각은 그가 고전주의와 전통주의자로 선언했음에도 불구하고, 그의 역사의식이 역사를 해석하는 상대주의적 관점이 반영되었다는 모순을 가지고 있다.

3. 언어의 문제

베르그송은 진정한 전체성(全體性)과 자발성(自發性)에서 나오지 않는 모든 행동을 표층 자아(表層 自我)에서 나온 것이라 말한다. 표층 자아는 우리의 전체 자아 가운데 어느 정도 분열되었거나 소외된 자아의 부분을 뜻한다. 이런 의미에서 베르그송은 표층 자아를 기생적 자아라고 부른다. 그러나 자유 행위는 이처럼 부분의 자아에서 나온 것이 아니라 전체의 자아에서 우러나온 행위이다. 결국 자유 행위는 '온전한 인격'[42]에서 우러나온 행위이며 마치 익은 과일이 떨어지는

---

42) Henri Bergson, *Time and Free Will*, Paris, 1889, 1910. p.172. We are free when our acts spring from our <u>whole personality</u>, when they express it, when they have that indefinable resemblance to which one sometimes finds between the artist and his work.

It will also be understood that these are symbolical representations,

것으로 베르그송은 비유를 들어 설명한다. 이렇게 볼 때 자유를 측정하는 행위는 질(質)의 문제를 뜻하는 것이 된다. 이것은 결국 자기 동일성(自己 同一性)의 문제와 궁극적으로 일치한다.

'온전한 인격'으로 행위 한다는 것은 바꾸어 말하면 가장 고도의 내적 필연성에서 행위 한다는 뜻이 된다. 이 점에서 자유(自由)와 필연(必然)은 양립(兩立)될 가능성이 있다. 이런 관점에서 베르그송의 자유론은 고전적 자유론인 스피노자의 자유론과 비교된다. 그러나 베르그송의 자유론은 스피노자의 범신론적 존재론의 입장, 즉 "모든 것이 영원의 차원에서 주어졌다는 입장"[43]을 철저히 거부하다. 시간성의 극한(極限)을 달리는 지속(持續)의 철학은 미래가 주어져 있지도 알려져 있지도 않는다고 베르그송은 말한다. 과거가 현재를 결정하고 현재 또한 미래를 결정한다면 어떻게 미래가 존재하느냐고 그는 반문한다. 따라서 주어지지 않는 미래는 엄밀한 의미에서 알 수 없다. 무엇보다도 미래는 행위와 삶의 대상일 뿐이라는 것이 베르그송의 주장이다. 생명체는 언제나 미래의 상황이 문제가 된다. 그런데 이런 생명체에 있어서 미래는 단순한 부재(不在)나 비결정성에 있지 않고 불안과 위험의 상황에 처한다. 현재에 의해 완전히 결정되어 있지 않으므로

---

that in reality there are not two tendencies, or even two directions, but a self which lives and develops by means of its very hesitations, until the free action drops from it like an over-ripe fruit.

43) 베르그송의 시간 철학은 '모든 것이 주어진다'고 가정하는 모든 형태의 이론을 배격한다. 자유론에서 무엇보다 문제가 되는 이론은 기계론과 목적론이다. 이들의 근본적인 차이점은 기계론은 결과가 필연적으로 나오며 목적론은 결과가 기능적으로 나온다는 점이다. 그러나 이들의 공통점은 미래가 기계론에서는 원인 속에, 목적론에서는 이념 속에 이미 주어져 있으며 또한 알려져 있다는 것이다.(*Time and Free Will*, paris, 1889, 1910. p.172)

미래는 무한한 가능성으로 채워져 있다. 알려져 있지 않으므로 미래는 낯설어서 우리를 긴장시키고 노력하게 만든다. 베르그송의 자유는 미래를 기대하는 우리를 가장 능동적으로 만든다. 이 능동성은 전인적 기억[44]을 가능하게 한다.

『창조적 진화』(*The Creative Evolution*)에서 베르그송은 본질적으로 '의식의 넓은 흐름'은 물질을 관통하고, 의식은 물질을 구성하는 진화의 과정으로 작용하고 있음을 설명하고 있다. 의식은 진화의 원동력이 되는 중요한 부분이라고 베르그송은 주장한다. 의식[45]은 자유로, 베르그송은 물질은 필연으로 본다. 베르그송은 더욱 더 불활적(不活性)인 특징을 이루는 물질(物質)의 한계로부터 자유롭기 위해서 물질에 창조적으로 작용하는 의식의 과정을 진화로 설명한다. 이런 과정에 대해 베르그송은 "실재를 판단할 때, 실재는 데카르트가 구분한 이분법인 위로 향하는 의식과 아래로 향하는 물질로 나눈다"고 말한다. 여기서 베르그송은 자아를 물질과 의식으로 나누는 이원론의 입장에 선다. 이런 베르그송의 이원론적 사유는 엘리엇에게 비판의 대상이 된다.

---

44) 기억은 시간의 비가역성을 가역화하여 물질의 흐름을 극복할 수 있다. 그러나 물질은 독립적이고 기계적인 관계를 맺을 수 있을 뿐 내적이고 능동적인 관계를 맺을 수 없다. 물질은 전체와 부분은 서로 나누어지고 합쳐질 수 있는 관계이다. 물질은 과거와 현재가 단절되고 물질에 있어 시간은 끊임없이 소멸된다. 과거를 현재에 보존하지 못하는 물질은 따라서 동시적 공존과 반복의 세계이다.

45) In reality, life is a movement, materiality is the inverse movement⋯⋯ The impetus of life⋯⋯ consists in a need of creation. It cannot consist absolutely, because it is confronted with matter⋯⋯ But it seizes upon this matter, which is necessity itself, and strives to introduce into it the largest possible amount of indetermination and liberty. The *Creative Evolution*, tr. Arthur Mitchell(Maryland, 1983), 186–89. 이후로는 *CE*로 인용함., p.249–251.

생에 대한 무관심(無關心)은 지속의 긴장이 완화된 상태이다. 계속해서 생에 무관심하면 존재는 파괴된다. 그러나 지속의 깊은 인식을 얻으려면, 행동에만 집중하는 긴장된 의식 상태는 해소되어야 한다. 의식은 긴장하지만 이완하는 양면성을 동시에 가져야 한다.

직관은 지성이 파악할 수 없는 것을 사심이 없는 인식으로 파악할 수 있다. 직관은 공감이나 전체적 경험 또는 이해관계를 떠난 본능이라고 베르그송은 정의한다. 그는 직관의 상태를 무관심이나 잠 그리고 꿈의 상태로 이행하는 주의의 전환으로 보지 않는다. 도리어 정신이 팽창하여 분산하는 자아의 실체를 단일성 속에서 파악하는 계기에서 본다. 따라서 그는 생명주의의 반대 개념으로 놓았던 **사심 없음**[46]을 본래적인 "생에 대한 또 다른 몰두"(*M.M.* 189)라고 표현한다. 베르그송의 이런 직관에 대한 사고는 순수 기억을 가능하게 하는 근거가 되며 이런 점에서 순수 기억은 삶을 온전하게 이해하는 역할을 한다.

의식은 공간보다 더욱 실재적이라고 베르그송은 생각한다. 『물질과 기억』에서 실재는 "주어지고 나누어지고 확장할 수 있는 것과 순수하게 확장할 수 없는 것 사이를 매개하는 어떤 것"(*M.M.* 245)이라고 베르그송은 확신한다. 이런 진술은 "완전히 공간이 포기되고, 그때 동질적 특성을 띠는 공간은 독립적 관계를 이루기 때문에 지성으로 표

---

46) '생에 대한 관심'과 반대되는 개념으로 현실적 생에 사심이 없는 정신은 이제까지 감추었던 과거의 기억과 참된 자아를 되살릴 수 있다. 베르그송은 우리의 모든 과거의 사실에 대한 기억이 비록 현재에 유용한 것이 못되어 대부분의 경우 의식의 표층에 떠오르지 못하지만 하나도 손상됨이 없이 보존되어 있고 이런 기억은 의식이 현재의 생에 사심이 없을 때(disterested) 되살아나는 힘을 갖게 된다고 말하고 있다.(김진성 102)
"생에 사심이 없을 때는 무용한 것과 비실용적인 것을 생각하고 소중히 여길 줄 아는 것과 통한다."(Bergson, *Matter and Memory*, tr. N. M. Paul and W. S. Palmer: New York, 1988 p.80) 이하 이 책을 *M.M.*으로 표시함.

현되며…… 동질적 공간은 본질적 관계인 내면에서 확립된 것과 전혀 관계가 없는 것이라"[47])는 의미를 함축하게 된다. 공간은 사물 간의 외면적 관계로 베르그송은 보았다. 그러나 인간의 내면의 관계는 이런 외면의 관계로 적용할 수 없는 깊이를 갖고 있기 때문이다.

엘리엇은 가장 근본적인 형이상학적 범주를 공간과 시간으로 본다. 그런데 이런 공간과 시간조차도 일반적인 사회가 만든 지적 구성물로 엘리엇은 생각한다. 이런 견해는 공간과 시간을 분리할 수 없는 정신의 표현으로 보았기 때문이며, 또한 사회적 구조와 밀접한 관계를 맺는 것으로 보기 때문이다. 이런 점에서 공간과 시간은 이원론처럼 둘로 나눌 수 없다는 구조라고 엘리엇은 보는 것이다. 그러나 베르그송에게 있어서 공간은 과학이 지배하는 세계의 관점을 나타낸다. 그러나 내적인 개성, 경험, 느낌으로 나타나는 시간의 영역은 공간으로 반영할 수 없는 영역이라는 것이 베르그송의 견해이다. 공간과 시간을 이원론으로 단절하는 베르그송의 모순을 지적하는 엘리엇은 베르그송 사상을 비합리적으로 평가절하하게 된다. 그리고 그는 아리스토텔레스나 아퀴나스에 의해 형성된 전통을 따르게 되어 그 전통에 합법적인 위치를 부여하여 회복하려는 시도로 볼 수 있다. 언어에 대해 불신하는 베르그송은 내면세계의 진실을 표현하는 유일한 길로서 이미지의 사용을 제안한다. 그는 인간 내면의 심리상태를 유기체인 호수로 비유했다. 이런 언어에 대한 베르그송의 생각은 엘리엇의 객관적 상관물과 매우 유사하다.

초기에서 보이는 이원론적 사유에도 불구하고, 베르그송 사상은 사물을 단절되는 것으로 보지 않고 궁극적으로 서로서로를 관련된 것으

---

47) "Draft of a Paper on Bergson", 9-10. Ms. 1910-11, Eliot Collection, Houghton Library, Harvard University. 이후로는 "Bergson", Ms.로 인용함.

로 본다. 이것은 낭만주의 경향이 갖는 중요한 의미이다. 사물 간의 관련성은 사상과 언어가 결합할 때 찾을 수 있는데 그 가능성을 베르그송은 이미지에서 찾았다. 이미지는 개념보다 직관에 더 근접해 있다. 직관에 가까이 다가서기 위해서 이미지에 의지하지 않으면 개념은 필연적으로 더 추상성과 일반성을 띠게 된다고 베르그송은 주장한다. 이처럼 개념이 직관으로 가는 통로는 반드시 이미지를 통해서만 가능하다. 이런 이미지를 통한 경로는 결국 구체적인 경험인 사실에 곧 바로 근접함을 의미한다. 베르그송은 이것을 매개적이고 중개적인 이미지로 부르고 있다. 이런 이유 때문에 베르그송은 무수히 많은 은유와 비유를 사용한다.[48] 이것은 엘리엇이 객관적 상관물을 통해 감정을 불러일으키는(evoke) 것과 비슷한 방법이다.

사상뿐만 아니라 느낌과 감각은 대체적으로 언어가 지니고 있는 범주의 산물인 점을 보여주려는 것이 베르그송의 목적이다. 그래서 "감각에 대해 언어가 주는 영향은 보통 생각되는 것보다 훨씬 깊다"[49]고 말한다. 엘리엇의 경우도 역시 "사상이 주는 '외적 장식'으로서의 언어는 순전히 '글자 그대로'만 나타나기 때문에 외부 세계를 재현할 수 없다"고 주장한다. 해체주의자들이 주장하기 오래전에 벌써 언어는 본질적으로 은유적이라고 정의 내려져 왔다. 그래서 "가장 추상적인 사고조차도 은유에 의존한다면 가장 훌륭한 은유는 사물과 일대일 대응

---

48) 『시간과 자유의지』(*Time and Free Will*, 1910)에서 베르그송은 언어를 불신하며 언어의 한계성을 지적하고 있다. 삶의 깊은 느낌은 언어로 추상화할 수 없는 것으로 보았고 그와 가장 가까운 것을 이미지나 상징으로 보았다. 이미지나 상징도 삶을 직접 체험하는 것은 아니므로 그 한계가 있는 것이다.(pp.164-168) 홍경실도 『이성과 반이성』에서 이미지를 직접 체험에 가장 가까운 것으로 보았다.(pp.185-208)

49) *Time and Free Will: An Essay on the Immediate Data of Consciousness*, authorized tr. F. L. Pogson(London, 1910), 131.

할 공통점이 없다"50)는 것이 엘리엇의 주장이다. 이런 견해는 낭만주의 유산인 비유와 은유에 대해 베르그송과 엘리엇의 견해가 공통된다는 것을 보여준다.

엘리엇의 객관적 상관물 이론은 시인이 체험한 진실을 전달하기 위해 등가의 상관물을 찾아야 한다고 말한다. 누구나 시간을 의식하는 양상이 다르며 느끼는 강도 또한 사람에 따라 정도의 차이가 있다. 그렇기 때문에 시인이 경험한 진실을 똑같이 전달하는 것은 기표(記表)와 기의(記意)가 일치하는 것이라 하겠다. 그러나 기의가 사라지고 기표만이 남고 언어의 유희와 무한성만이 살아 있게 된 지금, 시인의 체험이 독자에게 똑같이 전달될 수는 없을 것이다. 그리고 엘리엇은 형이상 학파 시인들이 그랬듯이 시인은 "마음의 느낌들에 해당하는 등가물"(*SE*, p.289)을 찾아야 한다고 말했다. 그리고 마음들과 느낌들의 상태가 분리되지 않고 특유한 전체를 형성한다면, 언어의 속성은 특유함을 파괴하게 되고 언어는 이런 감정의 복합 상태를 분리한다. 그래서 언어로서는 자신의 체험을 정확히 표현할 수 없는 것이다. 그렇기 때문에 시인은 그것에 상응하는 객관적 상관물을 찾아야 한다. 이와 객관적 상관물과 비슷한 베르그송의 언어관은 『시간과 자유의지』에서 다음과 같이 표현되어 있다.

> "The poet with whom feeling develops into images, and the images themselves into words which translate them while obeying the laws of rhythm. In seeing these images pass before our eyes we in turn experience the feeling which was, so to speak, their emotional equivalent."(15)

---

50) "Studies in Contemporary Criticism(Ⅰ)", *Egoist*, 5(October 1918), 114.

엘리엇의 미학에 반영(反映)된 것처럼 보이는 많은 요소들은 베르그송의 『시간과 자유의지』(15)에서 볼 수 있다. 베르그송의 감정적인 등가물에 관한 생각은 엘리엇의 '객관적 상관물' 이론의 정의와 유사하다. 감정을 표현하기 위해 시인은 '그런 특별한 정서의 공식이 되는 일련의 사물, 상황, 일련의 사건'[51]을 찾아야 한다. '정서적인 등가물'과 '공식'을 각기 이야기할 때 베르그송과 엘리엇은 이미지들과 대상들의 세계와의 의식 사이의 어떤 연속성이 있다는 것을 함축적으로 의도하고 있다. 시기적으로 볼 때 엘리엇이 베르그송의 『시간과 자유의지』를 읽은 후에 그의 객관적 상관물의 이론이 나왔으므로 엘리엇이 베르그송의 영향을 받았다는 것은 부정하기 어려워 보인다.

엘리엇의 언어에 대한 생각은 언어를 신비평에서 말하는 유기체와 관련지어 볼 수 있다. 생명은 부단 없이 변하고 발전하며 환경에 적응한다. 그리고 환경에 적응하지 못하고 퇴보하기도 한다. 또한 퇴보와 발전을 거듭하는 과정을 거치며 변화하기도 한다. 엘리엇은 언어를 부분적으로 진화론적 유산과 다른 부분적인 면에서는 신성한 양면성을 갖고 있는 것으로 보았다. 생각과 언어를 논할 때 베르그송은 생각이란 '살아 있는 것'이며, "생각을 표현한 언어도 살아 있어야 한다"(*Comedy*, 137)고 말하고 있다. 이것은 언어를 유기체처럼 변하고 성장하는 것으로 보는 관점이다. 그리고 베르그송은 『시간과 자유의지』(196)에서 살아 있는 것은 "끊임없이 변하는 것"이라고 말한다. 엘리엇도 1940년에 "살아 있는 언어는 끊임없이 변한다"고 말했고 1953년에 "살아 있는 문학은 항상 변화의 과정에 있고 연속성을 위해 언어도 꾸준한 변화를 해야 한다"고 말했다. 이런 언어에 대한 생각은 그의 「이스트 코우커」에서도 나타난다. 시는 '말과 의미의 끊임없는 씨름'을 해야 하고, "지

---

51) T. S. Eliot, *The Sacred Wood*(London, 1920), 100. 이후 *SW*로 인용.

식의 제한된 가치는 기껏해야 경험에서 나오며 지식은 패턴을 강요하며 왜곡시킨다. 그러나 패턴은 매 순간 새롭고 지금까지 우리에게 영향을 주었던 가치에 충격을 주기 때문이다."[52] (*CPP*, 179) 시간에 대한 경험은 시간이 흘러갈 때 경험이 주는 의미는 과거가 되므로, 고정되어 버린 과거는 현재에는 무의미하다. 그래서 예술가는 "어떤 새로운 경험을 끊임없이 찾아야 하고, 친근한 것들을 새롭게 이해하고, 우리가 경험했으나 적절한 단어로 표현하지 못한 새로운 표현을 찾아야 한다"[53] (*OPP*, 7)고 말한다. 그래서 시인은 끊임없이 탐험하고 새로우면서 살아 있는 언어를 만들어야 한다.

베르그송은 "의식의 밑바닥에 가면 진정한 자아는 서로 침투하여 녹게 되어 각각 다른 색채를 띠게 된다. 그래서 사람마다 독특한 저마다의 사랑과 미움의 방식을 갖게 되는 것이다. 이런 사랑과 미움은 각자의 '온전한 인격(*whole* personality)'을 반영한다. 그러나 언어는 이런 저마다 다른 상태를 모든 같은 단어로 표현한다. 그리고 언어는 사랑과 미움 그리고 영혼을 불러일으키는 수천 가지 감정들을 고정시킨다. 소설가의 능력은 언어가 추락시킨 원초적이고 살아 있는 개성을 세세하게 일일이 첨가하여 느낌들과 관념들을 원상대로 회복시키는 것이며 이런 능력은 소설가의 재능"이라고 『시간과 자유의지』(164)에서 말하고 있다. 그리고 이런 이미지들이 우리 눈앞에 지나가는 것을 볼 때 감정적인 등가물을 불러일으킨다고 말한다.(15)

시는 인간의 무의식이나 잠재의식 같은 다른 세계를 표현해야 한다. 언어로서 이름 지을 수 없는 근본 경험 같은 진실을 시로 표현해야 한다는 것이 더글러스의 주장이다.[54] 시와 과학의 차이점은 과학은

---

52) *The Complete Poems and Plays of T. S. Eliot*는 *CPP*로 약함.

53) *On Poetry and Poets*를 *OPP*로 약함.

언어로 모든 것을 표현될 수 없는 입장이다. 그러나 시의 세계는 언어로 표현할 수 없는 진실의 세계를 담을 때 진정한 시의 기능을 하는 것이라 생각된다. 그러나 시의 근본적 기능인 기표와 기의의 문제로 가면, 시가 과연 근본 경험이나 신비 체험과 같은 세계를 전달할 수 있느냐의 문제가 생긴다. 이 점에서 베르그송처럼 엘리엇도 언어들은 필연적으로 시간이 지남에 따라 처음의 생기를 잃어 간다고 보았다. 그러나 우리들은 생기가 환기되기보다는 경험으로 대체하려는 경향이 있다고 주장한다. 그래서 언어는 끊임없이 건강을 회복해야 한다. 왜냐하면 언어는 "항상 퇴보하는 낡은 장비이며/ 부정확한 느낌들이 전반적으로 혼란한"(*CPP*, 182) 상황을 일으키기 때문이다. 그리고 시인은 언어가 지닌 일반화와 분류화하려는 경향과, 정확하게 대상을 지시하려는 언어의 한계를 극복해야 한다. 따라서 시인은 한 가지 방법만 가지게 된다. 그것은 이미지를 사용하는 것이다. 기표를 정확히 전달할 수는 없지만 가장 근접한 방법이라 하겠다. 이것은 베르그송이 궁극적으로 선택한 이미지를 통한 환기와 매우 유사함을 발견할 수 있다. 여기서 엘리엇의 객관적 '상관물 이론'과 베르그송의 '이미지 이론'의 유사성을 발견할 수 있고 시인과 철학자의 언어에 대한 일치된 견해를 얻을 수 있다.

Paul Douglass는 만일 "시인의 시가 잘 짜여졌다면 이름 지을 수도 없고 말로 표현할 수 없는 경험을 표현해야 한다고 말한다. 우리는 그를 촉매라고 적절히 부를 수 있다. 시인 자신은 중요하지 않다. 그는 우리를 깨닫게 해주는 수단이기 때문이다."(78) 베르그송이 시인을 인

---

54) Paul Douglass, *Bergson, Eliot, & American Literature*(The University Press of Kentucky, 1986), pp.78-9. 이 책에서 시가 교묘하게 잘 만들어 졌다면 시는 우리가 명명할 수 없고 그래서 말로 표현할 수 없는 경험을 불러일으킨다고 더글러스는 말한다.

화지에 사용되는 '試藥(reagent)'55)라고 부른 것과 엘리엇이 「전통과 개인의 재능」에서 시인을 화학의 촉매 기능으로 표현한 것은 비슷한 생각이다.

시인에게 있어 경험의 강도와 질(質)을 독자에게 전할 때 지적 용어로는 정확하게 전달할 수 없다. 그래서 시는 "지성이 아닌 감성의 기능이다"고 엘리엇은 말했고 "지성의 용어로는 충분히 정의될 수 없다"(SE, 118)고 했다. 그러면서 엘리엇은 직관을 '우주를 해결하는 열쇠'로 만들려는 사람들을 경멸한다고 말했다. 이것은 감성의 기능과 가까운 직관을 중시하려는 입장은 아니며 오히려 과소평가하는 것이다. 그런데 시는 지성적 언어로 설명될 수 없다는 엘리엇의 말은 그의 그이 직관에 대한 생각과는 다른 것이기에 모순된다.

엘리엇은 "진정한 시란 사심(私心)이 없는 직관의 상태를 거쳐 무의식의 항해와 같은 그런 깊이까지 꿰뚫을 수 있다"(Douglass, 74)고 했다. 그리고 "진정한 시는 무의식의 퇴보를 피하는 희망을 제공하기 때문이다"56)고 말했다. 또한 엘리엇은 인간의 무의식이나 잠재의식 그리고 신비 체험과 같이 양으로 치환할 수 없는 내면세계의 진실은 언어로 전달할 수 없다고 생각했다. 이런 내면세계의 진실이 언어로 표현될 수 없다는 표현은 『네 개의 사중주』에서 잘 묘사되어 있다.(CPP, 180-1) 사람마다 순간순간 시간을 의식하는 감정과 느낌이 다르고, 환경에 따른 반응도 다르므로 시인의 정서를 언어로 정확히 전달할 수 없다. 여기서 정점(still point)에 대한 엘리엇의 언어에 대한 묘사는 양자부정(neti-neti)57)이다.(CPP, 181) 부정하고 고정화하

---

55) CM, 159. Paul Douglass, *Bergson, Eliot, & American Literature*에서 재인용. 화학의 시약, 시제, 반응물.

56) T. S. Eliot, "Commentary", *Criterion* 3(April, 1925): 342.

57) neti-neti는 산스크리트어로 양자를 부정하는 것으로 언어는 신비 체험

거나 실체화하려는 언어의 속성을 거부하는 것은 언어가 갖는 한계를 보여주는 것이라 하겠다. 시인은 자신의 체험을 이미지를 통하여 독자에게 비슷하게 불러일으키는 객관적 상관물 이론도 이런 실제에 대한 인간의 경험을 표현하는 한계를 말하는 것이다.

베르그송도 『시간과 자유의지』에서 인간의 내면세계의 진실은 과학의 언어로서 설명할 수 없는 체험의 시간으로 말하고 있다. "심리상태는 그 존재를 구성하는 과정의 끝에 도달할 때, 심리상태는 형상화되면 사물화(事物化)가 되는 속성이 된다."(Bergson, 198.) 그러나 베르그송은 "시간은 보이는 것이 아니라 사는 것을 요구한다"(Bergson, 191)고 시간을 정의한다. 시간 세계는 인간이 사는 구체적 세계인 것이다. 의식 상태는 살아 있기 때문에 끊임없이 변화한다. 그러나 시간을 언어로 추상화하면 생명 세계는 사물 세계로 변한다. 의식 세계는 신비 체험가가 경험한 내면세계이며 이런 의식 세계를 엘리엇은 하버드대학 시절에 경험[58]했음을 고백했다. 엘리엇은 자신의 삶을 압도하는 강한 신비 경험을 했다. 그러나 엘리엇은 자신을 신비가라고 하지 않았으나 항상 신비주의에 관심[59]을 가졌다고 말했다.

과 같은 경험을 표현할 수 없다는 신비주의에서 쓰는 표현이다. 內在와 超越의 모순에 통일을 감행할 때의 경험은 말로 표현할 수 없는 체험이기에 부정의 표현을 쓴다.

58) "About the same time that Eliot graduated from Harvard College, while walking one day in Boston, he saw the streets suddenly shrink and divide. His everyday preoccupations, his past, all the claims of the future fell away and he was enfolded in a great silence." Lyndall Gordon, *Eliot's Early Years*(Oxford: Oxford University Press, 1977.), p.15.

59) "I don't think I am a mystic at all, though I have always been much interested in mysticism…… With me certainly, the poetic impulse is stronger than the mystical insight, at one time or another, of an unsystematic kind. No doubt Wordsworth and Vaughan and Traherne

엘리엇은 성 요한의 십자가를 제외하고는 진정한 시인인 신비가는 없다고 말한다. 신비 경험을 하는 모두 사람이 신비가가 될 수 없다는 말은 신비 체험의 강도가 중요한 기준이 되는 것을 의미한다.

4. 엘리엇의 베르그송 비판

베르그송의 역동적 형이상학에 의하면 존재 개념은 이제 생성 개념[60]으로 대체되며, 전통적인 정신과 물질의 이원론적인 대립의 구도는 일원론적 지속이라는 상위 개념에 의하여 해소된다.

엘리엇이 쓴 『베르그송에 관한 논문』에서 엘리엇은 "베르그송의 입장에서 볼 때 관념론 대실재론 사이에 어떤 모순들이 있음을 보여주고 있다. 그리고 실재론보다 관념론이 더욱 중요하다는 신념에 바탕을

and even Tennyson, I believe, had had some curious mystical experiences. But I can't think of any mystic who was also a fine poet, except Saint John of the Cross. A great many people of sensibility have had some more or less mystical experiences. That doesn't make them mystics. To be a mystic is a whole-time job-so is poetry. Paul Murray, *T. S. and Eliot and Mysticism*(London: Macmillan, 1991), p.1.

60) 구조주의에 있어서 구조 개념이 전통적인 철학의 온갖 이분법적 대립 구조, 즉 주관과 객관, 자연과 문화, 정신과 물질, 선과 악, 신과 인간 등의 온갖 대립을 구조라는 관계 개념으로 해체시키듯이, 베르그송의 새로운 존재 개념인 지속에 의하면 정신과 물질은 존재론적인 이항 대립의 관계에서 지속의 하위 개념으로 이항 공존의 관계를 맺기에 이르렀다. 둘 사이의 차이가 있다면, 그것은 구조주의가 존재론의 논의를 폐기시키면서 구조라는 인식론상의 개념으로 문제를 해결했다고 본다면 베르그송은 아직 근대 존재론의 영향 아래에 머물면서 그러한 기반 위에서 문제를 해결하고자 했다는 사실이다. 그렇기 때문에 베르그송은 존재론적인 상위 개념을 지속이니 생명이니 하면서 고집할 수밖에 없었고 그 하위 개념을 물질과 정신으로 보면서도 이 양자의 규명에 있어서는 전혀 이질적인 실재성을 주장했던 것이다.

두고 있다"(DB, 1)는 점을 명확히 밝히고 있다. 엘리엇은 베르그송이 주장하는 논쟁 가운데 쟁점이 되는 세 개의 중요한 점을 예를 들어 설명한다: "첫째는 비본질적인 것과 본질적인 복합성이 대립이고, 둘째는 지속(*durée reélle*)[61]이 지니는 모순들이며, 셋째는 관념론과 실재론 사이를 연결하려는 시도" 등이다.(DB, 1)

이 논쟁 가운데 첫 번째는 "내부적 본질과 외부적 비본질(非本質)의 대립"인데 베르그송이 『시간과 자유의지』에서 전개한 주제이다. 베르그송에 따르면 언어는 '공간화'된다. 왜냐하면 "물질로 된 사물들처럼 관념들은 언어가 같으면서 차이가 나며, 같으면서 연속하지 않는 성질을 갖기를 요구하기" 때문이다. 이와 같이 "사고를 사물에 흡수되는 것"이 실질적으로 삶에 유용하게 될 때, 우리는 정신 상태 같은 비공간적 현상을 공간적 현상으로 생각하게 된다. 이렇게 되면 확장할 수 있는 것과 확장할 수 없는 것, 양과 질, 동시성과 연속성 사이의 혼동[62]을 일어난다는 것이 베르그송의 주장이다.

엘리엇의 「베르그송에 관한 논문」에서 '의식과 물질의 대립'이라는

---

61) 이 단어는 엘리엇의 원고에는 실제로 삭제되어 있다. 그러나 엘리엇은 'real duration'이나 *durée* 같은 베르그송의 개념에 대해 토론했기 때문에 이곳에 사용되었다.

62) *Time and Free Will: An Essay on the Immediate Data of Consciousness*, Authorized tr. F. L. Pogson(London, 1910), pp.113-4. 베르그송에게 있어 의식과 물질 사이에는 환언할 수 없는 차이가 있다. 물질은 언어에 의해 독립적이고 분리된 대상으로 인위적으로 나누어지는 반면 정신은 실재의 시간과 지속되는 특징을 갖는다. 지속 가운데 측정되는 시계적 시간은 단지 상징적 재현일 뿐이다. 지속은 의식 상태가 상호 의존적이어서 측정 가능한 것은 아니다. 과거가 현재에 영향을 계속 미쳐서 유기적인 전체를 구성하기 위해 다른 것에 침투하여 과거와 현재가 선이 희미해지는 것을 의미한다. 베르그송은 "확장할 수 없는 것과 확장할 수 있는 것, 양과 질 사이에 공통되게 만나는 공유점은 없다"(『시간과 자유의지』, 70)고 주장한다. 그는 물질과 정신 간의 분리인 이원론을 주장하는 것이다.

문제는 브래들리의 사상의 관점으로 베르그송의 이원론을 잘 해석하고 비판했다. 정신과 물질의 차이는 다음과 같다. 우리는 정신적인 상태를 '다소'와 같은 표현을 하는 주관적 의미를 갖는 문제에 직면한다. 엘리엇은 "물질세계로부터 특별한 특성을 추상화할 수 있다. 그리고 그 추상화는 독립된 관계로 구성된다. 이와 같은 방법으로 당신은 정신 상태에서도 특별한 특성을 추상화할 수 있다. 그러나 정신 상태는 사물을 다루는 경우와 다르게 잘 적용되지 않는다"(DB, 6-7)고 하면서 이원론적 견해를 반박한다.

이런 베르그송의 이원론을 반박하는 바탕은 엘리엇이 브래들리의 철학의 전통을 따르고 있다는 것이다. 즉 관계가 독립이냐 의존이냐 하는 문제다. 헤겔의 『논리학』(*Science of Logic*)에서 유래한 브래들리의 관점은 이렇다. 관계는 두 개의 독립된 실체의 관계가 아니다. 예를 들어, 아버지와 아들이라는 용어는 그들을 구성하는 관계를 생각하지 않을 수 없다. 이것은 관계가 독립되어 있다고 주장하는 러셀(Russell)이나 무어(Moore)에 대해 브래들리가 반대하는 관점이다. 의식 상태는 상호 침투적 복합성을 가지며 물질은 숫자로 표현할 수 있다고 엘리엇이 말할 때, 의식과 물질이 의존의 관계냐 독립된 실체냐 하는 문제에서 개별적인 실재이기에 독립적으로 구분한다는 베르그송을 다음과 같이 비판을 한다. 정신 상태들은 서로 구별되지 않고 유기적 전체로 융합되지만 사물들은 서로서로 '개별적'이고 독립적이라고 베르그송은 주장한다. 그러나 '내재성'과 독립하는 '외재성'이 두 개의 독립된 질서를 갖고 존재하는 특징은 아니다. 우리는 양쪽의 질서를 다 볼 수 있다. 그래서 물질과 정신을 이원론으로 나누어 독립적으로 설명하려는 베르그송을 엘리엇은 비판하고 있다.

실재의 삶에서 우리는 사물들을 개별적인 실체로 간주하는 것은 더욱 쉬워진다. 문학 비평 용어에서 의식과 대상으로 확실히 구별하는 것을 부정하는 엘리엇은 의식과 대상을 구별하지 않고 함께 적용한다. 시인의 임무 중 하나는 의식 상태를 객관화하는 것이지만 의식 상태와 그것을 표현하는 데 사용한 대상 사이는 연속성(連續性)이 있다고 엘리엇은 주장한다. 그러나 베르그송은 『시간과 자유의지』에서 이원론의 입장을 주장하며 사물과 의식 상태의 분리를 강조한다. 그래서 베르그송은 물질은 그런 성질 때문에 객체화하고 공간화할 수 있다. 그렇지만 의식 상태는 언어로 공간화할 수 없는 질의 세계이지만 그동안 언어를 공간화했기 때문에 그것을 경계해야 한다는 것이 베르그송의 『시간과 자유 의지』에서의 주된 논점이다. 이것은 의식과 물질을 이원론으로 나누는 것처럼 보이나 실은 이원론으로 나누려는 것이 베르그송의 목적은 아니다. 『창조적 진화』에서 물질과 의식은 통합된다고 말했기 때문에 베르그송을 무조건 이원론으로 단정할 수는 없겠다.

엘리엇의 베르그송에 대한 초기의 공격은 파괴적이었다. 언어로는 느낌의 강도는 측정될 수 없다는 베르그송의 견해[63]에 이의를 제기한다. 베르그송은 느낌의 강도와 근육 감각의 강도, 즉 두 가지 형태의 강도(intensity)를 합쳐서 생각하기 때문에 심리상태를 측정될 수 있는

---

63) On page 5, D. I. [*Données* Immediates, *Time and Free Will*] Bergson suggests that the difficulties of the problem there involved may result from our calling by the same name intensities of very different nature, the intensity of a sentiment and that of a sensation. Let me trace out the distinction which he thus establishes. *Pure* intensity, he now says, ["] is reduced to a certain quality or matter which colors a *greater or smaller mass* of psychic states, or, a *greater or less* number of simple states which colors the fundamental emotion.["]······ He continues, ["]the progressive modification which come to the confused mass of coexistent psychic facts(*faits*). But this is a change of quality, rather than of magnitude.["]

양(量)으로 보는 '문제'가 생긴다고 주장한다. 다시 말해서 신체의 감각은 외적 물체의 어떤 운동과 연관될 수 있다. 그러나 측정할 수 있는 것은 감각이 아니라 운동이다. 그래서 어떤 느낌, "참된 기쁨이나 슬픔, 내성적인 열정이나 미적인 감정……(such as deep joy or sorrow, a reflective passion or an aesthetic emotion……)" 등은 확장될 수 있는 물질적 대상과 아무 관계가 없다. 이런 '영향력' 있는 느낌과 감각들은 베르그송이 주장하듯이 강도로 나타낼 수는 있지만 양으로 나타낼 수 있는 크기로는 측정할 수가 없다는 것이 베르그송의 주장이다. 우리는 이런 것들을 '다소' 같은 표현으로 부적절하게 '강도'로서 말한다. 그러나 감정이 '더욱' 강도가 세어질 때 일어나는 것은 양이 아니라 질이 변화하는 것이다. 이것은 베르그송이 『시간과 자유의지』(75-79)에서 주장하는 주요 핵심이다.

엘리엇은 이런 베르그송의 이원론을 비판한다. 심리상태의 강도(强度)를 말할 때조차도 베르그송은 양이나 수(數) 같은 부적절한 언어를 사용했음을 지적한다. 즉 베르그송은 'more or less', 'greater or smaller'와 같은 양이나 수를 함께 나타내는 표현을 언어로 재현하려는 모순에 빠져 있다고 엘리엇은 비판한다. '수'라는 개념은 물질과 정신을 나누는 베르그송의 이분법적 도식에 중요한 역할을 한다. 그런데 베르그송은 애써 '수'만이 필연적으로 공간적인 것이라고 하고 이것을 증명한다. 숫자는 "확장된 이미지에 의지해야" 한다.(75-9) 그래서 "공간(空間)은 물질이며 정신은 물질을 가진 수자로 형성된다."(84-5) 베르그송이 실재로 간주한 지속을 공간으로 범주화하는 '반성적' 지성의 전통인 철학과 과학의 바탕에는 공간과 수자가 있다. 베르그송에게 있어 가장 실재적인 것은 직접 경험의 연속성이다. 그러나 좁은 의미로 볼 때 지성은 연속적 생명을 셀 수 없을 만큼의 이질적인 부분으로 나누는 것이다. 여기서 생명의 역동성은 없어진다. 그러나 베르그송은 질적인 현상을 수로 표시하는 우(愚)를 범한 점을 비난하고 있으나 베르그송도 우리가 걸린 덫에 똑같이 빠졌다고 엘리엇은 주장한다. 다시 말해 우리는 고정된 부동의 범주들을 사용하지 않고는 다른 방법으로 운동을 표현할 수는 없다는 것이 엘리엇의 주장이다.

예술가의 감정의 깊이는 측정할 수 있다고 엘리엇은 주장한다. 이것은 예술가가 역사를 형상화할 수 있다는 것을 암시하는 것이기도 하다. 만일 어떤 형태로도 예술가의 감정의 깊이를 나타낼 공통분모가 없다면 '등가물'을 어떻게 말할 수 있겠는가? 엘리엇의 관점은 수자라는 개념이 예술가의 감정의 깊이를 측정할 공통분모라는 근거를 정확히 제공한다. 시간의 영역은 정신이고, 물질은 공간과 수자로 정의되기 때문에 시간과는 전혀 다른 성질이라는 것이 베르그송의 주장이다. 그러나 엘리엇은 예술가의 감정조차 '수리적으로' 설명할 수 있다고 말한다. 수자는 두 세계, 즉 물질과 정신을 구별하는 핵심적인 차이가 된다는 베르그송의 주장에 엘리엇은 공감을 하지만 엘리엇은 두 가지 종류의 복합성이 있으며 유독 공간적 유형만이 유일하게 수로 나타낼 수 있다는 것에 대하여 회의한다.(DB, 5) 베르그송의 이원론은 그의 다른 작품에서 주장하는 이론에 의해 스스로가 훼손당하는 모순이 있다고 '베르그송에 관한 논문의 원고'[64]에서 엘리엇은 주장한다. 물질

---

64) The realism of *M. & M.* [*Matter and Memory*] & *C.E.* [*Creative Evolution*] which is a realism of primary qualities, reduces these material objects, which form a number immediately, to a single movement without intervals. We are asked in the last books and in the recent essays on la Perception du Changement, to try to think of movements, without things which move. But this is just the permeation which we are here to show, that **the numerical way of thinking** is at least as **original** a mental characteristic as **the interpenetrative.**(DB, pp.5 – 6)

의 수자는 직접 인식되나 수자를 의식 세계에 적용하면 의식 상태들
은 공간화된 언어를 통해 인위적으로 굴절시켜서만 가능하다고 베르
그송은 주장한다. 그러나 엘리엇은 베르그송이 일관성이 없다는 것에
초점 맞춘다.『창조적 진화』에서는 의식과 물질 사이의 이분법은 약화
되었다고 주장한다. 베르그송은 "의식과 물질은 더 넓고 높은 형태의
존재에서 유래되었다"고 말하면서 사실 정신적인 면에서 분명한 개념
과 분명한 대상을 창조하는 것은 운동(運動)[65] 이다.

베르그송은『창조적 진화』에 와서 의식과 물질 간의 긴밀한 관계를
인정하면서 어떻게 물질의 특징인 양만을 숫자로 표현할 수 있는가를
물으면서 '수리적인 사고방식'은 의식의 '상호 침투적' 사고방식만큼이
나 근원적 사고라는 점을 암시한다. 그래서 엘리엇은 정신 상태나 물
질 모두에 수자를 적용해야 한다고 말한다.

이런 엘리엇의 주장은 약간의 억지라는 인상을 준다. 그가 시는 설
명할 수 없는 것이라고 정의했으면서 시를 구성하는 중요 요소인 의
식을 수자로 나타낼 수 있다는 모순을 범하고 있기 때문이다. 엘리엇
이 이처럼 베르그송을 비판하는 이유는 그가 전통을 소중히 여겼기
때문이며 그 배경에는 그의 신비주의에 대한 강한 믿음과 경험 그리
고 지성을 유럽의 존재론적 형이상학적의 전통으로 생각했기 때문이
다. 1913-1914년에 엘리엇은 하버드의 마지막 해에 성인과 신비가에
대한 많은 책을 읽었다. 그 가운데 언더 힐의『신비주의』(*Mysticism*,
1911)에서 그는 많은 것을 얻었다. 엘리엇의 경우와 같이 언더 힐도
처음에는 베르그송에게 도취[66]되었다. 그러나 나중에 언더 힐은 베르

---

65) "의식이 더욱 지성화되면 될수록 물질은 더욱 공간화된다"(*The more
consciousness is intellectualized, the more matter is spatialized*) (Italics
by Bergson). *The Creative Evolution*, tr. Arthur Mitchell(Maryland,
1983), 186-89. *CE*로 인용.

그송의 영향에서 벗어났다. 1913-1914년에 엘리엇은 '베르그송에 관한 논문'을 썼고 베르그송의 사상을 평했다.[67] 1911년 초에 그녀 역시 베르그송의 신비주의가 약하다는 결론에 이르렀다. 왜냐하면 베르그송의 신비주의는 절대에 대한 시사이지 그 이상에 도달할 수가 없다고 보았고 '생명력의 자극(vital impulse)'과의 조건적 합일은 언어의 차원에 머무는 정도로 보았기 때문이다: "신비가는 절대와의 합일을 이룬 사람이지 합일에 대해 이야기하는 사람은 아니다. 이것은 '아는 차원'이 아닌 '존재된 것', 즉 '합일된 것'을 정말 실천하는 사람의 징표"(Armstrong, 86)라고 보았기 때문이다. 이런 베르그송에 대한 부정적 비판에도 불구하고 베르그송은 언더 힐을 신비주의에 몰두하게 해준 정신적인 원천이었다. 언더 힐의 신비주의에 대한 평가에서와 같이 신비 경험은 그 강도에 따라 구분된다. 사울이 다메셋 도상에서 그리스도를 만나는 경험이나 모세가 시내 산에서 하나님을 만나는 근본 경험은 엘리엇의 신비 체험의 강도와는 분명히 다르다.

관념 연합론자[68]들은 시간과 공간을 동질적인 것으로 생각하여 순

---

66) "I am drunk with Bergson, whose lecture sharpened one's mind and swept one off one's feet both at once."(qtd. in Armstrong 117-18) Christopher J. R. *Armstrong, Evelyn Underhill*(1875-1941), London: Mowbrays, 1975.

67) "suggestions, more than suggestions, of leading toward an absolute; suggestions which have often led Bergson's critics to call him mystic. With this appellation I am not disposed to quarrel; though as at present elaborated in Bergson'[work], it is rather a weakling mysticism……." Eliot, T. S. "A Prediction in Regard to Three English Authors, Writers Who, Though Masters of Thought, Are Likewise Masters of Art." Vanity Fair 21.6(1924): 22.

68) 베르그송이 지속의 이론에서 비판으로 삼고 있는 것은 관념 연합론이다. 심리적 원자론인 관념 연합론은 의식 상태를 불변의 원자적 요소의 집합으로 보고 이 집합은 일정한 결합 법칙에 의해 이루어진다고 믿는다.

수 지속인 내면세계의 진실을 왜곡했다고 베르그송은 주장한다. 내면 세계의 지속은 질(quality)의 세계이다. 반면에 동질적인 공간의 세계 는 과학 세계인 양(quantity)으로 보았다. 그러나 엘리엇은 희랍적 유 산인 이성을 헤겔, 칸트로 이어지는 서구의 전통적 사유 근거로 인정 했기 때문에 초기의 베르그송 철학에서 소홀히 다룬 이성과 신비주의 의 핵심인 절대와의 합일과 같은 신비 체험의 종교적인 경지에 베르 그송이 이르지 못했다고 생각했기 때문에 베르그송을 거부한 것이 아 닌가 생각된다. 나중에 엘리엇이 이런 이유 때문에 베르그송의 신비주 의를 '허약한 신비주의(weakling mysticism)'로 판단했다. 엘리엇에 따 르면 "고전적 신비주의는 비개성적이다. 그것은 위생서(衛生書)처럼 비개성적이며 어디에도 전기적 요소가 없다. 감정이나 감각적인 것도 있을 수 없다."69) 그러므로 '전통과 개인의 재능'에서 확립한 비개성 시론의 기준에 부합하는 것이다. 이런 관점에서 엘리엇은 유럽의 전통 을 계승한 시인으로 단테나 십자가의 성 요한을 진정한 신비가로 생 각하게 된다.

단테는 자신의 감정을 믿음으로 승화하여 정신적인 질서의 세계에 살고 있다고 엘리엇은 말한다.("Practical Mysticism", pp.110-111) 이런 엘리엇의 시각에서 볼 때 단테는 자신의 감정을 믿음으로 승화 했지만 베르그송70)은 그의 초기 작품인 『시간과 자유의지』에서 가장

---

69) Eliot, T. S. "The Clark Lectures on the Metaphysical Poetry of the Seventeenth Century, with Special reference to Donne, Crashaw and Cowley." Eliot Collection, Houghton Library, Harvard University. 3:7-9

70) 베르그송의 사상사적인 업적은 과학주의, 실증주의에 대한 도전, 특히 당대의 지성적 우주관인 결정론, 기계론에 대항 그의 통렬한 공격이었다. 그의 철학은 '영원의 상 아래서(*sub specie eternitatis*)'가 아니라 '지속의 상 아래서(*sub specie durations*)' 성립한다. 베르그송의 철학에서 내면의 순수 지속은 예측할 수 없고 자유롭고 상호 침투적인 다질성을 띠고

싫어했던 감정이나 감각 그리고 느낌들에 관해 내면의 깊은 자아와 관련지어 설명하면서 그가 중시했던 지성이 정신적 내면세계의 진실을 공간화하고 양으로 치환한다고 평가절하한 것에 대하여 불만이 있었던 것 같다.

초기의 엘리엇은 지속과 직관의 형이상학에 많은 영향을 받았으나 흄(T. E Hulme)이나 배빗(Babbit), 언더 힐(Underhill) 등과 같은 전통론자의 영향과 앵글로 가톨릭으로서 입장으로 보았기 때문에 베르그송을 거부한 것이다. 그리고 그의 직관에 대한 평가는 미들튼 뭐리(John Middleton Murry)와의 논쟁[71]에서 확연히 드러난다. 이런 직관에 관한 엘리엇의 태도는 앵글로 가톨릭으로서의 신앙관과 고전주의자이며 왕당파로서의 입장과 무관하지 않을 것 같다. 그는 희랍 사상에서 기원하여 헤겔, 칸트에 이르는 넓은 의미의 지성에 바탕을 두고서 서구의 전통을 이어받고자 하는 전통론자이다. 그리고 히브리적 유산 또한 계승하기를 원하는 기독교인이다. 또한 역사를 주도하는 계층으로 주인은 민중이 아닌 왕당파 같은 특권 계층이라는 것이 그의 역사 인식의 밑바탕에 깔려 있다.

베르그송의 철학은 1932년에 발표된 『도덕과 종교의 두 원천』(*Two Sources of Morality and Religion*)[72]에서는 전반기의 허약한 신비주

있다. 지성은 사물을 공간화하여 연속적인 생명인 정신을 추상화했다고 베르그송은 비판한다.

71) 엘리엇은 마리와의 논쟁에서 직관에 관해 이렇게 쓰고 있다: "나는 사전에서 직관이라는 단어를 삭제하고 싶지는 않다……. 나는 직관이 담론의 세계에서 그 자리를 찾아야 한다"고 주장한다. 그는 직관의 역할을 축소하고 이어서 '직관의 천부적 재능'을 거절하지는 않지만 '우주를 해결하는 열쇠로' 생각해서는 안 된다고 주장한다. Eliot, T. S. "Mr. Middleton Murry's Synthesis", *Criterion*, 1927 T. S. *Eliot's Publications In the Criterion : 1922 -39*, pp.77-8.

의와는 달리 가톨릭으로 전환함과 함께 적극적으로 신비주의를 신뢰하는 모습을 보인다. 그는 박애만이 이기심을 극복하고 인격의 독립성과 상호성을 이해시키며 인류 간에 깊은 유대를 가능하게 할 것이라 믿었다. 베르그송은 이 박애의 가능성을 기독교 신비가들의 사랑의 실천 속에서 발견한다. 기독교 신비가 들은 신비 체험을 통하여 신은 인류를 사랑하기 위해 그리고 인류는 서로 서로를 사랑하도록 창조되었음을 알고 있다.

베르그송은 1907년에 "변화하는 것은 성숙하는 것"(*CE*, 7)으로 말했다. 그러나 그가 『도덕과 종교의 두 원천』을 쓸 때는 "인간은 미래가 그들 자신의 손에 달려 있다는 것을 충분히 깨닫지 못한다"고 말한다. 그리고 비관적 어조로 인간은 '가장 선사 시대의 조상들'과 거의 '다를 바 없다'라고 단언한다. 최종적으로 예술가의 관점이 중요하지만 "궁극적이지 않고…… 도덕자의 관점이 더 높은 단계이다"[73] 라는 것

---

72) 예수는 바로 사랑의 힘으로 인류에게 최대의 감동을 준 도덕적인 영웅인 것이다. 이런 점에서 진정한 도덕은 명령으로 주어지는 의무를 수행하는 억압으로서의 도덕이 아니라 구체적 인격을 자발적으로 지향하는 열망으로서의 도덕이다. 이 책은 도덕적인 두 원칙에 대해 고찰하고 있다. 하나는 "비개성적인 사회가 요구하는 것에 의해 명령되는 질서의 체계를 이루는 것과 인류애 가운데 최선을 나타내는 사람에 의해 각자의 양심에서 이루어진 일련의 힘"(*TS*, 75)으로 나타난다. 베르그송에 의하면 종교는 사회에 필수적이다. 왜냐하면 종교에서 인간들은 "의무에 대한 복종은 자아를 복종시키는 것을 의미한다"(*TS*, 12)고 교육시키기 때문이다. 종교는 양심을 제도화시키며 종교가 만들어 내는 첫 번째 '압력'은 이 책제목의 첫 번째 힘이다. 두 번째는 우리가 성인들과 신비가들의 삶을 명상할 때 느끼는 '열망'이다. 이 책은 기독교 신비주의가 베르그송에 끼친 심오한 영향을 보여준다. 그는 "기독교는 정의의 차원에서 가장 앞선 종교이다"라고 말하면서 왜냐하면 기독교는 "모든 인간은 형제라고" 설교하기 때문이다.

73) *Mind-Energy: Lectures and Essays*, p.31.

이 베르그송의 견해이다.

베르그송의 철학은 예수를 포함하여 기독교 신비가들의 종교 체험을 근거로 동적 도덕의 이념을 도출하였다. 또한 계시적 체험이나 실천적 면을 강조하는 실재의 철학이다. 실재의 철학은 이성과 이성이 구축한 철학적 체계를 초월하는 실재 자체의 접근이 목표이다. 따라서 비합리적으로 보이는 세계도 긍정하며 이성은 실재에 머리를 숙이게 한다. 베르그송은 사랑을 세계의 원리로 파악하였다. 그의 『시간과 자유 의지』에서 "영혼 전체로 체험할 때 자유를 느낄 수 있다"(167)는 말처럼 사랑의 형이상학에 근거한 도덕론의 등장은 『도덕과 종교의 두 원천』에서 결실을 본다. 우리의 깊은 영혼 전체에서 나온 사랑을 통해서만 세계 그리고 신도 만나는 신비 체험을 할 수 있는 것이다.

기쉬(N. K. Gish)는 많은 기독교의 신비주의자와 신학자가 신플라톤주의 영향을 받았는데 엘리엇이 받은 영향은 그런 근원에서 온 것이라고 보았다. 그러나 그는 신플라톤주의 전부가 기독교에 동화될 수 없다[74]는 것을 인식해야 한다고 말한다.(131)

단테의 전통을 따르는 신학자는 토마스 아퀴나스이므로 그의 신학은 엘리엇의 시간과 신앙을 이해하는 데 필요하겠다. 토마스 아퀴나스는 아리스토텔레스의 자연신학을 기독교의 신학으로 끌어올리고 다시

---

74) 시간에 관한 신플라톤주의 개념은 전통적인 기독교의 개념과도 맞지 않는다고 Gish는 말한다. 一者처럼 기독교의 하나님은 내재적이며 초월적이다. 그러나 이런 용어들은 기독교적 사고에서 다른 의미를 가진다. 하나님은 세상 속에서 그리고 세상을 통해서 활동하고 있다는 점에서 내재적이라고 할 수 있으나 신플라톤주의의 의미로서 내재적이라 할 수는 없다고 기쉬는 말한다. 이 세계는 본질적으로 신과는 다른 세계이고 신의 유출은 더욱 아니다. 영혼과 하나(一者) 사이에 존재하지 않는 단절이 신과 세계 사이에는 존재한다. 엘리엇이 1927년에 기독교에 개종했으므로 이 점을 구분해서 그의 시에 접근해야 할 것이라고 Gish는 지적하고 있다.(131-2).

해석하여 그것을 조화시키고 통일하여 아리스토텔레스의 신학을 기독교 신학에 흡수시키게 된다. 서양 철학은 플라톤 철학의 각주에 불과하다는 화이트헤드의 말처럼, 면면히 내려오는 유럽의 정신(the mind of Europe)을 고전주의자인 엘리엇은 이어받는 것이다.

Ⅲ

초기 시에 끼친
베르그송의 시간과 기억

어린 시절부터 낭만주의 시인의 감수성에 영향을 받았었지만 이런 요소를 떨쳐 버리려 노력했었음은 엘리엇의 어린 시절과 하버드대학 재학 시절의 그의 시를 보면 알 수 있다. 그는 에드워드 피츠제럴드의 *Rubáiyát of Omar Khayyám*라는 시에서 영감을 받았다. 그리고 "새로운 감정 세계에 거의 압도적으로 접했다"고 술회했다. 그는 14세의 나이에 "그 작품에 매료되어 Rubáyyát의 형식을 빌려 우울한 4행시 몇 편"을 썼다. 그는 9세 내지 10세 때 "월요일 아침마다 다시 학교생활을 시작하게 되는 슬픔에 대한 몇 편의 시"를 써서 어머니에게 보여주었다. 발레리는 『어린 시절에 쓰인 시들』(*UPUC*, 34-5, 1967)에서 비교적 일찍부터 엘리엇은 詩作에 관심을 보였다고 말하고 있다.

이 시기에 쓰인 엘리엇의 시들은 대부분 감상적이고 우울한 어조를 띠고 있다. 이런 어조는 낭만주의 시대의 바이런과 **후기 낭만주의자인 피츠제럴드, 테니슨, 스윈번 같은 작가들의 영향**(*UPUC* pp.34-5) 때문이었을 것이다. 엘리엇이 16세 때 쓴 시는[75] 시간의 흐름, 죽음 그

---

75) If Time and Space, as Sages say,/ Are things which cannot be,
  The sun which does not feel decay/ No greater is than we.
  So why, Love, should we ever pray/ To live a century?
  The butterfly that lives a day/ Has lived eternity.(*PEY*, 9)

John Hayward, Introduction, *Poems Written in Early Youth*(1967), by T. S. Eliot iv. 이 책과 Valerie Eliot의 '노트' 가운데 실린 이들 시편들은 엘리엇이 16세에서 22세까지 쓴 청소년 시절에 발표한 작품들은 *Smith Academy Record*지에 실린 것과 1906년 10월 엘리엇이 하버드대학 첫 학기를 시작하면서 쓴 작품이라고 Hayward는 밝히고 있다. *Poems Written in*

리고 사랑의 무상(無常)함이 표현되어 있어 그의 시적 재능을 엿볼 수 있다.

  엘리엇의 청소년기의 시들은 시간과 영원을 주제로 다루고 있으며 벤 존슨(Ben Jonson)에서 로버트 헤릭(Robert Herrick), 하우스만 (Housman)으로 이어지는 영국의 전통 시를 모방하고 있다. 그러나 그들의 시에서는 볼 수 없는 형이상학(形而上學)적 주제가 그의 시에는 표현되어 있다. 시의 가치로 볼 때는 큰 의미는 없지만 시의 발전 단계에서 생각해 보면 중요한 의미를 갖고 있다. 그는 피츠제럴드의 회의주의(懷疑主義)를 근거로 한 쾌락주의(快樂主義)의 영향을 받아서 시간과 죽음의 문제에 몰두하게 된다. 『스미스 아카데미 레코드』라는 책의 「서정 시」("A Lyric")이란 표제로 처음 수록된 「만일 시간과 공간이 현자가 말한 것처럼 」("If Time and Space, as Sage Say")이라는 작품을 쓸 때에는 제목이 달려 있지 않았으나 벤 존슨을 모방하여 쓴 것이라고 발레리는(PEY, 33) 말한다. 예민한 청소년기 시대를 지나면서 이 시기에 들어서서 그는 시간과 영원에 대한 명상을 한 것이다. 그 후로 그의 전 작품에서 시간과 영원이라는 주제가 일관되게 나타나는 것으로 볼 때 이 작품의 중요성을 짐작하게 만든다. 2년 후에 엘리엇은 교지인 『하버드 애드버키트』(Harvard Advocate)에 「서정시」를 약간 고쳐서 「노래」("Song")이라는 제목으로 바꿔서 수록하였다. 그러나 첫 연의 3행에서 8행까지 그리고 둘째 연의 7행 중 'the days of love'는 'the flowers of life'로 바뀌었을 뿐 변한 것이 없음을 발견할 수 있다.

  버그스태인(Bergstein)은 엘리엇의 습작 시를 다음과 같이 평했다. 엘리엇은 초기의 습작 시에서 '신들린 듯(demonic possession)'이 그 시

Early Youth 는 PWY로 축약함.

인들을 모방했다. 「바이런 론」(1837)에서는 '최초의 소년다운 열정(first boyhood enthusiasm)'으로 "16세인 소년기에 냉소와 돈쥬앙의 방식으로 시를 써서 학교 잡지에 실었다"고 버그 스타인은 평한다. 『성림』(*The Sacred Wood*)에서 엘리엇은 블레이크가 이룩한 '위대한 기교의 성취(great technical accomplishment)'를 칭찬했다. 그러나 블레이크의 정직성을 '특이할 정도로 큼직한 것(his peculiar honesty, which, in a world too frightened to be honest, is peculiar terrifying)'으로 인정했다.(SW 154-5) 그는 『보들레르론』에서 보들레르를 낭만주의 속성을 가진 후예로 비판하고 있다. "현대 시인의 위대한 표상(表象)인 보들레르는 낭만주의의 자손이다. 그러나 엘리엇의 성향은 **반낭만주의**이지만 악마주의, 낭만적 사랑, 저주받은 시인이라는 낭만 시대의 잔재를 청산할 수 없었다"고 그는 말한다. "낭만 시대의 시인은 그 성향을 제거하지 않으면 '고전주의' 시인이 될 수 없다"고 주장한다.(*SW*, 424) 이런 주장에서 엘리엇이 얼마나 이런 낭만주의적 유산을 떨쳐 버리려고 노력했었으며 반대로 이런 낭만주의적 유산(遺産)을 엘리엇 자신이 가졌음을 역설적으로 증명되는 것이며 이런 잔재를 가지고 있던 낭만주의 시인들을 비난했던 것이다. 엘리엇의 이런 태도는 셸리에 대한 상반되는 논평에서 분명히 드러난다. 그는 노튼(Norton) 강의에서 "셸리의 관념은 사춘기의 관념으로 생각된다. 그리고 셸리에 대한 열정은 사춘기의 열정이다. 셸리의 생각은 우리가 성숙되기 이전인 강렬한 시기에 알맞다(The ideas of Shelley seem to me always to be ideas of adolescence······ and an enthusiasm for Shelley has marked an intense period before maturity)."(*UPUC*, 89)고 평가한다. 그러면서 그는 그에 대한 다음과 같은 부정적 평가를 내린다. "나는 그의 사상이 불쾌하다. 그는 유머도 없고 현학적이고 자시중심이며 때로는 거의 악당(I find his ideas repellent, and the man was humorless, pedantic, self-centered, and sometimes almost a blackguard)"이라고 혹평하는 **이중적인 태도를 보였다.** 그가 보이는 이중성은 그가 시에 대해 말한 다음과 같은 말에서도 잘 드러난다.

"The greatest poetry, like the greatest prose, has a doubleness; the poet is talking to you on two planes at once."(Eliot, Knight, 1930, ⅹⅴ)

위대한 산문처럼 위대한 시는 이중성을 가지고 있다. 시인은 두 가지 면을 동시에 당신에게 말한다. 이처럼 그는 낭만주의 유산을 이어 받았지만 낭만주의를 극복하고 청산해야 할 대상으로 생각한다. 이런 엘리엇의 태도의 이면의 배경에는 하버드대학의 선생인 어빙 배빗과 버틀란드 러셀이 있다. 그들은 모두 서양철학의 전통을 존중하는 입장을 가지고 있다. 그리고 프랑스의 샤를르 모라스 영향과 언더 힐과의 신비주의도 그에게 영향을 끼쳤고 마지막으로는 흄과 만남이다. 흄은 엘리엇을 기독교와 고전주의의 터전을 세우는 데 근본이 되었고 그가 기독교로 안착할 수 있게 한 근본이다. 이런 이유는 엘리엇이 베르그송을 거부하게 된 배경이다. 베르그송의 타깃은 서양의 형이상학의 존재론은 아니다. 지성은 인간의 의식인 지속을 공간화(空間化)와 추상화한다. 언어는 이런 지성의 성향을 잘 반영하고 있고 이런 점에서 지성은 한계를 가지고 있다. 베르그송은 의식상태(意識狀態)를 나타낼 때 지성보다 직관(直觀)이 더 적합함을 지적한다. 서양의 전통과 기독교인으로서의 보수적인 사고 때문에 엘리엇은 직관보다 지성을 선호했고 이런 이유로 그는 낭만주의 시인들을 비판하게 된다.

『네 개의 사중주』와 시극은 철학적이고 종교적인 깊이가 있다. 시와 시극은 난해하지만 어느 정도의 패턴(pattern)이 보인다. 그러나 엘리엇의 초기 시는 난해하다. 초기 시의 세계는 어떤 종교의 틀에도 맞지 않는다. 초기 시는 변하는 세계만큼이나 변화무쌍하여 어떤 패턴으로도 잡히지 않는 이중성을 보인다. 엘리엇 자신도 『파리 논평』(*Paris Review*)에서 도날드 홀(Donald Hall) 기자는 "엘리엇 자신의 초기 시가 난해한 이유는 말하고 싶었던 것을 표현하는 방법을 터득하지 못했기 때문이며 『황무지』를 쓸 때에는 내가 무슨 말을 하는지조차 몰랐고 『네 개의 사중주』를 쓸 때쯤에는 내가 말하려는 것을 표현하는 방법을 배웠다"(*WW*, 105)고 인터뷰에서 증언하고 있다. 이런 이유는 그의 초기 시가 난해한 이유를 설명해 준다.

1919년에서 1923년의 엘리엇의 산문은 초반기의 시에서 보여준 특징과는 다른 변화된 모습을 띤다. 엘리엇이 종교로 전환하기 이전의 시는 베르그송의 시간, 기억, 언어와 밀접한 관련을 갖고 있으나 '게론티온(Gerontion)' 이후의 시에서는 완전히 변화되었다. 엘리엇의 초기 시 가운데 「서곡」("Preludes")과 「바람 부는 밤의 광시곡」("Rhapsody on a Windy Night")은 지속(持續)의 자아인 질(質)의 세계와 불연속(不連續)인 양(量)의 세계로 나눈다는 점에서 베르그송의 영향력을 현저히 보여주는 작품이라고 그로버 스미스는(Grover Smith, 24–5) 보고 있다. 엘리엇의 초기 시의 많은 부분은 베르그송의 자극을 받은 것으로 하비브(M.A. Habib)는 지적한다. 그 하비브는 한 예로 「프루프록의 연가」에서 과거와 현재는 유기적 연속을 띠어 구성되어 있다고 본다. 이 점은 베르그송의 지속이 진행됨을 보여주며 의미는 현재와 과거가 상호작용으로 생긴다는 점에서 「프루프록의 연가」를 글자 그대로 해독하려는 어떤 시도도 거부한다. 그러므로 "이 시의 등장인물은 어떤 정체성의 상태를 거부하며 과거와의 관계에서 한 부분의 역할을 한다."(Habib, 275) 그래서 그의 초기 시의 여러 요소들은 시간 속에서 상호 침투하여 확정된 의미가 아닌 상대적 의미로 해석할 수 있겠다.

기쉬(Nancy K. Gish)는 『엘리엇의 시의 시간』(*The Time in the Poetry of T. S. Eliot*)에서 "1917년도 판에 실린 시에 가장 현저한 영향을 준 사람은 브래들리(F. H. Bradley)가 아니고 베르그송이라고 말한다. 엘리엇은 생애 중 한 시기에 베르그송의 『물질과 기억』에 큰 영향을 받은 것을 인정했다. 이 시기는 그가 파리에서 베르그송의 강의를 들으면서 「프루프록의 연가」의 연가("The Love Song of J. Alfred Prufrock", 1917)와 「귀부인의 초상」("The Portrait of Lady"), 「서곡」("The Prelude"), 「바람 부는 밤의 광시곡」("The Rhapsody of the Windy Night")을 쓰던 1911년경이 틀림없다고 기쉬는 말한다. 베르그송을 거부할 만큼 짧은 기간이기 때문에 초기 시에서 보이는 베르그송의 영향을 부정할 수는 없다고 기쉬는 평한다. 그의 시의 세계는 베르그송의 지속과 닮아서 항구성도 초월성도 없는 끊임없는 유동(流動)과 생성(生成)의 세계만이 있다"고 기쉬는 주장한다.(Gish, 2-3) 엘리엇은 자신이 파리에서 쓴 시들이 베르그송의 '실재 시간(real time)'과 '지속(*la durée*)'의 영향을 받았으며, 「프루프록의 연가」를 쓸 당시는 베르그송주의자라고 어떤 질문자에게 말했다.[76] 것을 보아 그이 베르그송의 영향을 부정할 수는 없을 것이다.

---

76) In H. W. H. Powel's unpublished master's essay, *Notes on the Life T. S. Eliot*, 1888-1910(Brown University, 1954). (Ackroyd, 41)에서 재인용.

1. 『프루프록의 연가』의 시간과 기억

개종한 1927년 이후에 보인 전통적 기독교 신앙과는 다르게 개종하기 전의 엘리엇의 초기 시들, 특히 1917년판 시집은 직접으로 간접으로 과거와 현재를 결합되어 내적 지속(內的 持續)을 가능케 하는 기억이 빈번히 언급된다고 기쉬는 지적한다.(3) 내적 지속의 보존을 위해 기억이 중요하다는 기쉬의 지적은 엘리엇의 초기 시가 갖는 기억의 중요성을 강조하는 말이라 하겠다.

> Let us go then, you and I,
> When the evening is spread out against the sky
> Like a patient etherised upon a table;
> Let us go, through half-deserted streets,
> The muttering retreats
> Of restless nights in one-night cheap hotels: (*CPP*, 13)

이 시의 시작을 보면 인칭대명사로 인한 혼동이 생긴다. 이 시는 방문할 장소에 대한 언급도 없어서 독자를 당황하게 한다. 종교로의 귀의를 통한 통합된 이미지가 『네 개의 사중주』에서는 나타나지만 초기 시인 「프루프록의 연가(戀歌)」("The Love Song of J. Alfred Prufrock", 1917)에서는 두 자아의 분열되고 우유부단하며 수동적 모습을 보여준다. 이중적 자아는 자신의 성격을 잘 드러내며 분열된 자아는 베르그송의 표면 자아와 심층(深層) 자아로서 설명된다. 베르그송의 "표면 자아는 인과론적으로 결정(決定)된 자아이다. 이런 자아는 유용성의 필터로 사물을 선별하여 보는 자유롭지 못한 자아"로서 '당신(you)'로 나타난다. "심층 자아는 기계적이며 유용성의 관점에서 볼 때 쓸모없어서 버려진 것을 회상되는 자아이다. 심층 자아는 언어로 설명할 수 없는 역동적 의식 상태이다. 자유로운 행위를 하는 자아"인 '나는(I)'는 인간의 온전한 인격에서 나오는 자아로서 나타난다.(Bergson, 1910, 167 – 172) 베르그송의 용어로 심층자아는 시간에 속한 자아이며 지속하는 직관적(直觀的) 체험을 하는 자아이다. 그러나 표층자아는 공간(空間)으로 표현되는 자아이며, 언어로 구현된 인식의 관습적 범주를 통하여 나타나는 굴곡(屈折)된 자아다. 표층 자아는 사회적 자아로서 사회생활에 유용한 관점에서 보이는 자아이며 굳어서 딱딱한 생명이 없는 자아이다. 그러나 심층 자아는 풍요로워서 정의할 수도 알 수도 없는 자아다. 시의 끝 부분에 나오는 '우리들'은 푸루프록의 두 개의 자아이다. 표층 자아는 외면적이고 사교적 자아이다. 내적 자아는 질적 자아로 자유로운 선택과 사회생활의 타성에 저항하는 자아이다. 표면 자아로 대표되는 프루프록은 진실한 자아로서 심층의 내면이 없는 자아다. 베르그송의 표층 자아는 이론적으로는 가능할지라도 자유로운 선택을 거의 할 수 없다. 그 이유는 표층 자아는 결정론적으로 정해져 있기 때문이다. 프루프록이 절망하는 이유는 이런 내면 자아가 침몰(沈沒)했기 때문이다. 그의 내면 자아는 '정열의 능력(情熱의 能力)'을 깨닫고는 있으나 그것을 나타낼 수 없다. 그는 또한 기계적 시간에 사로잡혀 환멸감을 표출한다. 그는 이미 결정되고 종속되었다는 생각을 심각히 느낀다. 엘리엇이 자아를 두 개로 나눈 것은 이원론을 인정한 것은 아니다. 베르그송도 자아를 두 개의 자아로 나누기는 했지만 두 자아를 실체(實體)로서 인정하지는 않았다. 두 자아는 상호 변화가 가능하다. 예를 들어, 예술가는 경험의 독특한 흐름을 표현하기 위해 관습적으로 나뉜 표층 경험에서 그 심층의 깊이를 파헤쳐 들어갈 수 있다. 두 자아 사이의 관계에서 스스로를 반성하는 자아의 능력은 바로 아이러니이다. 엘리엇은 예술가의 감정과 개인의 감정 사이의 기본적인 차이를 아이러니라고 한다. 즉 예술가의 자아는 '일상'의 자아와 거리가 있다. 실제로 엘리엇은 예술을 대화와 아이러닉한 자아로 정의한다: "모든 문학의 창조는 자신과 남이 대화하는 습관에서 나온다."(*SE*, 501) 이렇게 자아를 대화하는 극으로 이해하는 관점은 자아를 끊임없이 변화하는 것으로 보고 있기 때문이다. 이원론처럼 두 개의 자아를 인정하면서도 이 두 자아가 서로 전환 가능한 것으로 본다. 이것은 자아를 고정된 실체로서 인정하지 않는 것을 뜻한다. 엘리엇의 후반기 시극『가족 재회』(*The Family Reunion*)에서 보인다. 과거의 기계적인 사고에 얽매여 있는 에이미와는 다르게 해리의 의식은 과거에 얽매이지 않고 끊임없이 갈등하면서 변하고 있음을 볼 수 있다. 다만 전반기의 시에서 보이는 자아는 자신의 고백에서 드러났듯이 자신이 무엇을 쓰는지를 모르는 상태에서 확신도 없는 우유부단한 태도에서 쓰였기 때문이다. 그 점이 그의 초기 시를 더 난해하게 만들게 된 것이다.

1911년 6월 엘리엇은 이탈리아의 북부와 뮌헨을 방문하는 동안 「서곡」의 3부와 「프루프록의 연가」의 7-8월경에 완성하였다. 이 무렵은 아직도 라포르그(Laforgue)의 영향을 받을 때다. 동시에 「프루프록의 연가」의 3, 4부와 「바람 부는 밤의 광시곡」이 쓰일 당시는 베르그송의 영향을 받던 시기다. 이 당시에 쓰인 작품들은 대부분 도시의 거리 풍경이 묘사된다. 특히 세인트루이스, 보스턴, 파리, 런던에서 경험했던 소재가 다루어지고 있다.

『황무지』나 「번트 노튼」에서 시간에 찌들고 병든 현대인의 모습은 런던 지하철로 등장한다. 병든 세계는 시간에 갇힌 현대 사회의 인간 군상을 상징한다. 이런 사회는 낮의 빛이 비추는 생명의 세계도 어둠이 깔린 죽음의 저녁도 아닌 희미한 빛(a dim light)만이 비추는 『황무지』의 세계이다. 이런 사회는 수술대 위에 마취된 환자처럼 삶도 죽음도 아닌 희미한 빛이 비치는 시간에 얽매인 인간이다. 「번트 노튼」의 3장에서 시간은 지하철 전차에 비유된다. 달리는 전차의 앞뒤에서 일어나는 찬 회오리바람, 그 바람에 맴돌고 있는 종잇조각, 그것은 바로 지하철 세계에 사는 사람들이다. 지하철, 즉 희미한 빛의 세계에 사는 사람들의 숨결은 '불건강한 영혼들의 트름(eructations of unhealthy souls)'으로 표현되어 있다. 엘리엇은 20세기 초의 병든 영혼들이 서풍에 쫓기는 낙엽으로 생각하고 있다. 작은 톱니바퀴에 의해 재깍재깍 돌아가는 기계적 시간에 얽매이는 인간은 시간의 노예일 뿐이다.

이 작품의 시간은 '황혼 녘'인데 그 시간은 밤도 낮도 아니고 서로 반대되어 나누어지는 분열의 분기점을 상징한다. 밤과 낮이 바뀌는 황혼의 시간은 삶과 죽음의 영역에 해당된다. 프루프록은 현실적인 상황을 배경으로 하는 **크로노스**(chronos)에 갇혀 있다. 그는 신의 세계인 **카이로스**(kairos)**와** 인간의 시간인 **크로노스**(chronos)에서 고뇌와 갈등을 겪는다.

시집 『프루프록과 다른 관찰들』(*Prufrock and Other Observations*)은 행동하지 않는 인물들이 분열된 모습으로 나타난다. 『황무지』를 쓸 때 엘리엇은 자신이 무엇을 쓰려고 했는지조차도 모르겠다는 고백은 이런 의식을 드러내려는 것이라 하겠다. 그리고 이 작품은 많은 비평가들의 지적처럼 베르그송의 철학에서 보이는 끊임없이 변하는 유전의 세계가 잘 반영되어 나타난다. 그런 세계는 무의미한 동작이 끝없이 반복되고 인간의 경험은 시간 속에서 나타난다. "외적 세계의 경험을 인식하여 기억을 통해 결합하면 현재 속에 과거는 보유될 수 있다. 이런 '**내적 지속**(inner duration)'과 '**과학적 시간**(scientific clock time)'과의 대조는 1917년대 전후의 여러 시에서 발견된다."(Gish, 3)

> And indeed there will be time
> To wonder, 'Do I dare?', 'Do I dare?'
> Time to turn back and descend the stair,
> With a bald spot in the middle of my hair —
> (They will say): 'How his hair is growing thin!'……
> Do I dare disturb the universe?
> In a minute there is time
> For decisions and revisions which a minute will reverse.(*CPP*, 14)

「프루프록의 연가」는 라포르그를 본떠 만든 한 편의 세련된 자아에 관한 고백 시이다. 라포르그는 철저히 자기를 은폐하는 세련된 방법을 썼다. 「프루프록의 연가」를 읽을 때 주인공의 고백이 잘 이해되지 않는 것도 이런 이유이다. 자기를 은폐하는 라포르그의 고백 시는 엘리엇의 이중적 성격을 표현하는 데 가장 적합한 수법으로 엘리엇이 공감했던 것으로 생각된다.

이 시는 행동에 대한 절실한 유혹을 느끼지만 행동하지 못한다. 주인공은 주저와 회의 때문에 한 번 해볼까?('Do I dare?' and 'Do I dare?')와 같은 우유부단한 태도를 보인다. 1927년 확고한 기독교의 신앙이 이루어지기 전까지 엘리엇은 동양 종교와 베르그송, 브래들리, 신비주의와 서양 철학의 여러 분야에 관심이 있었다. 그러나 어느 한쪽에도 깊이 빠지지 못하고 이곳저곳을 기웃거리면서도 어디에도 발을 들여놓지 못하고 주저해했다. 한 중년의 프루프록의 이야기에서 우리는 엘리엇의 이런 자화상을 느낀다.

「프루프록의 연가」는 세심하면서도 격식을 지나치게 의식하는 중년 지식인 프루프록이 등장한다. 그는 종교적으로 진지하고 철학적 열의를 가지고 있으나 비현실적이다. 그는 여성에 대해 불신하며 공포를

보인다. 그는 보스턴 사회에 대해 회의한다. 이 작품의 제사에 나오는
인용은 단테의 『신곡』 가운데 '지옥편'(ⅩⅩⅤⅠⅠ: 61−66)에서 그가
처한 상황이나 고통에서 나온다. 그는 지옥 8층에서 고통스럽다는 디
몬타펠트로의 처지와 흡사하다. 그리고 그는 삶의 의욕과 용기를 상실
한 채 지옥과 같은 늪에 빠져 있는 현대인의 무기력하고 비인간화 모
습이다. 일상의 되풀이가 끊임없이 강조된다. 이들 시에 등장하는 인
물은 판에 박힌 행동이 익숙한 사람들이 습관적인 집착을 그리고 있
다. 이런 사람은 불모성의 척도다. 내적 실재와 외적 실재가 분열되는
고립된 자아의 모습은 외로움과 좌절 그리고 공허의 근거가 된다. 등
장인물은 시간을 끊임없이 직접적으로 언급한다. 그는 시간에 대한 거
의 편집광적인 집착을 보이고 있다.

> For the yellow smoke that slides along the street
> Rubbing its back upon the window panes;
> There will be time, there will be time.
> To prepare a face to meet the faces that you meet;
> There will be time to murder and create,
> And time for all the works and days of hands
> That lift and drop a question on your plate;
> Time for you and time for me,
> And time yet for a hundred indecisions,
> And for a hundred visions and revisions,
> Before the taking of a toast and tea.(*CPP*, 13−14)

'시간이 있을 것이다'는 강조는 아이러니컬하게도 주인공의 의식이
시간에 종속되어 있음을 보여준다. 엘리엇은 극적 독백(劇的 獨白)의
기법을 사용하여 유전하는 세계에서 경험하는 감정의 흐름에 시의 초

점을 맞추고 있다. 다른 등장인물들과는 달리 그는 시간의 의미를 깊이 인식하고 시간에 대해 이해하려 한다. 그러나 그의 감정과 정신은 동요하며 감정은 단편적으로 분출한다. '시간은 있을 것이다, 시간은 있을 것'라는 반복은 시간에 대한 강박관념을 보여준다. 「프루프록의 연가」에서 시간은 자아와 관계가 있다. 프루프록의 경험은 고립된 타인과의 단절에서 나온 지옥과 같은 상황이다. 내적 삶은 남과 공감하지 못하고 외적 경험과의 단절로 프루프록은 완전히 고립된 자아이다.

프루프록에게는 기계적 시간과 희미하게 밖에서 의식하지 못하는 내적으로 흐르는 살아 있는 지속의 시간이 있다. 이 두 자아는 분명히 대립하고 있으며 그가 바라는 것은 현상 세계에서 결코 찾을 수 없다. 그의 말은 표면적 외부 세계에서 사용하는 말로는 이해할 수 없다. 독자는 프루프록의 경험에서 권태와 불모성을 찾을 수 있다. 이런 이미지는 길게 늘어지는 리듬이나, 고독과 좌절, 끊임없이 되풀이되는 일상생활과 시간, 인생을 계산하는 커피 스푼으로 표현되는 시구이며 강렬한 인상을 준다. 프루프록의 내면과 외면의 자아는 분열되어 있어서 고뇌한다. 이런 고뇌는 지옥을 경험했지만 결코 그것을 표현할 수 없는 사람들에게 분명히 드러난다. 이런 생활을 사는 프루프록은 기계적 시간에 사로잡혀서 결정되었다. 그는 내면에서 무한히 샘솟는 생명의 신비를 꿈꿀 수 없는 표층 자아의 세계에 살고 있다. 바다는 무한한 생명의 원천이다. 현대인은 인어의 자유로움을 꿈을 꾸지 못한다. 프루프록의 의식은 욕망과 관습, '환영과 수정'이 번갈아 나타나는 기계적인 모습으로 나타난다. 즉 감정과 동작은 끊임없이 변화하고 이어진다. 그러나 프루프록에게 환영과 수정의 시간은 있어도 **능동적인 의지로서 선택할 시간**은 없다. '시간은 있을 것이라'는 끊임없는 되풀이는 시간에 대한 회의를 암시한다. 그는 어쩔 수 없이 지나가는 것을 끊임없이 생각하지만 과거를 망각하지도 현실에서 도피도 못한다.

1920년대에 출판된 제목이 프로방스어로 된 엘리엇의 시집인 *Ara Vos Prec*(『나는 당신에게 기원합니다』)는 단테의 『신곡』 가운데 ‘연옥’ XXVⅠ에서 인용한 말이다. 이것은 그의 문학이 단테의 영향을 받아 인간의 구원이라는 메시지를 주는 기독교로 방향을 전환했음을 보여주는 것이라 하겠다. 「게론 티온」은 이 시집에 첫 번째로 수록되어 있다. 그러나 「게론 티온」은 주제와 형식에서 다른 시들과 차이를 보인다. 1920년에 발표된 「게론티온」은 1917년에 쓰인 『프루프록의 연가』와 1922년에 쓰인 『황무지』를 이어주는 역할을 한다. 「게론티온」이 1919년 5월과 6월에 쓰였음에도 그 시집의 첫 번째에 수록된 것은 새로운 방향전환을 모색하고 있었음을 알 수 있다. 작중인물인 게론티온은 프루프록과 테어레시아스를 연결시켜 주는 인물이라고 무디(Moody)는 지적하고 있다. 『네 개의 사중주』에서 성인의 임무는 시간에서 무시간으로 전이(轉移)해 주는 역할을 한다. 그러나 그의 시극인 『원로 정치가』에 이르면 딸이자 여성인 모니카의 사랑을 통해 주인공은 구원을 얻는다.

단테는 다른 사람과의 관계가 단절된 자아의 고립이 만든 지옥이다. 자아의 고립은 공포와 공허 그리고 죄의식을 만든다. 『황무지』에 나타나는 경험은 ‘프루프록’과 ‘게론티온’의 경험에서 자연스럽게 발전한 경험이다. ‘프루프록’의 경험은 불안정하고 설명하기 어렵다. 그는 겹겹이 싸여 있는 표면적 행동과 외면적 시간으로 덮여 있다. ‘프루프록’과 ‘게론티온’ 그리고 『황무지』에 등장하는 주인공은 정도의 차이는 있으나 유사한 경험 속에 사는 인물로 묘사되어 있다. 디 몬테펠트로와 라자루스에 대한 언급은 지옥의 경험을 말하나 현실로 되돌아오지 못하는 사람들을 의미한다.

1917년판 시집은 거의 현재 시간을 무대로 하며 목적 없는 변화와 유전의 세계를 경험하는 개인을 그리고 있다. 그 시들의 주된 어조는 외로움과 나른한 절망이다. 1917년에 출판된 시집에 실려 있는 일련의 시들은 영원한 가치가 제시되지 않는다. 인간관계는 깨지고 소외되고 단절된다. 내면세계와 외면세계는 분열되며 다른 사람과의 진정한 대화는 상실되어 있다. 두 번째 일련의 시에서 잠재적 가치가 나타나지만 결코 실현되지 않는다. 그러나 1920년대의 모든 시집은 그 후의 엘리엇의 모든 작품에 기초가 되는 어떤 관심사로 이동해 가는데 그것은 시간과 초시간 그리고 인간과 신(神) 사이의 관계이다. 『황무지』처럼 1920년의 모든 시에서 나타나는 타락하고 저질스러운 성애(性愛)는 이와 같은 높고 영원한 종교적 가치가 결핍되어 나온 것이다.

기쉬는 베르그송의 지속[77]과 기억은 1917년도 시(詩)들을 읽는데 특히 유용한 것처럼 보인다고 『엘리엇 시에서의 시간』(3-4)에서 말하고 있다. 기억은 과거와 현재를 연결해 주며 내적 지속을 유지시킨다. 초기 시에서 직, 간접으로 기억이 빈번하게 언급되는 것은 매우 주목할 만하다고 기쉬는 말한다. 특히 『프루프록의 연가』에서 기억은 이질적 경험을 이해하는 실마리를 제공한다. 내적 자아와 외적 자아로 나뉘는 분열은 프루프록의 개성이 분열됨을 설명해 준다. 이런 분열은

---

77) 『창조적 진화』에서 베르그송은 "意識에 있어 존재한다는 것은 變化한다는 것이며, 變化한다는 것은 成熟하는 것, 成熟하는 것은 끊임없이 자신을 창조하는 것"(7)으로 자아를 정의하고 있다. 이처럼 내적 자아가 瞬間마다 변하는 것은 記憶에 의해 과거가 蓄積되기 때문이다. 따라서 자아의 내부에는 固定된 것, 不動的인 것은 하나도 존재하지 않는다. 의식의 靜寂이고 固定된 心理 狀態는 끊임없는 變化와 創造의 過程 속에서 흘러가는 지속의 정지된 단면, 다른 말로 하면 지성의 人造物에 불과하다. 베르그송은 이 내적 持續을 무어라 정의할 수 없는 바닥도 없고 둑도 없는, 그러나 끊임없이 흐르는 강과도 같다고 말한다.

의지가 실패하고 있음을 보여주나 기억은 이런 불연속의 세계를 이어주는 원천으로 강조된다.

「서곡」과 「바람 부는 밤의 광시곡」에서 낮에 나타나는 의식은 밤으로 바뀐다. 혹은 하루의 계속되는 시간과 순환되는 시간이 대비되어 배경을 이루고 있다. 이 두 편의 시는 의식이 파편화된 세계의 이미지를 통합하여 초월하는 어떤 통찰력을 가질 수 있음을 암시한다. 이 시에서 시간은 주제나 구성에서 중요한 역할을 한다. 시간에서 유리된 경험은 바깥 세계로 나타나 있고 기억은 어떤 초월된 의식으로 가는 열쇠를 제공한다. 그렇지만 기억은 언제나 의식의 수준에 남아 있고 화자는 수동적인 인상들로 그려진다. 그러나 『네 개의 사중주』에서 오면 기억은 시간 속에서 무시간의 순간들을 간직하는 훨씬 강력한 열쇠로서 작용한다. 토마스 아퀴나스 같은 신학자에게 있어서의 기억은 단순한 저장고가 아니라 신으로 인도하는 힘으로 작용한다.(Sicari, 413) 그러나 기독교의 신앙의 세계로 가기 전의 엘리엇의 초기 시에는 이런 강력한 기억의 역할은 보이지 않는다.

초기 시에서 나타나는 시간은 산산이 부서지는 이미지로서 영원성이 없다. 그러나 기억으로 볼 때 시간은 연속성을 갖고 끊임없는 흘러가는 流動의 세계이다. 그러나 엘리엇은 끊임없이 흐르는 변화의 세계를 혐오스러운 세계로 생각했다. 그는 영원에 대해 필요를 절감했으며 이런 경향은 그의 시뿐 아니라 비평에서도 볼 수 있다. 영원에 대한 갈망은 시간과 변화의 세계를 황무지로 보게 만들었고 그의 초기 시는 이런 세계에 사는 사람들의 감정들을 다루고 있다.

이런 시의 세계에는 영원한 가치가 없다. 이런 시의 세계에서 자아는 내면적 고립과 외면적 삶이 굳어져 버린 프루프록의 시간에 관한 언급에 있다. 이것은 베르그송이 『시간과 자유의지』에 시계가 가리키는 표층 자아로 설명되는 삶을 강조하는 것과 같다.

> Should say: 'That is not what I meant at all.
> That is not it, at all.'
> And would it have been worth it, after all,
> Would it have been worth while, ……
> It is impossible to say just what I mean!(16)

　내면의 분열을 경험하면서 프루프록은 자신을 표현할 수도 정의할 수도 없다고 느낀다. 프루프록의 내면세계의 고백은 베르그송의 『시간과 자유의지』의 의식에 대한 개념으로 해석할 수 있다. 베르그송에 의하면 내면세계의 의식은 양으로 측정될 수 없는 질의 세계이다. 끊임없이 침투하는 새로운 의식의 표현은 언어로는 표현할 수 없는 한계를 드러내는 것이 베르그송의 소신이다. 언어는 굳어지고 관념화되는 특성으로 신비 경험은 언어로 표현될 수 없다. 따라서 프루프록은 말하고 싶은 것을 분명하게 말할 수 없는 것이다.

　엘리엇은 베르그송의 '긴장(tension)'을 애매하게 생각한다. 베르그송은 긴장을 자유나 의식의 창조성과 연관 짓는다. 또 그는 물질을 기계론의 필연성과 연관 짓는다. '긴장'78)은 자아가 실재(real) 시간이나 지속을 경험하는 상태이다. 자아는 자신의 상태를 상호 침투하는 상태

---

78) The more we succeed in making ourselves conscious of our progress in pure duration, the more we feel the different parts of our being enter into each other, and our whole personality concentrate itself in a point……. It is in this that life and action are free. But suppose we let ourselves go and, instead of acting, dream. At once the self is scattered; our past……. is broken up into a thousand recollections made external to one another……. Our personality thus descends in the direction of space. *CE*, 201.

로 느낀다. 베르그송의 용어로 긴장은 행동할 준비가 되어 있는 용수철처럼 감겨 있다고 표현된다. 자아를 대상으로 생각하거나 혹은 자의식(self-conscious)의 상태가 될 때 자아는 공간으로 객관화된다. 즉 자아를 물질계인 대상으로 표현하면 양적인 상황이 된다. 자아가 공간으로 간주하면 자아는 피상적이고 관습적인 자아가 된다. 그러나 긴장하는 자아가 각성하면 이런 자아는 질적인 상황으로 바뀐다. 베르그송은 긴장하는 자아를 더욱 심오하고 근원적으로 본다.

베르그송에 의하면 시간은 공간화되거나 경험되는 사회적 자아는 실재 시간을 경험하는 깊은 자아를 약화시킨다. 깊은 자아의 심리적 상태를 공간으로 표현한다면 심층의 깊은 자아는 왜곡된다고 베르그송은 말한다. 직접 경험인 신비 경험은 언어로 표현할 수 없어서 신비 체험을 바탕으로 하는 엘리엇의 시는 언어의 불완전함을 표현하는 시도로 오랫동안 읽혀졌다고 말할 수 있다.

『물질과 기억』에서 베르그송은 다른 사람과 대화에서 기억해야 될 것을 다음과 같이 기술하고 있다. "생각은 끊임없이 흘러간다. 사상은 원래 변하기 쉬운 성질을 갖고 있다. 굳어 버린 개념처럼 고립된 표지판 같은 말을 사용할 경우 서로를 이해하려면 유사한 사상을 사용해야 한다."(Gish, 12, 재인용) 베르그송에 의하면, 우리는 질적 상태로 되어 있는 내적 실재를 부분적으로 구체화하고 객체화할 수 있다. 그러나 이런 질적 상태는 언어로 표현할 수 없어서 그것에 대해 말하려 한다면 언어로 객체화할 수밖에 없다. 그런데 언어로 표현되었을 때 우리는 객체를 실체로 잘못 알게 된다. 그러므로 우리는 내적 실재와 접촉하지 못하게 된다. 프루프록은 자신의 느낌들을 '지루한 논쟁 같은 거리', '집 부근에서 물결치고', '저녁의 구석구석을 혀로 핥고 있는 고양이 같은 안개'인 객관적 상관물로 표현한다. 그러나 자신의 느낌들을 전달해 보려고 시도하지만 항상 말은 많아지고 겉돌게 된다. 그는 이런 느낌들을 전달하려 시도할 때 부분적으로 표현하지만 실패한다. 왜냐하면 이런 느낌들은 표현될 수 없기 때문이다. 강렬해서 정의할 수 없는 이런 느낌들은 똑같이 표현하기에 어려운 엄청난 질문으로 우리를 이끈다.

> I have seen them riding seaward on the waves
> combing the white hair of the waves blown back
> When the wind blows the water white and black.
> We have lingered in the chambers of the sea
> By sea-girls wreathed with seaweed red and brown
> Till human voices wake us, and we drown.(17)

그가 현실에서 관찰하고 살고 있는 인생은 따분하고 기계적이지만 어느 정도 초월적이다. 프루프록은 다른 사람과 공유하는 삶을 상상한다. 그는 경험하는 생생한 순간을 볼 수는 없다. 그러나 그는 인어의 매혹적인 노래를 듣는다. 이 시는 감정과 욕망에 따라 살지 못하는 프루프록의 내적 삶과 외적 삶이 분열되고 있음을 다루고 있다. 그래서 그는 공허하게 반복되는 사건으로 시간 세계에 몸을 내던지게 된다.

프루프록은 사랑하는 여인을 꿈꾸지만 사랑의 이상이 실현되지 못해 백일몽으로 끝난다. 그 꿈이 깨질 때까지 꿈의 감옥에 갇혀 있다. 백일몽에서 벗어나 여인들이 왕래하는 방에 들어가는데 다시 후퇴한다. 그리고 그는 '인어들의 노래 소리'의 환상에서 감각으로 육체에서 풍기는 향수 냄새를 맡는다. 이 냄새는 걷잡을 수 없는 혼란한 상태로 그를 만든다. 그는 현실에서 도피하여 순수 회상의 기억에서나 꿈꿀 수 있는 파도를 타고 있는 인어를 본다. '바다'와 '인어', '안개', '고양이', '노닥거리는 여인' 같은 표현은 실용 세계의 표면적 자아가 지배하는 세계는 아니다. 바다와 인어의 이미지는 자아의 내면과 심층 세계를 나타낸다. '바다'는 감각적 세계에서 보이는 보스턴과 런던의 거리에서 볼 수 없는 "영원 세계를 상징한다."(Smidt, 128) "한편으로 커피 스푼으로 대변되는 실제적 세계와 인어들의 노니는 생명력이 넘쳐흐르는 해저의 비실재적 세계와의 단절을 극복하려는 의도로 시를 본다면, 엘리엇은 실재적 지성과 직관 사이에서 뜯겨 버린 현대인의 의식을 영상화하려는 것같이 보인다"고 차일즈는 말한다.[79]

엘리엇은 「전통과 개인의 재능」에서 '개성으로부터의 도피'나 '감정으로의 도피'로 낭만 시를 단죄했다. 그러나 「프루프록의 연가」에서는 자아의 감옥에 유폐된 주인공이 등장하는 시를 보여준다. 프루프록은 마취된 의식과 노란 안개에 싸여 있는 도시처럼 자아의 감옥에 싸여 있다. 엘리엇은 자신을 고전주의자로 선언했으나 그 밑바닥에는 낭만주의의 흔적을 떨쳐 버리려는 투쟁을 하고 있다. 본인도 자기가 결코 낭만 시대를 초월할 수 없었던 점을 시인하여 "낭만 시대의 시인은 경향으로만 고전 시인이 될 수 없다"(*SE*, 340)고 말한 바 있다.

엘리엇은 시의 기능을 "지적이지 않고 정서적이다"고 말했다. 그래서 시의 기능은 "지성의 용어로 충분히 정의 될 수 없다"(*SE*, 118)고 말했다. 엘리엇은 자신이 낭만 시대에 살았던 것을 인정했다. 그러나 베르그송의 비전에 대한 그의 반응은 브래들리를 연구하면서 회의적 딜레마에 직면할 것을 미리 예견했다. 이런 회의는 그가 작품에서 보여주는 고전주의와 낭만주의 경향 사이의 심연 속에 자신이 속해 있다는 회의다.

---

79) Donald J. Childs는 "T. S. Eliot: From Varieties of Mysticism to Pragmatics Poesis."에서 엘리엇의 시를 신비주의로 분석하고 베르그송의 영향을 논하고 있다. 베르그송의 영향에 관한 가장 권위 있는 비평가 중 한사람이다. p.101.

엘리엇의 미학은 필연적으로 그가 무너뜨리려는 낭만주의적 형이상학의 가정에 그 토대를 두고 있다는 사실을 진지하게 감지하고 있었다. 그러나 베르그송이 제시하는 세계는 유동적이고 항상 **변하는 세계**이다. 엘리엇은 이런 세계가 '영원'과 고전적 목적론이 결핍되어 있는 것으로 보았기에 부정한 것이다.

2. 「바람 부는 밤의 광시곡」의 시간과 기억

1911년에 쓰인 「바람 부는 밤의 광시곡」은 많은 비평가들이 그의 초기 시 가운데 베르그송의 흔적이 가장 많은 작품이라고 한다. 이 시에서 '기억'이라는 단어는 짧은 시임에도 4번이나 나오고, '회상(remi-niscence)'이란 용어도 나온다. 이 시는 거리의 환상을 경험한 한 사나이가 시각적 이미지를 사용한 독백 시이다. 차일즈는 베르그송 사상의 영향이 절정에 이른 엘리엇의 작품을 이 시라고 지적한다.(Childs, 1991, 476) 1911년에 엘리엇은 이 시를 썼고 이때는 아직 엘리엇이 베르그송 사상에 사로잡혀 있을 시기라는 차일즈의 지적은 적절하다는 생각이 든다. 그가 베르그송을 비판하면서 쓴 논문은 1912년 후반기에서 1914년 사이에 쓰였을 것으로 추정된다.[80] 1914년 봄, 하버드에서 그는 버트란드 러셀이 베르그송을 비판한 한 것에 엘리엇이 영향을 받았다는 차일즈의 지적은 설득력이 있다.

---

80) "A Paper on Bergson" and "Relation Between Politics and Metaphysics", Eliot Collection, Houghton Library, Harvard University. 고든은 이 에세이에 쓰인 필체와 논문은 1913년에서 1914년으로 날짜가 적혀 있다고 주장한다.(p.41) Douglass도 "A Paper on Bergson"(pp.59-61)을 요약하여 적어 놓았다.(pp.59-61)

Twelve o'clock.
Along the reaches of the street
Held in a lunar synthesis,
Whispering lunar incantations
Dissolve the floors of memory
And all its clear relations,
Its divisions and precisions.(*CPP*, 24)

　첫째 연의 논리는 베르그송의 세 가지 중요한 요소가 있음을 알려
준다. 첫째는 약하고 희미한 노란빛을 내는 가스등이다. 이 가스등은
파리[81]의 이른 아침, 거리에서 어슬렁거리는 동안 만났던 다양한 사
물을 보여준다. 거리의 램프는 실용적이고 목적 지향적인 지성으로 표
현된다. 지성의 관심은 잠재적으로 행동과 관련된 대상을 주목한다.
유용성을 표방하는 지성은 대상에 따라 움직이는 사물, 즉 행동을 염
두에 둔 육체에 좌우된다고 베르그송은 말한다.

　주인공의 의식은 등불에 깜박이는 단편적 이미지들이며 주관적 시
간의 흐름 속에서 정돈되어 나타나는 의식이다. 이 시의 여러 이미지
들은 그의 기억 속으로 흘러들어와 이미 거기에 있던 다른 기억들과
결합하여 전혀 공간 속에는 존재하지 않는 주관적 시간을 형성한다.

---

81) 이 시의 사건들이 부분적으로 자서전적인 요소가 있다는 것은 엘리엇이
　　그 같은 경험에 관해 썼던 편지를 보면 분명하다. "How much more self
　　-conscious one is in a big city! ……Just at present this is an
　　inconvenience, for I have been going through one of those nervous
　　sexual attacks which I suffer from when alone in a city. Why I had
　　almost none last fall [1914] I don't know-this is the worst since Paris
　　[1911]…… One walks about the street with one's desires, and one's
　　refinement rises up like a wall whenever opportunity approaches."(Eliot
　　to Conrad Aiken. 31 Dec. 1914, 9n *The Letters of T. S. Eliot:* Volume 1)

여기서 그는 이미지들을 도입했다가 끊어 버리고 끊어 버렸다가 다시 반복한다. 현대인의 고독과 퇴폐성은 이 시의 주제가 되어 시간 속에 깔려 있다. 시간 안에 깔려 있는 주제를 보면 현대인의 부조리와 무기력 같은 이미지가 압도적으로 많이 등장한다. 이런 주제 때문에 많은 비평가들은 이 시에 대해 상반된 견해[82]을 피력한다.

---

82) Grover Smith는 "질서 잡힌 생각이 비이성적으로 분해되고, 불연속적이며 정신적인 인상들이 거의 초현실적으로 콜라쥬화되어 있어 베르그송에 따르면 본능적 의식의 법에 따른 것"으로 긍정적으로 생각한다. 그러나 엘리엇은 비이성, 쇠퇴, 활기 없는 이미지들은 침울한 이미지들로 본다. 엘리엇은 이런 이미지에서 탈출할 수 없다고 스미스는 주장한다.(Smith, 24-25) Gertrude Patterson도 이 시는 베르그송의 이상인 '순수 기억'이 쓸모없음을 스스로 확인한 셈이라고 주장한다: "분명히 이 시에서 기억은 현재를 더욱 더럽고 무의미하게 만드는 데 공헌한다"(Pattern, 100)고 주장한다. 비슷한 시각으로 Lyndall Gordon은 이 시를 "분석의 방법이 아닌 흘러가는 시간 속에서 직접 인식하고, 자신을 던져서 진리에 도달하려는 베르그송의 방법을 실험한 시"로 베르그송의 영향을 인정하면서도 실패한 시로 판정했다. 왜냐하면 "인상들이 한 곳으로 모이지 않고 포착되는 직관도 없기 때문이다." 엘리엇은 「바람 부는 밤의 광시곡」은 "다양하고 분산된 감각들을 터득하는 철학적 원칙에 실패했다"(40-41)고 결론짓고 있다. Donald J. Childs는 이 시의 마지막 시구인 "The last twist of the knife"라는 표현은 베르그송이 "제시한 삶의 전망이 아니기 때문에 베르그송주의가 경험한 좌절이라 할 수 없다. 이것은 엘리엇 자신의 직관적 무능에서 오는 좌절"이라고 주장한다. 그리고 차일즈는 이 시가 고든의 생각처럼 베르그송주의를 표현하는 데 결코 실패한 작품은 아니라고 주장하면서 만일 "베르그송의 직관이 성취된 것을 증명하려는 것이 엘리엇의 목적일 때만이 실패한 것이라고" 주장한다.(1991, 476-477) 차일즈의 견해처럼 엘리엇이 베르그송의 순수 지속이나 직관을 그의 시에 적용할 수 없는 까닭은 순수 지속이나 직관이 현대인의 부조리와 무기력 그리고 퇴폐성 같은 이미지를 표현하고 현대인의 고독과 타락상을 묘사할 때 전혀 어울리지 않다고 항변한 것은 매우 설득력이 있다. 이 시의 화자는 베르그송의 순수 기억을 사용할 수 없다. 순수 기억을 통한 무사심의 상태는 반복되고 기계적으로 되풀이되는 현대인의 묘사에는 적합하지 않기 때문이다.

> Half-past one,
> The street-lamp sputtered, ……
> The street-lamp said, 'Regard that woman
> Who hesitates towards you in the light of the door
> Which opens on her like a grin.(*CPP*, 24)

이 시는 베르그송이 주장하듯이 지성의 표상인 가로등이 등장한다. 실용적 관심에 의해 의식이 결정되면 의식은 단편적일 수밖에 없다. 지성은 육체의 요구에 의해 결정되기 때문에 만일 의식이 순수하려면 지성의 이기적이고 실용적인 관심사를 포기해야 한다. 지성의 관심은 선택적이며 가로등은 이런 선택적 지성의 가장 좋은 상징이 된다. 가로등은 특별한 사물에게 화자의 관심을 끌게 한다. 밝게 비추는 사물이 이 시에 부각된다.

첫 번째의 이미지 새벽 한 시 반에 켜 있는 가로등의 불빛은 출입구에서 새어나오는 빛에 비친 한 사람의 창부이다. 드레스는 찢겨져 더럽고 눈은 굽어 버린 핀과 같이 일그러진 조소의 대상이다. 이런 이미지는 기억을 통해서 다른 이미지를 마음속에 불러일으킨다. '한 무리의 일그러진 사물들'은 한때는 살아 있는 나무다. 그러나 지금은 말라죽은 유물로 해골처럼 굳어 버린 흰 가지를 불러일으킨다. 기억은 이처럼 한 무리의 삐뚤어진 물체를 투사해낸다. 그것들은 서로 관련 있는 물체이기 때문에 의미를 암시하고 또 다른 감정을 불러일으킨다.

베르그송의 기계 기억은 모든 사건을 기록하고 날짜를 붙인다. 그런 후에 어떤 관념상의 공간으로 질서 정연히 펼쳐지고 명확하게 질서 잡혀진다. 그러나 달은 일군의 잡다한 사물을 똑같이 비춘다. 달은 공간 세계의 질서 없는 사물들을 종합한다. 달은 기억이 기록할 수 있도록 뒤범벅된 관계없는 이미지들을 제시한다. 달은 기억을 왜곡시킨다. 가로등은 의식의 불연속한 순간들을 나타내며 사물들을 분리한다. 운명론의 분위기를 자아내는 드럼 소리는 연속성을 방해하는 듯하다. 가로등은 한 가지 사물만을 비추며 현상 세계를 제시한다.

첫 연의 두 번째 중요한 요소는 기억이다. 이 기억은 베르그송의 기억을 생각나게 하는 개념이자 단어이다. 베르그송에 의하면, 순수 형태의 기억은 지속을 의미한다. 지속은 경험한 것들 전체를 기억한다. 그러나 평상시의 경험 속에서 실용적인 지성은 육체의 긴박한 관심사와 관련이 없는 기억을 억제한다.

유용한 기억[83]은 보존되며 유용하지 않은 것은 억제된다. 평소에 습관 기억 때문에 거의 나타나지 못하는 무의식적 과거가 우리의 내부에 온전히 보존되어 있다. 순수 기억의 작용은 어떤 순간에 잃어버린 과거를 온전히 재구성할 수 있다고 베르그송은 주장한다. "우리는 아무것도 망각하지 않는다. 우리의 의식이 눈뜬 이래로 우리가 느끼고 지각하고 욕구하는 모든 것들이 존재하고 있어 이것은 우리의 전 인격을 형성하고 있다."[84] 뇌는 운동감각 기관의 제재 아래 우리의 현재 생에 불필요한 기억을 무의식 속으로 몰아넣고, 현재의 유용한 기억만을 선택해서 방출하는 차단기와 선별기의 역할을 할 뿐이다. 그러므로 정상적 의식 상태에 있어서 모든 기억은 현재의 상황과 행동에 밀접히 연관된다. 그러나 평소에 무의식의 침침한 지하실 속에서 갇혀 있는 순수 기억이 의식의 표층으로 부상할 때가 있다. 이때는 우리가 현재 행위의 절박함에서 해방되어 생에 **사심이 없을 때**[85]이다. 이러

---

83) if there be memory, that is, the survival of past images, these images must constantly mingle with our perception of the present, and may even take its place. For if they have survived it is with a view to utility.(*MM*, p.70)

84) *Bergson, Spiritual Energy*, p.102. 『베르그송 연구』에서 재인용 p.133.

한 어떤 물질적인 사건에 촉발되어 순수 기억은 떠오르게 된다. 그러나 이런 순간은 잠시이다. 왜냐하면 방심했던 우리의 의식이 다시 깨어나 순수 기억의 통로를 봉쇄하고 다시 유용한 기억만을 떠올리기 때문이다. 베르그송은 그가 원칙적으로 구별한 이 두 형태의 기억이 많은 경우 서로 혼합되어 있어 명확히 구분하기가 힘들 때가 있음을 지적한다. 이 두 가지 기억의 강도(intensity)와 활동성에 따라 한 인간은 실천적인 삶에 적응하여 행동인이 되기도 하고, 실용적 삶보다는 존재를 명상하는 예술가나 시인[86]이 되기도 한다.

「바람 부는 밤의 광시곡」에서 실용적 회상으로 대표되는 기계 기억은 순수 기억을 쓸모없는 것으로 해체하려고 협박한다. 실용성이 없는 상상력으로 작용하는 용해제인 달은 순수 회상의 역할로 제시된다. 실재적 지성의 관점에서 볼 때 달은 미쳤다. 달은 시적 능력과 상상력으로 표현되며 다음과 같이 나타난다.

---

85) 이때 우리는 없어졌다고 믿었던 기억은 놀라울 정도의 정확성을 가지고 다시 나타난다. 우리는 완전히 망각했던 어린 시절의 모든 디테일 속에서 다시 산다. 그리고 우리는 그 말을 배웠다고는 이미 생각하지 않는 언어로 말한다.(Bergson, *M. M.* 95)

86) 푸르스트는 감각에 의해 촉발된 무의식적 기억이 되살아나 갑자기 명료한 의식의 표층에 생생한 과거사가 거대한 폭포수를 이루는 순간을 축복된 순간(privileged instant)이라고 일컫는다. 그리고 이때 기억의 창조적 힘은 우리를 잃어버린 과거와 대면케 하고, 일종의 황홀한 열광 상태에서 절대적인 행복감을 맛보게 한다. 이런 기적의 순간이 오면 우리는 시간 속에서 덧없이 변모 유전하는 자신의 모습과는 달리 시간을 초월해서 일관하는 나의 恒求性과 正體性에 대한 확신을 갖게 된다. 푸르스트가 이해하는 예술가의 역할은 시간을 초월해 존재하는 예술의 차원에서 이런 순간을 되찾는 순간이 갖는 비시간적 본질을 永遠의 양상으로 표현하는 것이다.(김진성, 139-141)

"Whispering lunar incantations
Dissolve the floors of memory
And all its clear relations,
Its divisions and precisions."(24)

달은 화자에게 실제 지성으로 제시되는 가로등의 사슬에서 그를 해방시켜 준다. 달은 약간은 미친 듯한 인상으로 제시되지만 부분적으로 실용적이고 변덕스러운 이미지를 보여준다. 순수 지속은 "이미지로는 재현될 수 없다." 그러나 "다른 많은 종류의 사물들에서 얻어진 많은 다양한 이미지들은 행동이 집중되어 포착할 어떤 직관이 있는 정확한 지점으로 의식이 향하도록 방향성을 준다"[87]고 베르그송은 설명한다. 실재적인 지성은 상상력과 완전히 교체되어 상상력은 의식에게 지속이나 순수 기억, 변덕스러운 의식으로 향하도록 이끈다. 그러나 실용적인 지성은 이런 것들을 전적으로 미치고 정신이상으로 간주한다.

Half-past one,
The street-lamp sputtered, ……
The street-lamp said, 'Regard that woman……
The memory throws up high and dry
A crowd of twisted things;
A twisted branch upon the beach
Eaten smooth, and polished
As if the world gave up
The secret of its skeleton,
Stiff and white.
A broken spring in a factory yard.(24)

---

87) *An Introduction to Metaphysics*, trans. T. E. Hulme(London: Macmillan, 1913), pp.15-16. 흄은 베르그송의 이 저서를 최초로 영역했다.

『네 개의 사중주』에도 실용기억과 순수기억이 갈등하는 장면이 나온다. 연꽃이 피고 빛으로 가득 찬 신비 체험의 순간도 사라지고 현실의 구름이 몰려온다. 이 시에서 실용적 기억은 순수 기억을 몰아내고 현실로 돌아온다. 파리의 거리에서 1시 30분경에 거리의 실질적 지성을 상징하는 가로등은 손님을 맞이하려는 기대에 차서 화자를 힐끔힐끔 쳐다보는 창녀가 있는 출입구를 비추고 있다. 기억은 그 반응이 변덕스러워 보인다. '많이 뒤틀린 사물들'의 이미지들은 창녀의 눈이 뒤틀린 것과 관계있다. 창녀의 초대와 관련된 삶으로 향하는 실질적인 태도와 관계있다. 흰 해골 같은 해변의 가지와 녹슨 유골처럼 보이는 뼈 같은 스프링은 화자가 램프에서 엘리엇이 나중에 「영생불멸의 속삭임」("Whispers of Immortality")에서 사용한 비유법을 생각나게 한다. 존 단의 형이상 학파 시에서나 볼 수 있는 표현은 그가 나중에 「영생불멸의 속삭임」에서 창녀의 다음과 같은 "the skull beneath the skin;/ And breastless creatures under ground/ Leaned backward with a lipless grin"(*CPP*, p.52) 모습으로 이어진다.

　창녀의 뒤틀린 눈은 화자의 마음에 생명이 아닌 죽음을 연상시킨다. 거리의 램프가 폭로하는 것에 반감을 가진 듯이 죽음의 이미지들을 토해낸다. 화자가 기억하는 이미지들은 묘사적이다. 의식을 통해 나타나는 이미지들은 창녀의 눈이 본질적으로 뒤틀려 있음을 보여준다. 눈은 뒤틀려 있고 그것을 나타내는 이미지들도 그래서 뒤틀렸다. 눈을 재현하려는 이미지들은 더 이상 탄력을 잃은 스프링 같은 이미지들이다. 베르그송과 엘리엇 모두에게 지성은 이미지들을 생생히 표현할 수 없다. 생명의 운동은 질의 차원이기에 나눠지거나 분석되어 재현할 수 없는 것이다.

　생명에 관한 이미지들은 3연에는 언급되지 않는다. 그보다는 실재 지성의 단편적인 성질이 언급된다. 마법을 속삭이는 달은 실용적 지성의 지배를 해체하여 기계 기억의 체계를 분해하여 녹여 버린다. 달이 실용적 효과를 갖고 있지 못하다는 것을 이 시가 묘사하는 것은 아니다. 오히려 분석하는 지성은 시가 '달의 통합(lunar synthesis)'을 성취하려 할 때 적합하지 못하다는 것을 폭로한다.

> Half-past two,
> The street-lamp said,
> 'Remark the cat which flattens in the gutter, ...
> So the hand of the child, automatic, ...
> And a crab one afternoon in a pool
> An old crab with barnacles on his back,
> Gripped the end of a stick which I held him.(25)

거리의 가로등은 2시 30분경 도랑에 있는 고양이를 환하게 비춘다. 기억을 통해서 이미지들은 자유롭게 결합되는 것처럼 보인다. 여기서 실용적 지성의 입장에서 생명으로 대표되는 고양이의 운동을 해석하려 한다. 다시 말해 고양이, 아이, 가재는 자신을 보존하려 한다. 이것은 마치 화자가 이 시의 끝에서 칫솔과 신발들을 가지고 자기 보존의 판에 박힌 일을 수행하는 것과 같다. 다시 한번 실재적 지성은 비난하고 일시적인 변덕으로 간주되는 달은 제거된다. 그리고 지성으로 제시되는 가로등은 외관이 강조되어 비춘다.

한 번 더 이 시는 실용적 지성이 중요하게 부각된다. 이런 이미지들은 고양이, 어린이, 가재에 대해 반응하는 활동을 '기계적'으로 정의한다. 실용적 지성인 가로등은 행동[88]하는 목표를 갖게 한다. 실용적

---

88) Everything thus happens for us as though we reflected back to surfaces

지성인 거리의 가로등은 순수 지속인 경험을 단편적인 조각으로 분리한다. 순수 인식[89]은 실용적 지성이 사라진 의식 상태다. 4연의 화자는 그가 관찰하는 행동과 그가 기억하는 행동들의 '기계적' 관계에 불안해한다.

> Half-past three,
> The lamp sputtered, ······
> 'Regard the moon,
> La lune ne garde aucune rancune, ······.
> The moon has lost her memory.
> A washed-out smallpox cracks her face,
> Her hand twists a paper rose,
> That smells of dust and eau de Cologne, ······
> That cross and cross her brain.'
> The reminiscence comes
> Of sunless dry geraniums
> And dust in crevices.(25)

---

the light which emanates from them, the light which, had it passed on unopposed, would never have been revealed. The images which surround our body will appear to turn towards the side, emphasized by the light upon it, which interests our body.(*MM*, pp.28-29)

89) Let us try to see, no longer with the eyes of the intellect alone, which grasps only the already made and which looks from the outside, but with the spirit, I mean with that faculty of seeing which is immanent in the faculty of acting and which springs up, somehow, by the twisting of the will on itself, when action is turned into knowledge, like heat, so to say, into light. To movement, then, everything will be restored, and into movement everything will be resolved.(Bergson, *CE*, 1911, 273)

실용적 지성의 윙윙거리는 소리는 수동적이고 잊기를 잘하는 달을 비난한다. '달은 아무런 원한을 갖지 않는다', '달이 기억을 잃어버렸다'는 시구는 실용 기억을 잃어버린 것으로 순수 기억을 얻는 것으로 볼 수 있다. 가로등의 빛은 점점 사라지고 달빛이 결과적으로 우세하게 된다. 이것은 순수 기억이 실용적 지성을 교체한다는 의미를 띠고 있다.

과거와 현재는 뒤 행에서 더욱 구분되지 않는다. 이제 '색이 바랜 천연두' 같은 얼굴을 하는 달은 이제 단순하지 않다. 달은 2연에서 이곳만큼이나 '뒤틀린' 눈을 가진 창녀도 아니며 4연과 5연에서 공통인 단순한 '손'도 아니다. 달은 통합된 의식으로 화자에게 가까이 접근하여 투사된다. 달을 응시하는 화자의 황홀한 순간은 과거와 현재가 만나는 순간이다. 그 지점은 과거와 현재의 눈에 보인 것들과 냄새들이 머리를 '스쳐 지나가는' 곳이다. 지속의 경험은 확실히 실현되었다. 왜냐하면 현재에 대한 인식과 과거의 기억을 구별할 것이 거의 없기 때문이다. 현재의 달빛에 비친 종이 장미는 과거의 쓸쓸히 말라 버린 제라늄이다. 장미꽃의 현재의 먼지는 과거의 '갈라진 틈 속의 먼지'다. '먼지 냄새와 오드 꼴로뉴 향수'와 '오래된 온갖 밤의 냄새'는 다음과 같은 냄새들이다.

> Smells of chestnuts in the streets,
> And female smells in shuttered rooms,
> And cigarettes in corridors
> And cocktail smells in bars.(25)

화자는 지성의 눈으로는 더 이상 볼 수 없는 순간에 이른다. 정신의 눈은 베르그송이 말하는 신비적 순간에 이르는 결정적 순간으로 이끈다. 그러나 신비스러운 가능성의 순간이 곧 사라진다. 거리의 가로등은 화자가 거주하는 집 대문의 숫자를 비춘다. 그는 숫자를 인식하고 옛 친구를 인정하는 것처럼 환호하여 실용적인 기억의 귀환을 환영한다. 그 옛 친구는 『황무지』의 스텟슨(Stetson)이나 「리틀 기딩」의 '친근한 복합 유령(familiar compound ghost)'이 아닌 '기억'이다. 그러나 실용적 지성은 원한을 품고 귀향한다. 계단의 '작은 가로등'에서 비치는 친근한 빛은 화자에게 그 다음날을 준비하라고 친근하면서 판에 박힌 일을 상기시킨다. 과거와 현재는 미래의 기능으로 축소된다. 삶을 보존하기 위해 행동하기에 기계적이다. 삶을 보존하기 위해 그는 이빨을 닦아야 하고 문에 신발을 놓고 잠자야 한다. 그날은 신비스러운 베르그송이 제시하는 흥분은 없고 실질적인 흐느낌과 판에 박힌 삶의 일상사의 우세로 끝난다.

화자의 마지막 생각은 엘리엇의 마지막 생각인 것처럼 보인다. 내일의 준비는 생명을 준비하라는 제안이다. 이런 제안은 실용적 지성인 '마지막 칼의 뒤틀림'으로 끝난다. 화자가 갈망하는 지속으로의 생명은 잠자는 과정이나 꿈과 비슷한 것으로 나타난다. 베르그송의 실용적인 지성을 나타내는 칼은 변덕스러운 기억을 억압하기 때문에 지속의 생명은 30분 전에나 가능성이 있다. 그러나 지금은 실용적 지성만이 다시 살아 있다.

이 시는 흘러가는 시간을 쫓고 있으며 각 시간마다 가로등은 관찰하는 대상을 제시한다. 화자는 그것을 하나하나 주시하며 그때 그 하나는 어떤 과거의 물체나 사건과 결부된다. 이것을 가능하게 하는 것은 기억이며 이 점에서 기억은 중요하다. 매 순간은 이전의 순간과 결합되고 과거를 토대로 나온다. 기억은 구별하기도 하고 통합하기도 한다. 통합하는 능력은 현상을 초월하는 형식이다. 화자는 깨져 버린 사물들만을 기억하고 무의미한 퇴폐 속의 패턴을 인식한다. 여기서 화자는 물질적 사건이 촉발되어 다른 이미지를 떠올린다. 여기서 상상력은 실제적 지성을 완전히 따돌리고, 실제적 지성이 미치고 정신이상으로 간주한, 전적으로 변덕스러운 의식인 '순수 기억', 즉 '순수 지속'을 향해 나아간다.

「바람 부는 밤의 광시곡」은 철저히 베르그송의 사상과 유사한 시다. 마지막 연에서 실용적 기억이 귀환할 때 화자는 분명히 좌절한다. 그러나 잠깐이나마 베르그송의 순수 기억이 보인다. 이런 좌절은 이 시의 한계라고 보기보다는 엘리엇 자신의 직관적 능력의 부족에서 나오는 좌절이다. 「바람 부는 밤의 광시곡」을 쓰고 난 후 2-3이 지나서 쓰인 '베르그송에 대한 논문'에서 엘리엇은 베르그송주의를 '약골의 신비주의'라고 혹평했다. 그러나 「바람 부는 밤의 광시곡」의 약점은 화자에 있다. '칼날의 마지막 뒤틀림'으로 나타나는 아이러닉한 어조는 자신을 향한다. 실재 경험을 꿰뚫는 '칼날'은 화자를 실용적 지성에게 계속 복종해야 된다고 말한다. 이 시의 논점은 실용적 지성으로 나오는 감옥에서 탈출하는 것이 얼마나 어려운 것이라는 것을 인정하는 것이다. 결론은 노력이 소용없다는 것이 아니라 베르그송적 노력이 그만큼 더 필요하다는 것이다.

특별한 베르그송의 철학적 이론들은 엘리엇에게는 전혀 효과를 발휘할 수 없다는 것은 의심할 바도 없다. 그러나 엘리엇에 신비 직관에 대한 관심은 베르그송이 찬양한 것이며 이런 관심은 지속되었다. 엘리엇의 어머니는 엘리엇에게 베르그송주의가 '점점 식어 간다'고 언급했지만 그럼에도 불구하고 베르그송의 사상은 엘리엇의 시와 종교적인 감수성에서 중요한 자질이 되고 있으며 신비의 차원에 근접하고 있다고 차일즈는 보고 있다.(488)

IV

『네 개의 사중주』의
시간과 기억

엘리엇의 초기 시와 『황무지』가 보여주는 문체나 난해성에 익숙한 독자에게 『네 개의 사중주』의 안정된 구조와 정연한 시상의 전개는 그 작품을 원숙한 경지에 올라 있는 작품으로 평가한다. 이 시는 엘리엇의 작품 가운데 대표작으로 꼽는데 비평가들의 이견(異見)이 없는 작품이다. 1943년에 완간된 『네 개의 사중주』 가운데 「번트 노튼」(Burnt Norton)은 『대성당의 살인』(*Murder in the Cathedral*)의 대사 가운데 부적합하다고 삭제했던 시행들과 단편들을 가지고 만들었고 그것은 이 『시집』(*Collected Poems*, 1909–1935)에 수록되었다. 그가 4편을 함께 묶기로 한 것은 「이스트 코우커」를 쓸 무렵이며[90] 『대성당의 살인』은 1935년에 출간되었다. 1939년의 『가족 재회』(*The Family Reunion*)는 1943년의 『네 개의 사중주』보다 이전에 출간되었다. 그러므로 1935년부터 1943년에 『네 개의 사중주』가 출간될 때까지 엘리엇의 의식을 지배하고 있는 것은 시간과 기억의 문제이며 이런 문제는 그의 의식을 줄기차게 지배하고 있었음을 알 수 있겠다. 그러므로 『네 개의 사중주』 속에 담겨 있는 시간과 기억에 대한 고찰은 그 작품만을 독자적으로

---

90) Bernard Bergonzi, ed., T. S. *Eliot, Four Quartets, A Selection of Critical Essays*, p.23: "There were lines and fragments that were discarded in the course of the production of *Murder in the Cathedral*. 'Can't get them over on the stage', said the producer, and I humbly bowed to his judgement. However, these fragments stayed in my mind, and gradually I saw a poem shaping itself round them: in the end it came out as 'Burnt Norton'. 'East Coker' was the result—and it was only in writing 'East Coker' that I began to see the *Quartets* as a set of four."

연구하기보다는 시극들과 비교하여 생각하면 훨씬 그의 생각을 잘 이해될 것이라 본다.

초기 시[91]의 이런 시간에 갇혀 자유롭지 못한 자아는 『황무지』의 상황까지 계속되나 『네 개의 사중주』에 이르러 이전의 시와는 전혀 다른 종교적 차원을 보여준다.

네 편의 시 가운데 시간과 기억에 대한 주제가 가장 두드러진 「번트 노튼」은 시간에 대한 명상을 하면서 과거의 사건을 기억을 통하여 회상하는 것에서 시작한다.

> Time present and time past
> Are both perhaps present in time future
> And time future contained in time past.
> If all time is eternally present
> All time is unredeemable.(*CPP*, 171)

차일즈는 "Risking Enchantment"라는 논문에서 「번트 노튼」의 시간에 관한 명상은 베르그송의 시간 철학을 회상시키는 구절이라고 지적한다. 그리고 그는 시간의 구원을 원죄와 관련해야 한다고 말한다. 그는 「번트 노튼」에 나오는 'might have been'은 20년 전에 에밀리 헤일(Emily Hale)과 충동적인 이별과 비비안 엘리엇(Vivienne Eliot)

---

91) 초기 시인 「프루프록의 연가」나 「서곡」, 「바람 부는 밤의 광시곡」에서는 '수술대 위에 에테르로 마취된 환자'나 '셔츠 바람으로 창가에 기대선 외로운 사내' '싸구려 여관과 톱밥 깔린 식당'(*CPP*, 15)과 같은 이미지 그리고 '어렴풋한 맥주의 쉬어 빠진 냄새들', '빈터'(*CPP*, 22-3) 같은 지저분하고 좌절된 이미지들이 주류를 이룬다. 그리고 '죽은 제라늄', '공장 마당에 부서진 용수철', '모든 오래된 밤의 냄새들'(*CPP*, 24-5)처럼 생명력이 상실되어 현대인 피폐성을 부각하는 이미지들도 나타난다. 이런 이미지들은 시간에 갇혀 자유가 없는 숨 막히는 상황들이다.

112

과의 이혼에 대한 유감을 드러내는 것(114)이라고 말한다. 이와는 반대로 결정론에 관한 철학을 인정하는 것은 시간과 자유의지(『시간과 자유의지』, 1889) 사이의 관계에 관대 관심을 드러내는 것이라는 두 가지 견해를 피력하고 있다.[92]

『가족 재회』에는 『네 개의 사중주』와 거의 똑같은 시간에 대한 명상을 볼 있다.

> "Because the past is irremediable",
> Because the future can only be built
> Upon the real past.(*CPP*, 288)

이런 시간에 대한 명상을 통해 우리는 엘리엇이 끊임없이 시간과 기억에 대한 문제를 사색해 왔음을 알 수 있다. 만일 현재가 과거를 극복하면 과거에서 자유로울 수 있다. 그러나 과거가 현재에 보존된다면 필연적으로 자유롭지 못할 것이다. 「번트 노튼」은 '만일 모든 시간이 영원히 존재한다면 모든 시간은 구제될 수 없다'는 시구로 시작한다. '현재가 항상 존재하고 과거로 지나가지 않으면 현재는 영원(永遠)이 된다'는 것과 비존재(*non esse*)로 흘러가는 것만이 시간이 '있다'는 아우구스티누스의 시간 개념은 『네 개의 사중주』에서 나타나는 "If all time is eternally present/ All time is unredeemable"의 시간과 놀라운 유사성을 보인다. 여기서 엘리엇의 모든 시간(all time)은 현재, 과거, 미래가 아닌 과거만을 가리키고 있음은 『가족 재회』(*The Family Reunion*)에서 나타나는 다음의 구절에서 알 수 있다.

---

92) Childs, Donald J. "Risking Enchantment: The Middle Way between Mysticism and Pramaticism in *Four Quartets*". Ed. Edward Lobb. *Words in Time*. p.114.

"all past is present, all degradation Is unredeemable"(*CPP*, 294) "Because the past is irremediable, Because the future can only be built/ Upon the real past.(*CPP*, *Family Reunion*, 288)

「번트 노튼」에서 해석하기 곤란했던 'all time'은 『가족 재회』에서는 'all past'로 바뀌었을 뿐이다. 『가족 재회』가 1939년에 발표되었고 1943년의 『네 개의 사중주』가 출간되기 때문에 'all time'은 'all past'을 염두에 두고 표현한 것이 아닌지 추정해 볼 수 있겠다. 「번트 노튼」의 '모든 시간'이 『가족 재회』의 '모든 과거'로 해석해 보는 것이 해결의 실마리다. 엘리엇이 애매하게 사용한 '모든 시간(all time)'은 '모든 **과거**'를 의미한다. 과거는 결정론에서 볼 때 매우 중요한 의미를 갖는다. 과거는 현재를 인과론으로 지배하기 때문에 현재는 없고 과거만이 항상 존재하는 것이다. 현재와 미래의 두 시제가 공존하는 것이 아니라 오직 과거만이 존재할 뿐이다. 과거만이 현재를 지배하는 결정론의 상황에서는 미래는 구원의 희망이 없다. 현재가 과거를 변화시키는 베르그송의 시간이나 현재에 과거와 미래가 모이는 성육화에 구원의 희망이 있다는 뜻 모두는 시간을 통해 시간이 정복된다는 구절로 볼 수 있다.

현재가 항상 존재한다면 현재는 과거로 흘러가지 않는다. 그러므로 과거는 현재를 결정할 수 없다. 이런 현재는 **영원한 현재**이다. 현재의 시간이 과거로 흘러간다는 것은 비존재(*non esse*)로 흘러가는 것으로 간주한다. 비존재는 무를 향한 상실이며 존재의 분산으로 현재가 없다는 것을 나타내는 것은 아우구스티누스의 전통에서 나오는 시간의 개념이라 하겠다.

인과론의 시간은 '현재' 속에 과거가 원인으로 '존재'(eternally present)하는 것으로 본다. 결정론에서 시간은 점(points)들로 **이루어져 시간의 화살이 그 점을 통과하는 것으로 비유된다.** 첫째, 공간을 차지하는 이러한 시간의 점들은 불연속이어서 과거의 시점이 현재의 시점과 합쳐질 수

114

없다. 둘째, 시간의 화살은 과거의 시점에서 미래의 시점으로 단 방향적
으로 날아가기 때문에 과거가 현재를 결정할 수는 있어도 현재가 과거를
결정할 수는 없다.

화살이 지나간 흔적이 무수히 많은 점들을 연결되어 공간의 궤적을
만들어 놓은 것은 제논의 역설[93]이다. 그러나 이런 역설처럼 불연속인
점들을 아무리 이어도 연속인 화살의 흔적을 복원시킬 수 없는 것이다.

베르그송이 말하는 의식은 한 방향만 흐르지 않고 역류하는 강물의
흐름과 같다. 과거와 현재의 물은 서로 상호 침투하는 동시에 서로에
게 영향을 준다. 이런 시간은 매시간 새롭게 창조되는 시간의 속성을
띠고 미래로 흘러가는 시간이다.

> 우리의 의식 상태는 서로 침투하여 매 순간 유기적인 전체성
> (*totalité organique*)을 구현하면서 존재로 향한다……. 의식 상태의
> 이런 상호 침투는 시간의 차원에서 기억으로 나타난다. 생명의 기
> 억은 시간의 비가 역성을 가역화하여 물질의 흐름을 극복하는 능
> 력이다. 생명체에 있어서 과거는 흘러가지 않고 현재에 살아남아
> 현재와 하나의 새로운 단위를 이루는 의식의 세계는 매 순간 새로
> 운 질로서 태어난다. 이 새로운 질은 순간에서 보면 창조이고 이런
> 창조를 가능하게 하는 것은 과거의 보존, 즉 지속이므로 이것을 합
> 쳐 창조적 진화(*évolution créatrice*)라 한다. 지속하는 자아는 어떤
> 개념으로도 표상화할 수도 없고 이미 완전히 형성된(*toute faité*)
> 실재로서 객관화할 수도 없다.(김진성 53)

---

93) 베르그송은 제논의 역설을 예로 들면서 제논이 분석한 잘못은 아킬레스
　　의 운동을 지나간 공간의 궤적으로, 하나의 연속적 운동을 여럿의 불연
　　속적인 운동으로 환원하여 파악하려는 사고에서 기인한다고 비판했다.
　　그는 이런 종류의 오류를 의식의 단일한 역동적 과정을 상호 분리되는
　　심리 요소로 분해하고 그들 사이의 연관을 추정하는 결정론자의 입장과
　　같은 것으로 보고 있다.(Bergson, *Time and Free Will*, 113–4)

그러나 결정론적 시간은 과거가 원인이 되어 현재의 결과가 되고 현재의 원인은 또한 미래를 결정하게 된다. 그러므로 미래도 인간은 예측할 수 있다. 이런 시간은 과거의 죄가 현재를 결정하므로 과거에서 벗어날 수 있는 구원의 가능성이 없다. 이러한 결정론적 시간과 대조되는 시간은 영원 또는 '영원한 현재(always present)'이다. 아우구스티누스에 따르면 시간은 과거, 현재, 미래로 분화되기 이전의 무시간적(無時間的, timeless) 차원이다. 무시간이란 현재가 과거로 흘러가지 않고 현재 속에 통합되어 있으며 또한 미래도 생겨나지 않고 현재 속에 들어 있는 상태라고 할 수 있다. 분리된 시간의 관점에서 보면 과거를 현재로 다시 가져오고('redeem'은 어원적으로 'bring back') 미래를 현재로 앞당긴 것으로 볼 수 있다. 그러므로 현재로 끌어온 과거는 현재가 변화시킬 수 있다. 이것이 엘리엇이 말하는 구속적 정점(救贖的 靜點, redemptive still point)이다.

더 이상 과거가 그에게 문제가 되지 않는 상황으로의 전이(轉移)가 중요하다. 여기서 이런 전이를 가능케 하는 길 가운데 하나는 영혼의 어둔 밤을 겪는 경험이다. 부정의 길이기도 한 고행의 길은 죄를 정죄(淨罪)하여 지복(至福)과 기쁨이 충만한 길이다. 과거의 단절은 하나님과 에덴과의 단절로 인한 분리에서 나오는 관계이다. 장미원의 원초적 경험으로의 복귀는 과거를 지향하는 것으로 생각할 수 있으나 순수한 과거로의 단순한 복귀는 아니다. '나의 끝에 나의 시작이 있다(In my end is my beginning)'는 말은 '끝'인 영원한 현재가 '시작'인 과거를 결정하고 변화시킬 수 있다는 뜻이다. "있을 수 있었던 것과 이제까지 있어 왔던 것은 영원한 현재인 하나의 끝을 가리킨다(What might have been and what has been point to one end which is always present)". 이러한 '끝(end)'은 모든 시간 속에 과거가 '영원히 존재(eternally present)'하여 결정짓는 '비구속적(unredeemable)' 시간을 해방시킬 수 있다.

엘리엇은 현재에서 과거를 되찾아 오는 방법으로 베르그송의 순수 기억을 이용해 왔다. 시인은 마음속에서 생생히 기억되는 과거를 연상시키는 특별한 장소인 「번트 노튼」에서 출발한다. 자신과 인류의 과거로 상징되는 버려진 정원에 들어갈 때의 순간을 시인은 회상한다.

> What might have been is an abstraction
> Remaining a perpetual possibility
> Only in a world of speculation.
> What might have been and what has been
> Point to one end, which is always present.
> Footfalls echo in the memory
> Down the passage which we did not take
> Towards the door we never opened
> Into the rose-garden. My words echo
> Thus, in my mind.
> But to what purpose
> Disturbing the dust on a bowl of rose-leaves
> I do not know.(*CPP*, 171)

엘리엇은 『단테론』(1929)에서 단테가 베아트리체를 처음 보았을 때의 경험과 나중에 추억 속에 회상된 경험에 대해 말한다.[94] '성숙한

---

94) The attitude of Dante to the fundamental experience of the *Vita Nuova* can only be understood by accustoming ourselves to find meaning in *final causes* rather than in origins. It is not, I believe, meant as a description of what he *consciously* felt on his meeting with Beatrice, but rather as a description of what that meant on mature reflection upon it. The final cause is the attraction towards

회상(mature reflection)'은 베르그송의 순수 기억에서 과거를 회상하는 것이며, 이런 회상은 '과거에 이루지 못한 것(what might have been)'은 영원히 가능성으로만 남아 있다. 이 시에서 엘리엇의 사색은 기계기억인 필요한 것만을 얻기 위하여 필터로 제거된 과거의 일부분을 온전하게 회복시키는 베르그송의 순수 기억의 역할을 한다. 이런 점에서 첫사랑의 경험은 '지금까지 행한(what has been)' 것이다.

블라미르는(Harry Blamires)는 '장미원'을 우리가 '그 안에 완전히 들어가 본 적이 없는 있을 수도 있었던(the might-have-been dreams)' 것이며 또한 최초의 세계이며, 잃어버린 어린 시절의 순수의 세계이며, 상실된 낙원인 에덴이라도 말한다. 그리고 이 모든 것의 의미는 '타락 이전의 세계(the world before the Fall)'를 상징하는 것이라고 말한다. 장미 정원의 이미지는 '첫 세계'의 가능성을 제시한다. 그러나 "우리는 기억 속에만 가능하기에 '티티새의 속임수'라 하지 않았을까?"(이명섭, 167) 그러나 기억의 회랑으로 들어가면 우리는 '첫 세계'인 장미원의 기억으로 들어갈 수 있다.

이런 순수 기억의 회랑에서는 신비 체험과도 같은 실재(實在)와 만날 수 있다. 기억 속에서 우리는 어린 시절의 기쁨과 순진함의 흥분된 웃음으로 충만한 아마도 원초적 세계의 이미지를 따라간다. 이런 체험은 현실에서의 체험인 인과론적 결정론이 지배하는 세계에서는 가능한 세계가 아니다. 실용성에 따라 투과하여 유용한 것만 기억하는 기계 기억의 세계도 아니다. 차별이 없어진 무분별의 알라 야식의 작용처럼 부분적인 사견이 아닌 과거의 전체가 되살아나는 순수 기억의 순간이다. 이 시구에서 우리의 최초의 세계는 장미원, 연못 등의 이미지들이 형상화한 자아의 원초적 상태를 뜻하는 것으로 볼 수 있다.

God. SE, p.274. 재인용.

시인은 창조적인 능력인 기억을 통해 과거에는 가능하지 않은 사건을 순수 기억을 통해 회상해낸다. 「번트 노튼」의 첫 장에 이런 기억이 등장한다. 이런 기억이 부활할 수 있는 것은 과거에는 실용성과 효용성이라는 그물에 가려서 볼 수 없는 것이 현재에는 과거에 초연해져서 행동에 집착하지 않게 되며 과거의 온전한 것이 온전히 재생될 수 있기 때문이다. 이것이 베르그송의 순수 기억이다. 시간의 본질에 대한 심원한 깊이는 우리로 하여금 기억을 통한 과거로의 여행을 따르라고 신호한다.

이런 시구들이 암시하는 인간의 기억은 과거의 경험뿐만 아니라 경험하지 않은 가능성의 이미지들까지도 포함하여 회상된다. 시인의 말들은 독자로 하여금 '일어났을지도 모르는 것'을 회상하도록 자극하는 힘을 가지고 있다. 장미원의 경험은 원죄를 짓기 전인 순수한 시간에서만 가능하다. 이러한 순수한 과거를 회상하는 시간은 순수 기억에서 메아리친다. 그러나 실용적 지성이 지배하는 일상에서는 이런 시간은 존재하지 않는다. 시인은 장미원으로 가는 길을 밟아 본 적도 없고 문을 열어 본적도 없다고 한다. 장미원의 경험은 다만 추억으로 존재하는 것이다. '있었을 수도 있는 일'은 사색의 세계 속에서만 가능하지 인과론의 결정론이 지배하는 시간 속에서는 결코 경험할 수 없다. 정원은 어린 시절과 타락하기 이전의 순진무구한 기억을 불러일으킨다. 이루지 못한 것에 대한 시인의 향수는 기억을 통하여 과거로의 긴 통로를 여행한다. 그때에도 '선택한 길'과 '일어날 수도 있던' 과거의 사건은 있었다. 그 선택의 기준은 삶에 유용하다는 그 나름대로의 기준이다. 그 당시 선택하지 않은 일은 관심이 없는 일이기에 기억할 필요가 없으나 효용성을 기준으로 하는 필터가 사라지고 조용히 관조하는 마음이 되어 정원의 텅 빈 연못을 바라보는 순간에 과거의 온전한 기억이 되살아나서 잃어버린 나를 찾는 경험을 한다. 이것은 현재의 기억을 통해서 가능하다. 이런 이억은 현재와 과거가 서로 상호 침투하여 현재에 과거가 새로운 의미를 띠는 창조적인 기억이다.

베르그송은 구별한 이 두 기억이 많은 경우 서로 혼합되어 있어서 구분하기 힘들 때가 있다고 주장한다. 연꽃이 떠오르고 물 표면에 햇빛이 비추고 빛의 중심이 반짝이지만 구름이 몰려온다. 그리고 티티새는 '인간은 너무 벅찬 실재를 견딜 수 없다'고 말한다. 무사심의 관조된 신비 체험은 인간이 영원히 지속하기에는 한계가 있다. 기계 기억이 장미원의 체험을 방해하듯이 구름 또한 햇빛을 가린다. 맨눈으로 인간이 햇빛을 쳐다보면 눈이 멀듯이 인간은 너무 많은 실재는 견딜 수 없다고 새는 말한다. 시간 세계에서 무시간의 짧은 신비 체험을 경험하지만 그것도 잠시뿐이고 그리스도의 강림은 아직 일어나지 않는다.

엘리엇은 시간에 대해 절망감을 느끼지 않는다. 인간의 시간은 개인적인 기억과 역사의 기억 모두와 관계가 있다. 개인의 기억은 실재 시간적 범주이기보다는 잠재하는 영역인 추상적 세계로 나타난다. 과거의 기억과 가능성이 있는 영역은 때때로 구분되지 않는다. 기억과 가능한 과거는 미래뿐 아니라 현재에 영향을 미칠 수 있다. 장미원의 신비스럽고 시적인 장면은 기억을 통한 회상을 그리려고 했는지 아니면 충족되지 않은 가능성을 나타내려 했는지는 불분명하다. 아마 충족되지 못해 가지 않은 길을 시인은 그리려 했을 것으로 생각된다. 그러나 그것이 과거의 실재든 아니면 상상의 메아리든 현재를 교란시키는 힘은 충분히 실재적 능력을 발휘한다. 과거와 현재의 관계에서 과거는 아직 현재를 완전히 변화시킬 수 없다.

인간의 마음이 실재를 파악한다 해도 실재는 시간에 대한 인간의 개념을 초월한다. 그것은 상대 세계는 절대 세계와의 관계에서 의미가 있으나 상대 세계를 통해서 절대 세계는 이해할 수 없는 이치와 같다. 그러나 상대 세계를 통해서 절대 세계에 대한 암시는 받을 수는 있다.

> And the pool was filled with water out of sunlight,
> And the lotus rose, quietly,
> The surface glittered out of heart of light,
> And they were behind us, reflected in the pool.
> Then a cloud passed, and the pool was empty.
> Go, said the bird, for the leaves were full of children,
> Hidden excitedly, containing laughter.
> Go, go, go, said the bird: Human kind
> Cannot bear very much reality.(*CPP*, 172)

연꽃과 장미의 상반된 이미지가 언어의 묘한 대조를 이루고 있다. 우리들의 최초 세계인 근본경험은 동양과 서양에 모두 공통적 세계인 것 같다. 오묘한 근본 체험은 공간과 시간을 초월하는 것이라는 것의 구체적인 실례인 것 같다. 장미원 그 자체는 자연이며 동시에 외형적으로 질서 정연해서 감각적 이미지를 통해 알 수 있으나 기묘하게도 비감각적이다. 음악이 들리지 않고, 꽃도 보이지 않으며, 연꽃은 물속에 피어 있는데 그 물은 물이 아니다. 말라 버린 연못은 빛이 반사되어 번쩍이는 것이다. '이 모든 것들'의 모습은 보이지 않고 어떤 압박도 작용하지 않는다. 자연의 세계는 익숙지 않고 정신의 성질과 패턴은 변형되어 시간을 초월한다.

장미는 그리스도의 상징이다. 그리스도와의 만남인 신비 체험은 분별지의 현상계에는 영원할 수 없다. 이런 원초적 상태는 순수 기억에서나 가능하나 우리는 곧 현실 세계로 돌아온다. 유용성의 관점에서 사물을 투과하여 삶에 필요한 것만을 고르는 것이다. 이 시간은 그리스도와 석가가 만나는 신비 체험도 순간이다. 인간은 실재를 감당하기에는 너무 벅차다. 불교의 성스러운 상징인 연꽃은 '진흙 속에서 피어나지만 더럽지 않기' 때문에, 순수와 완벽을 시사하며 그것은 명상, 즉 마음의 각성과 영적 깨달음을 의미한다. 뿌리는 진흙 속에 있고 태양을 향하는 연꽃은 지상의 것과 하늘의 것과의 결합을 상징한다. 장미원의 경험 전체가 연꽃을 환기하는 인식이 극적으로 고양된다. 이런 경험은 순진무구한 첫 세계의 환희를 다시 찾는 경험이며 실재를 다시 정의하는 순간이다. 이런 우리의 일상 경험은 '거짓된 자아가 없어지는' 경험이다. 이런 설명할 수 없는 순간은 초시간이며 동시에 시간에 속한다. 시간에 속하는 이유는 그것이 기억에 의존하기 때문이다. 그러나 인간은 '영적인 실재', 즉 빛의 중심을 감당하기에는 그 능력이 부족하다.

우리가 결코 경험할 수 없는 이런 정원 세계의 이미지는 상당히 실제적인 감각을 준다. 엘리엇은 우리에게 어린 시절의 순수함과, 기쁨, 자유를 제시한다. 태양 빛의 눈부심은 인간이 감당하기에는 너무 벅찬 듯하며 스치는 구름이 빛으로 가득 차던 연못을 가린다. 유한한 인간에게 장미원의 신비 경험은 한순간의 비전일 뿐이다. 빛의 순간적 효과에 의해 만들어진 연못의 물은 신기루처럼 사라진다.

윌리엄 제임스(William James)는 『종교경험의 다양성』(The *Varieties of Religious Experiences*, 1958)에서 신비 체험의 4가지 특징을 말로 표현할 수 없음(ineffability), 순수 지성의 자질(noetic quality), 일시적임(transiency), 수동성(passivity)으로 지적하고 있다.(80-82) 엘리엇은 단테의 종교적 세계에 신앙적인 동질감을 느꼈고 중세적 변화를 겪는다. 본원적인 통합은 기억을 통하여 이해되며 얻어진다. 시인은 현실의 장미원에서 보는 죽은 나뭇가지와 텅 비고 고갈된 웅덩이를 보면서 기억을 통한 신비 체험을 경험한다. 이런 기억을 통한 신비 체험의 순간들은 한 순간이고 곧 구름이 몰려오고 웅덩이는 텅 빈다. 자유로운 기억을 통한 회상과는 달리 시간의 사슬에 매인 현실의 삶은 이런 실재의 비전을 오래 견딜 수 없다. '선택하지 않았지만 일어날 수 있었던 일'과 '선택하여 일어난 일'을 회상하는 현재는 이루지 못한 과거를 회복할 수 있다. 엘리엇도 "일어났던 일과 일어날 수도 있었던 일이 결국 현재라는 한 점을 향한다"(*CPP*, 172)고 말한다. 이런 것은 기억의 힘을 통해서 가능한 것이다. 이 점에서 베르그송의 순수 기억과 놀랄 만큼 유사함이 있다. 이것은 시간에 대해 엘리엇이 얼마나 고심했고 이 점에서 베르그송의 시간에 대한 흔적을 추적할 수 있겠다.

주관적 경험의 세계에 사는 사람은 시간 세계에 살지만 시간에서 벗어나서 자유를 느끼고 시간과 공간에서 자유로움을 느낄 수 있다. 베르그송의 순수 회상은 휠터처럼 인간에게 유용한 것만 기억하는 기계 기억에서 해방시킨다. 회상을 통하여 과거에서 자유로워서 시간은 영원성을 갖는다. 그러나 이런 신비 체험의 순간은 잠시뿐이고 이제 곧 구름이 몰려온다. 곧 기억의 효력은 잠시뿐이다. 이것은 기억이 갖는 한계를 말하는 것이다. 그러므로 이런 베르그송의 순수 기억의 효과는 엘리엇의 무시간과의 만남인 영원과는 차이가 있다.

아직은 과학으로는 우주의 기원과 미래를 정확히 예측할 수 없다. 인간은 과거에 대한 회한과 미래에 대한 두려움 때문에 미래를 예측하려 한다. 미래에 대한 기대에 사로잡혀서 현재보다는 과거와 미래에 살고 있는 인간들에 대하여 『네 개의 사중주』는 이야기한다. 미래에 대한 예측과 예견에 대한 기대가 등장한다.

> To communicate with Mars, converse with spirits,
> To report the behaviour of the sea monster,
> Describe the horoscope, haruspicate orscry
> Observe disease in signature, evoke
> Biography from the wrinkles of the palm
> And tragedy from fingers; release omens
> By sortilege, or tea leaves, riddle the inevitable
> With playing cards, fiddle with pentagrams
> Or barbituric acids, or dissect.
> The recurrent image into pre-conscious terrors-(*CPP*, 189)

현대인은 점술이나 신비를 통해 과거를 알아보고 미래를 읽으려 한다. 주역(周易)에는 성인부점(聖人不占)이라는 말이 있다. 성인은 미래를 예측하지 않는다는 말이다. 그러나 인간은 시간과 인생의 수수께끼를 풀기 위하여 마술, 미신, 심리의 현상에 의존하여 미래를 예측하려 한다.

> Men's curiosity searches past and future
> And clings to that dimension. But to apprehend
> The point of intersection of the timeless
> With time, is an occupation for the saint-
> No occupation either, but something given
> And taken, in a lifetime's death in love,
> Ardour and selflessness and self-surrender.(*CPP*, 189-190)

보통의 인간은 과거와 미래의 시간에 살지만 현재에는 살지 않는다. 그러나 보통의 인간과는 달리 그리스도의 길을 걷고 있는 성자의 임무는 시간에서 무시간을 만난다. 성육화는 그리스도의 사랑이요 구원이다. 성자의 직무는 그리스도가 했듯이 사랑을 실천하는 것이다. 사랑은 자기를 버리고 부정의 길을 가는 것이다. 이런 실천은 지금, 여기(here, and now)에서 가능하다. 시간을 통하여 시간은 정복된다는 말은 지금 여기서 가능하다는 말이다.

시간에 대한 베르그송의 견해는 자유와 밀접한 관련이 있다. 엘리엇의 「번트 노튼」에서 시간에 대한 명상은 베르그송의 시간에 대한 생각과 비슷하다. 베르그송은 시간에 대한 결정론자들의 견해를 반박한다.[95] 베르그송은 『시간과 자유의지』에서 자유 행위를 "잘 익은 열매가 저절로 나무에서 떨어지는 과정"(176)에 비유한다. 결단은 OX와 OY의 두 가지 가능성 가운데 기계적인 왕복 운동에 의해 이루어지는 것이 아니라는 베르그송의 말은 인과론적인 결종론에 의하여 시간이 결정될 수 없다는 뜻이다.

결국 베르그송에게 있어 자유는 인식이나 논증의 대상이 아니라 행위와 구체적 경험의 대상이다. 베르그송은 자유에 관한 논의 자체를 파기시켜 버린다. "행위 하라, 그러면 자유를 알리라" 이것은 베르그송의 『시간과 자유의지』에서 "시간은 보이기 위한 것이 아니라 살도록 요구되는 것"(191)이라고 말한 것과 같은 의미이다. 이것은 베르그송이 우리에게 할 수 있는 진실한 말이다. 삶이란 베르그송에게 있어 알

---

95) 과거를 회상하는 관점에서 보면 결정론자들이 옳다. 일단 행위가 이루어진 후에는 우리가 옳건 그르건 어떤 동기를 제시할 수 있다. 이런 경우에 행해진 행위만이 유일하게 가능했고 따라서 그런 행동은 필연적이었던 것으로 말할 수 있다. 그러나 베르그송은 회고적인 관점에서의 결정론은 의식의 역동적인 속성을 기계적 인과성으로 착각하는 오류를 범했다고 본다. 지속의 이론이 밝히고자 하는 것은 의식 세계는 어떠한 종류의 인과성에서 독립된 것이 아니라 물질에 타당한 기계적인 인과성은 정신에는 적용될 수 없다는 사실이다. 의식은 기계적인 인과성에서 벗어나 있다는 의미에서 자유이며 우리가 행위 하면서 느끼는 확고한 육감도 여기에서 유래한다고 말한다.(김진성 58-59)

파요 오메가다. 인간의 행위는 로봇처럼 고정된 프로그램에 의해 진행되지 않고 부단히 반성하면서 주어진 과거를 초월한다. 물론 습관적 행동은 예견이 가능하지만 비타성적이며 숙고하여 나오는 행위는 엄밀히 말해 예측이 불가능하다. 베르그송은 미래는 행위와 함께 일어나 봐야 알 수 있다고 『시간과 자유의지』에서 말한다.(192) 베르그송은 심층적 심리 사실의 영역에 있어서 예견과 보는 것과 행위 사이에는 차이가 없다고 말하는 까닭은 바로 이것이다. 베르그송에게 자아는 "성장하고 팽창하고 변한다고"(『시간과 자유의지』 175) 말한다. 심층에서 나오는 자아는 익은 과일처럼 나의 자아를 자유롭게 결정한다. 그러나 과학은 삶 자체가 아닌 삶의 궤적을 공간화하여 추상화[96]한다.

베르그송은 최종 행위를 알지 못하면 선행하는 조건들의 가치를 알 수 없다고 말한다. "시간은 눈으로 보는 공간 세계가 아니고 살아지는 구체적인 세계"(Bergson, 191)라는 것이 베르그송의 견해이다. 베르그송이 이같이 결정론적 시간을 반박하며 체험하는 삶의 시간을 주장하는 점은 물리학에서 말하는 결정론의 허구와 깊은 유사성이 있음을 의미한다.

실증주의적 패러다임 세계는 현실에서 효용성과 유용성의 그물로서 오관을 통해 세계를 인식하는 것으로 전체를 보지 못하고 부분만을 보는 좁은 시각이다. 인간이 효용성이나 유용성의 그물로 사물을 볼 수밖에 없는 것은 인간의 육체는 항상 행위(action)[97]을 염두에 둘

---

96) The question is whether a philosophical Paul, living at the same period as Peter, or, if you prefer, a few centuries before, would have been able, knowing *all* the conditions under which Peter acts, to foretell with certainty the choice which Peter made.(*Time and Free Will*, 184－5)

97) 베르그송은 자유 행위와 반대로 기계 주의를 제시한다. 기계 주의는 타성에 의해 이루어지는 대표적인 습관적 행위이다. 따라서 자유의 등급 이론에서 무엇보다 중요한 의미를 갖는 것은 습관의 의미이다. 습관의

수밖에 없다고 베르그송이 보았기 때문이다.(김진성, 98-100) 평상시의 우리의 행동은 연상론자들의 법칙에 따르기 때문에 행동은 기계적이고 자유롭지 못하다. 우리는 경험을 통해 우리가 원하는 만큼 항상 자유롭지 못하다는 것을 느낀다. 그러므로 자유에도 등급이 있으며 노력을 통해 도달하는 가치가 있다.

미래는 예측할 수 없으며 "자유로운 행동은 오직 익은 과일이 떨어지는 것"(Bergson, 1910, 178)이며 구체적인 삶에서 자유를 느낄 수 있다고 베르그송은 말했다. 기독교에서 미래는 "영원한 현재에 들어 있기 때문에 현재를 사는 것은 영원을 산다는 말이지 미래를 예측할 수 없기 때문에 현재에 충실하라"[98]는 의미는 아니다.

미래는 결정론적으로 예측할 수 있는 것이 아니기 때문에 "살아보기 전에는 절대로 미래를 예측할 수 없으며 구체적인 삶을 사는 것만이 자유를 알 수 있다"(Bergson, 1910, 191-92)는 것은 베르그송의 미래에 대한 시간관이다. 기독교의 시간관 또한 그리스도의 은총에 의해 인간 존재의 의미를 생각할 수밖에 없기 때문에 **시간과 영원의 관계**가 중요하다. 미래의 상황은 전적 타자의 의지이며 인간은 미래를 예측할 수 없다. 엘리엇의 현재는 베르그송의 순간마다 새로 창조되는 현재가 아니라 시간을 초월한 영원한 현재, '정지된 현재'를 말한다.

본성은 자발성과 반대로 작용하는 힘이며 시간 속에서 형성되나 시간의 본성, 즉 변화에 역행한다. 과거의 심리 상태나 행동 양식을 고정화하고 습관을 영속화하여 시간 속에서 끊임없이 새로운 단위를 구현하여 자아에서 독립하는 타자화의 원리이다. 습관은 자기 상실과 자기 소외를 갖게 하는 요소다. 자아에서 독립된 습관인 타성은 자아의 지배를 받지 않고, 나아가서 무의식적 필연성은 자아를 구속하여 자아는 예속과 수동성의 속성을 띤다. 습관적 행위는 진정한 자아로 살지 못하고, 스스로 행위 하기보다는 행위 되어진다.(Bergson, pp.167-169)

[98] 이명섭 교수와의 토론에서 기독교에 관한 그분의 말씀임.

움직이는 시간 특히 과거에 얽매이는 인간이 이 **영원한 현재**에 들어
갈 때, 자기의 현재는 새로워진다.

　그러나 베르그송은 시간을 유기적으로 보았다. 잃어버린 과거는 순
수 회상을 통하여 복원되면 새로운 의미가 있다. 과거에 선택하지 않
은 일이나 당시의 실용적 삶의 관점에서 잃어버리고 파편화된 과거는
현재에 초연한 삶의 관점에서 잃어버린 과거는 기억을 통하여 새롭게
부활하게 된다. 이런 시간 의식은 상호 침투하여 과거는 현재에 의해
새롭게 변형될 수 있고 현재는 과거에 의해 새롭게 방향을 잡혀서 변
화되어 현재는 새로운 의미를 가진다. 물질적인 사건을 통하여 삶에
집착하여 볼 수도 깨닫지도 못한 것이 새롭게 깨닫게 되어 과거에 놓
쳤던 의미는 새로운 의미를 띤다. 베르그송의 순수 기억은 엘리엇의
아래 시구와 놀라운 유사성을 갖는다.

> We had the experience but missed the meaning,
> And approach to the meaning restores the experience
> In a different form.(*CPP*, 186)

　이렇듯 현재와 과거는 독립되어 있지도 않아서 상호 의존적이며 서
로와의 관계에 의해 새로운 의미가 있다. 엘리엇의 시간에 대한 명상은
베르그송의 시간에 대한 생각과 유사한 면이 있다. 과거에 경험을 했으
나 그때에는 의미를 알지 못했다. 그러나 시간이 지나고 과거를 회상하
는 지금은 그때 알지 못했던 의미를 새롭게 깨닫게 된다. 베르그송의
순수 기억은 엘리엇의 기억과 매우 밀접한 유사성을 보이고 있다.

　베르그송은 시간에 대한 결정론자들의 견해를 반박했다. 엘리엇도 「드
라이 설베이지즈」 Ⅲ장에서 과거, 미래 그리고 현재에 대해 언급한다.

When the train starts, and the passengers are settled
To fruit, periodicals and business letters
(And those who saw them off have left the platform)
You are not the same people who left that station
Or who will arrive at any terminus,
While the narrowing rails slide together behind you;
(*CPP*, 187 − 8)

엘리엇은 현재에 초점을 맞추고 있다. 현재는 우리가 정거장을 떠날 때의 과거의 사람도 아니고 어떤 종점에 도착할 미래의 우리도 아니다. 과거에 대한 집착도 미래에 대한 기대도 하지 말고 단지 현재에 전진하라고(fare forward) 말한다. 영원한 현재인 정점은 과거와 미래가 없는, 과거와 미래가 현재에 모인 무시간(timeless)이다.

현재의 우리는 뒤로 미끄러져 나가며 좁아져 가는 철로와 같이 무한히 계속되어 나갈 뿐이다. 쿵쿵거리며 달리는 여객선의 이미지도 뒤에 넓어져 가는 물이랑과 함께 무한히 계속되는 현재를 의미한다. 무한히 계속되는 현재만 있을 뿐이다. 과거가 끝나지도 미래가 우리 앞에 펼쳐지지도 않는다. 계속해서 엘리엇은 다음의 시구로 이어진다.

Here between the hither and the farther shore
While time is withdrawn, consider the future
And the past with an equal mind······ "on whatever sphere of
being
The mind of a man may be intent
At the time of death" − that is the one action
(And the time of death is every moment)
Which shall fructify in the lives of others:
And do not think of the fruit of action.

Fare forward…… Not fare well, But fare forward, voyagers.
(*CPP*, 188)

떠나온 해안인 과거와 앞으로 갈 해안인 미래 사이에 현재의 여객선은 물을 밀면서 달리고 있다. 시간이 후퇴한다는 것은 시간을 초월하여 영원한 현재에 도달한다는 뜻이다. 그것은 매 순간 자포자기와 죽음으로 달성된다. 그래서 죽음의 순간은 매 순간이다. 순간 속에 영원히 있듯이, 현재의 순간에 죽으면 타인의 삶은 결실을 맺는다. 자아의 죽음을 통해 달성되는 '영원한 현재(Eternal Now)'는 과거나 미래가 그 안에 '모이기(gather)' 때문에, 현재에 충실하면 그것은 미래에 충실한 것이 된다. 행동의 열매를 기대하지 말라는 『바가바드기타』의 말씀과 다르게 미래에 대한 결과를 기대하는 것은 미래를 예측하는 것이고 결국 결정론에 얽매이는 것이다. 그래서 잘하려고 하지 말고 오직 앞으로 나가라고 한다.

그러나 일상의 우리의 행동은 필요에 따라 일어나며 결과를 예측하려 한다. 죽은 물질을 다루는 지성은 과학적 사고의 토대를 근간으로 했기 때문에 미래를 예측할 수 있다. 그러나 우리의 의식의 내면적 상태는 공간화할 수 없고 상호 침투하여 변하므로 미래는 예측할 수 없다는 것이 베르그송의 주장이다. 이것은 과학적 시간과는 배치된다. 과학적 시간은 인과론이 지배하는 연대기의 사고이다. 그러나 처음과 끝을 가정하는 시간 개념은 기독교의 시간 개념에 가깝다.

「이스트 코우커」(East Coker)는 영국 서머세트셔(Somersetshire)의 요빌(Yeovil)이라는 마을 근처의 촌락 이름이다. 이 촌락은 엘리엇의 선조들이 약 2세기 동안 살던 곳이다. 엘리엇은 1937년 8월 이 촌락을 방문한 적이 있다.

In the beginning is my end. In succession
Houses rises and fall, crumble, are extended,
Are removed, destroyed, restored, or in their place
Is an open field, or a factory, or a by-pass.(*CPP*, 177)

엘리엇은 시작과 끝의 문제는 「버언트 노튼」에서도 언급하고 있지만 「이스트 코우커」에서 본격적으로 이 문제를 다루고 있으며 시간의 역설적인 진리를 보여주고 있다. 여기서 시작은 일반적으로 탄생을 의미하고 나의 끝은 죽음이 된다. 인간은 탄생하면서 죽음을 향해 나아가는 것이다. 롱펠로우(H. W. Longfellow)도 그의 시 「인생의 찬가」("A Psalm of Life")에서 다음과 같이 노래하고 있다.

And our hearts, though stout and brave,
Still, like muffled drums, are beating
Funeral marches to the grave.

인간이 태어날 때부터 뛰는 심장은 결국 죽음을 향한다. 시작 속에 끝이 숨어 있는 것이다. 시간은 변화하는 유전(流轉)의 세계이다. 집은 변해서 없어지고, 그 자리에는 공터와 공장이 생기고 길은 새롭게 난다. 시간 속의 물질세계는 고정된 실체로 존재하지 않는다. 낡은 돌을 가지고 새집을 지을 수도 있고 그 집은 다시 허물고 복원되기도 한다. 나무가 타서 재가 되면 흙이 되고, 흙은 인간과 짐승의 육체 그리고 식물의 잎과 대지가 썩어 만들어진 것이다. 이렇게 무기물이 유기물로 변하고 유기물이 무기물로 변하는 과정에서 가장 중요한 것은 흙이다. 이 흙은 「이스트 코우커」의 상징이다. 성서인 「전도서」(1:9)에 "이미 있었던 것이 후에 다시 있겠고 이미 한 일이 후에 다시 있을지라. 해 아래는 새것이 없나니(The thing that has been, it is that which shall be; and that which is done is that which shall be done; and there is no new thing under the sun)", 이 구절은 순환의 구조를 말하는 것이다.

선조인 엘리엇이 이상으로 추구했던 조화를 시인은 손에 손을 잡고 팔에 팔을 끼고 춤추는 남녀에게서 본다. 춤을 통해서 결합된 남녀는 예식을 거쳐서 결혼에 이른다. 그러나 그것은 어디까지나 인간의 화합이다. 그들은 춤에서 시간을 맞추고 음률을 맞춘다. 마치 살아 있는 계절에 따라 사는 그들의 생활은 계절과 성좌의 시간, 젖 짜는 시간과 수확하는 시간, 남녀가 결합하고, 동물이 짝 짓는 시간이다. 올라가고 내려오는 발, 먹고 마시는 것에서 똥과 죽음만이 남는다.[99]

이 마지막 문구는 두운을 이루고 있어 좋게 들리나 내용은 아이러니컬하게도 추하다. 물질세계의 결말은 아이러니컬하다는 것을 강조하기 위해 시인이 의식적으로 그렇게 한 것이 아닐까? 이렇게 성장하고 순환하는 시간은 베르그송의 지속의 시간으로 해석할 수 있다. 베르그송적인 의미에서 과거, 현재, 미래가 만나고 섞이는 시간은 흐름이며 유기체의 속성을 갖는다.

그러나 엘리엇의 시간으로 볼 때 이런 지속의 흐름 속에서 "모든

---

99) 생명이 순환하는 재생의 이미지가 보인다. 여기서 춤에도 일정한 박자와 일정한 리듬이 있듯이 인간이 사는 계절과 생활에도 리듬이 있다고 시인은 말한다. 그리고 제3연의 결론으로서 때에 따라 인간의 남녀는 짝을 짓고 동물도 짝 짓기 한다고 말하고 있다. 전도서(3: 2 & 4)연상하게 하는 "날 때가 있고 죽을 때가 있으며 심을 때가 있으며 심은 것을 뽑을 때가 있으며…… 울 때가 있고 웃을 때가 있으며 슬퍼할 때가 있고 춤 출 때가 있으며"의 구절은 시간 속에서 발을 올리고 내리며 춤을 추고, 먹고 마시며 생활을 하든지, 결국 물질세계의 마지막은 똥과 죽음이라는 것이다.

시간이 영원히 현존한다"는 생각은 결국 "모든 시간은 구제될 수 없
는(all time is unredeemable)"(*CPP*, 171) 절망의 세계가 된다. 베르
그송의 시점에서 볼 때 시간은 전례 없는 창조를 꽃피우는 '발전'을
인정한다. 엘리엇의 시 세계에서는 진화의 피상적 개념은 무참히 파괴
하고 거부되며 과거까지 기꺼이 부정된다.

> What was to be the value of the long looked forward to,
> Long hoped for calm, the autumnal serenity
> And the wisdom of age? Had they deceived us,
> Or deceived themselves, the quiet-voiced elders,
> Bequeathing us a deliberate hebetude,
> The wisdom only the knowledge of dead secrets
> Unless in the darkness into which they peered
> Or from which they turned their eyes. There is, it seems to
> us, At best, only a limited value
> In the knowledge imposes a pattern, and falsifies,
> For the pattern is new in every moment
> And every moment is a new and shocking
> Valuation of all we have been.(CPP, 179)

엘리엇에게 과거는 기껏해야 제한된 가치에 불과하다. 지식은 패턴
을 강요한다. 지식은 또한 변해 버린 실재를 따라잡지 못한다. 과거에
집착하여 새로워진 현재에는 맞지 않는 거짓된 상황이다. 지금까지의
모든 가치에 충격을 주고 새롭게 변화를 주는 때는 매 순간이다. 그러
므로 과거가 현재를 강요하는 것은 결정론에 얽매여 과거에서만 갇혀
사는 삶이며 진정한 자유가 없는 삶이다.

> Not the intense moment
> Isolated, with no before and after,
> But a lifetime burning in every moment……(*CPP*, 182)

시간은 치료자가 아니다.("Time is no healer", *CPP*, 187) 시간은 파괴자가 되기도 하고 보존자가 되기도 한다.(Time the destroyer is time the preserver, *CPP*, 187) 시간이 치료해 주는 것이 아닌 파괴자로 인간에게 다가올 때는 현재가 과거에 의해 결정될 때이다. 그러나 보존자로 인간에게 다가올 때, 과거의 끈은 끊어지고 매 순간 불타오르며 죽음을 경험한다. 그때는 과거와 현재의 구분이 없어진다. 죽음의 순간이 매 순간인 행동은 다른 사람의 삶에 열매를 맺히는 삶이다. 그러기에 행동의 열매를 생각하지 말고 앞으로 전진하면 된다.("that is the one action At the time of death is every moment Which shall fructify in the lives of others: And do not think of the fruit of action. Fare forward", *CPP*, 188) 조오지스 플레(Georges Poulet)는 『인간의 시간 연구』(*Studies in Human Time*)에서 매 순간 우리는 시간을 새롭고 영원히 변화시킬 수 있다며, '시간을 되찾을 수(redeem the time)' 있는 가능성은 우리의 능력 속에 있다고 했다.(358) '시간을 통해서 시간은 정복된다(Only through time is time conquered)'는 「번트 노튼」의 메아리가 울려 퍼진다. 그러나 이런 시간은 기독교의 시간인 성육화에서 가능한 것이다.

드라이 설베이지즈(The Dry Salvages) 또한 과거가 현재에 온전히 전달되는 유전의 세계이다. 해변에 널려 있는 모래와 돌은 백만 년 전의 돌과 모래들이다. 그러나 그 같은 무생명도 시간이 지나도 생명의 흔적은 배어 있고 생명의 개체는 공간 속에 남아 있다.

> The river is within us, the sea is all about us;
> The sea is the land's edge also, the granite
> Into which it reaches, the beaches where it tosses
> Its hints of earlier and other creation:
> The starfish, the horseshoe crab, the whale's backbone; ……
> It tosses up our losses, the seine,
> The shattered lobster pot, the broken oar
> And the gear of foreign dead man. The sea has many voices,
> Many gods and many voices.(*CPP*, 184)

엘리엇은 바다를 종교적 의미로 사용했으나 동시에 어린 시절에 찾아 갔던 매사츄셋쯔 해안의 바다를 두고 노래하고 있다. 그 해변에는 파도가 밀려서 올라온 불가사리, 집게, 고래 등뼈들이 널려 있고 난파한 배의 잔해들이 보인다. 시인은 신의 바다인 해변에서 인간 이전에 신이 창조한 흔적을 본다. 돌과 화석 그리고 몇백만 년을 이어오는 화석들을 보면서 시간과 공간을 뛰어넘어 호흡할 수 있는 신의 흔적을 느끼게 된다. 화석은 '시간의 전도체'가 되었다. 그것은 무생명에 생명의 흔적이 배어 있기 때문에 가능하다. 그래서 시간은 생명의 흔적이 되고 그 흔적은 생명의 밖에 있는 흔적이 아니라 생명에 녹아 융합되어 있다. 개체와 그 개체를 담는 공간이 따로 있는 것이 아니라 공간이 개체 안에 녹아 융합되어 있다. 개체와 공간은 둘이 아니고 하나다. 결국 생명의 개체는 시간과 공간을 자기 지시적으로 표현한다. 그러나 생명이 없는 개체는 공간에 머물고 있고 이 점은 생명과 무생명의 차이라 할 수 있다.

그 깊은 바다 속에서 시인은 신비스러운 신의 흔적을 상상하고 있다. 시인은 바다의 물새 소리와 파도 소리 등의 여러 소리들을 통해서 신의 음성을 듣고 있다. 마지막으로 죽음을 말한 시인은 곧 이어 다음 구절에서 새벽을 노래한다.

Dawn points, and another day
Prepares for heat and silence. Out at sea the dawn wind
Wrinkles and slides. I am here
Or there, or elsewhere. In my beginning.(*CPP*, 178)

오후가 밤으로 가면 또 새벽이 오듯이 죽음인 밤은 곧 새벽인 생명을 열어 새롭게 시작된다. 「번트 노튼」의 3장에 희미한 빛(dim light)은 암흑을 거쳐 빛에 이르고 곧 빛의 패턴(Pattern of Light)이 연상된다. 여기서의 빛은 그리스도이다. 시간세계에 속하는 물질세계는 결국 똥과 죽음이라는 종말을 암시하나 그것은 그리스도의 부활을 염두에 두고 한 말이다. 탄생과 죽음 그리고 재생이라는 삶의 패턴에서 볼 때 시작과 끝이면 새로운 시작된다고 하겠다. 그러나 시간이 흘러 새로운 시작이 되면 과거와 똑같은 시작은 아니다. 반복은 인과 작용의 범주 안에 일어나지만 반복은 똑같이 오지 않는다. 매 순간은 새로워서 지금까지의 과거에게 충격을 줄 만큼 변하고 있다.

「이스트 코우커」의 마지막 5장은 반복되는 삶의 의미가 예로 들어 설명되고 있다.

There is only the fight to recover what has been lost
And found and lost again and again: and now, under
conditions. That seem unpropitious. But perhaps neither
gain nor loss. For us, there is only the trying. The
rest is not our business.(*CPP*, 182)

여기서의 반복은 자연의 단순한 반복은 아니다. 봄이 왔지만 단순한 작년의 봄은 아니다. 그러나 여기서 "잃어 버렸다가 되찾고 다시 또 잃어버린 것을/ 회복하려는 싸움만이 있을 뿐이다. 이익도 손실도 없는 노력만이 있을 뿐이다"라는 시구는 '반복'을 운명으로 수용하는 자세이다. 반복을 단순히 수용하는 자세는 아니다. 새로운 봄은 깨달음의 겸허함을 준다. '겸손'한 자세로 절대자를 상정한 화자는 유한한 존재를 깨달은 자세이다. '반복'의 의미는 데리다[100]의 '초월적인 기의(transcendental signified)'를 부정하고 기표들 사이의 무한히 확장될 수 있는 '놀이'를 더 중시하는 것도 아니다. 이런 겸손의 태도는 언어를 초월하는 '중심'에 대한 엘리엇의 믿음이 반영된 것으로 보는 것이 낫겠다.

호킹은 우주에는 시작과 끝이 있다는 특이점의 정리[101]을 말했다.

---

100) 그러나 데리다나 포스트 모더니스트들은 존재론과 로고스 중심주의인 서구의 형이상학을 비판한다. 특히 시각적인 것을 부정한다. 정지된 현재인 존재론적 전통과는 다르게 시간을 흐르는 시간, 즉 '흐르는 현재(*nunc fluens*)'로 본다. 현재라고 생각하는 순간 현재는 과거로 흘러가고 미래는 현재로 다가온다. 현재가 된 미래도 다시 과거가 되고 그 앞의 미래도 다시 현재가 된다. 이런 과정은 끊임없이 반복된다면 현재라는 독립된 실체는 없고 다만 과거와 미래의 스쳐 지나간 흔적만이 있다고 볼 수 있다. 따라서 흐르는 현재는 정지된 현재 속에 과거와 미래가 들어 있는 아우구스티누스의 마음의 팽창이나 현재 속에 과거와 미래가 흡수되는 현재도 아니다. 반면에 과거와 미래에 의해 구성되는 현재이다. 무자성(無自性)과 같은 불교의 교리처럼 독자적인 실체가 있는 것이 아니라 관계에 의해 구성되어 의미를 갖는 것이다. 이것은 소쉬르(Ferdinaad de Saussure)의 "언어에는 차이만이 있을 뿐 독립된 실체는 없다는(Saussure 120)" 기호 이론과도 유사하다. 언어는 "항상 그 실체가 확정되지 않으며(always indeterminate)"(Stevens, 41) 불확실한 것이라고 말할 수 있다.

101) 그러나 호킹의 시간의 화살론은 엘리엇나 베르그송의 시간론과는 반대가 된다. 호킹은 우주에는 시작이 있고 끝이 있다는 것을 그는 특이점 정리(特異點 定理)로 분명히 했다. 어떤 조건(예컨대 모든 광원이 내측으로 향하는 영역이 있다든지 하는) 아래서는 반드시 특이점 존재한다는 것을 밝히는 수학적 정리. 특히 우주는 특이점에서 시작되었음을 가리키는 정리를 말한다. 펜로즈와 호킹 수학적으로 증명했다. 일반 상대성 이론이 정당하다면 어떤 것이든 이치에 맞는 우주 모형은 특이점에서 시작돼야 한다. 이것은 과학이 우주에는 기원이 없을 수 없다고 예

이것은 처음과 끝이 만나는 순환론적 사유 구조의 특징을 이룬다. 순환론이란 이전의 구조를 다시금 반복하는 의미를 포함한다. 그러나 반복이라는 개념은 인간 중심의 사고이다. 자연의 계절은 순환된다. 그러나 지난해에 왔던 봄과 올해의 봄은 반복되었지만 반드시 같은 봄은 아니다. 「이스트 코우커」에는 계절의 순환과 자연과 인간의 삶이 반복되는 과정을 묘사하고 있다. 그러나 물질에서 시간은 지남에 따라 열역학 제2법칙에 의해 엔트로피는 증가한다. 다시 말해 시간이 흐름에 따라 모든 물질은 망가지고 분해되고 썩어 없어진다. 시간과 엔트로피의 증가는 어쩔 수 없이 하나이다. 그러나 흘러가지만 흘러가는 정도는 조금씩 다르다. 똑같이 시간이 지나가나 우리는 변화를 인식할 수 있다. 그러므로 과거의 지식을 현재에 강요할 수 없는 것이다.

시간 세계에서 오후의 열기와 밤의 정적은 다시 시작되나 바다 밖의 영원에서 오는 새벽은 그리스도의 강림으로 오는 것이며 여기서 재생의 물결은 일어난다.

> Old men ought to be explorers
> Here and there does not matter……
> For a further union, a deeper communion
> Through the dark cold and the empty desolation,
> The wave cry, the wind cry, the vast waters
> Of the petrel and the porpoise. In my end is my beginning.
> (*CPP*, 182–3)

「드라이 셀베이지즈」의 5장의 노인은 표면상으로 인생의 탐험가인 노인이다. 이 노인에게 '여기저기'는 중요한 문제가 아니지만 시간은

언할 수는 있어도 그 기원이 어떻게 이루어졌는가를 예언하지 못하는 것을 의미한다. 그러면 그 기원은 신에게 의지할 수밖에 없다.

중요한 문제다. 노인은 시간에 얽매인 황무지의 시빌이나 게론티온이며 '육'에 얽매인 '옛사람(old men)'이다. 시인은 자신을 포함해서 시간이 지남에 따라 죽음에 직면하는 노인은 시간에 갇혀 있다는 것을 인식한다. 그러나 노인은 시간 속에서 움직여 드디어 시간의 밖에 있는 정점으로 들어간다. 그러나 시인은 움직이면서 정지에 들어간다고 말하지도 않고 또 '하나의 강렬함' 속으로 들어간다고 말한다. 먼저 나온 '강렬한 순간'은 시간 세계인 물질세계에 존재한다. 그런데 또 하나의 다른 '강렬함'은 시간 밖에 존재하는 영적인 순간이다. 노인은 시간 속에서 계속 움직여서 시간을 떠난 영적인 강렬함으로 들어가게 된다. 그것은 한층 더 긴밀한 결합인 영원한 신과의 결합이다. 그것은 한층 더 깊은 신과의 교제이다. 그러나 죽음이 아무리 어둡고 공허하고 황량할지라도 신과의 결합은 죽음을 통하여 이루어진다고 말하고 있다.

여기에 갑자기 파도와 바람이 울부짖는 바다의 이미지가 나타난다. 여기서 우리는 엘리엇의 선조가 바다제비와 돌고래가 살아 있는 대서양을 건너 신대륙을 찾아갔음을 암시하고 있다. 죽음은 끝이지만 거기에 새로운 시작이 있음을 말해 주는 것이다. 물론 시인은 선조들의 탐험의 끝인 신대륙에서 출생한다. 또한 죽음을 통해 삶에 이르는 그리스도의 십자가의 진리도 아울러 말하고 있다. 결국 이 시의 처음의 삶 속에 죽음이 있다는 시인은 시의 마지막에서 죽음 속에 삶이 있다고 말한다.

「드라이 설베이지」("The Dry Salvages")는 매사추세츠 주 해안인 케이프 앤(Cape Ann)의 앞 바다에 있는 암초 군의 이름이다. 엘리엇은 소년 시절에 그곳을 찾아가 한 해 여름을 보낸 일이 있다. 시간에 속하는 인간의 삶으로서 강과 시간을 벗어난 무시간의 영적인 세계로서의 바다의 상징은 등장한다.

> The river is within us, the sea is all about us:
> The sea is the land's edge also, the granite
> Into which it reaches, the beaches where it tosses
> Its hints of earlier and other creation: ……
> And the gear of foreign dead man. The sea has many voices,
> Many gods and many voices.(*CPP*, 184)

보델슨(Bodelsen)은 엘리엇의 시간 개념을 세 가지로 구분하고 있다. 첫째는 우주가 형성되기 이전인 혼돈 상태에 있던 '무정형의 시간(amorphous time)'으로 '시계가 지시하는 시간보다 더 오래된' 구조이자 방향이 없는 시간이며 바다로 상징된다. 둘째는 '인간의 시간(human time)'의 개념으로 '무정형의 시간'과 대조되는 과거, 현재, 미래로 구분되는 인간의 경험과 심리가 작용하는 시간인데 강으로 상징된다. 세 번째의 개념은 '신의 시간(God's time)'이다. 신의 시간은 인간의 범주를 벗어난 무시간의 시간 개념으로 신비에 가까워질 수 있는 영원을 의미하는 시간이며 역시 바다로 상징된다. 이것은 우리의 감각이나 지식으로 이해할 수 있는 것보다 더 높은 '암시나 추측'을 의미하는 시간 개념이다.

육지에는 강이 흐른다. 시인은 인간을 육지에 비유한다. 바다는 육지의 끝에 있고 육지를 둘러싸고 있다. 강은 흘러 바다가 되나 강과 바다는 규모나 정도에서 다른 차원이다. 육지에 둘러싸인 강을 시간이 지배하는 물질세계라면, 바다는 시간을 벗어난 무시간인 영적세계이다. 보델슨이 본 시각과 같이, 바다는 시간의 세계와 영원의 세계 사이에 놓여 있는 영적 바다라고 볼 수 있다. 바다는 강의 세계를 포용하기 때문에 강의 성질이 있고 강은 또한 바다의 잠재력이 있으나 바다와는 근본적으로 다른 성격을 띠게 된다. 인간 개개인의 흐름과 인류 역사의 흐름으로 상징되는 강과 영원의 의미를 띠는 바다는 영적인 세계와 만난다. 크로노스인 시간세계의 인간이 카이로스인 그리스도와의 만나는 것이다. 이런 만남은 신비 경험이고 구원을 얻는 경험과 유사하다.

역사는 시간에서 드러난다. 역사가 시간에서 움직이지만 인간의 표현에서 진정한 진보는 없다. 역사의 과정은 「이스트 코우커」에서 순환적으로 표현된다. 그 시는 메어리 스튜어트의 모토와 함께 시작한다. '나의 시작에 나의 끝이 있다'는 모토는 「전도서」의 2장과 놀라운 패럴렐을 이루며 울려 퍼진다.

> Old fires to ashes, and ashes to the earth
> Which is already flesh, fur and faces……
> Houses live and die: there is a time for building
> And a time for living.(*CPP*, 6－10)

이 시의 전체적인 분위기는 우울하다. 여기서의 시간은 계절처럼 순환하며 우리에게 교훈을 주지 않는다. 이런 역사는 "패턴을 강요하고 거짓되게 하며", "우리가 얻게 되기를 희망하는 유일한 지혜는 겸손의 지혜"일 뿐이다.(「이스트 코우커」, II. 34, 47－8) 그러나 이런 분위기는 「리틀 기딩」("Little Gidding")에서는 전혀 다른 분위기로 바뀐다. 시인은 과거가 소중하다는 점에서 통찰력을 분명히 얻는다. 메어리 스튜어트의 모토에는 기독교의 죽음과 재생의 역설이 언급되어 있고 현재의 의미를 깨닫게 해주는 동기로서 과거의 중요성이 인식되었다. 이제 "끝은 우리가 시작한 곳"(197)이 되며 기존의 사고를 뒤흔드는 전환의 사고가 요구된다. 「번트 노튼」에서 장미원의 경험은 시간 세계를 초월한 다른 실재를 암시한다. 과거를 통하여 현재에서 새로운 꽃을 피우는 희망을 갖는다. 역사는 무시간의 영역에 대한 암시를 준다는 구절이 있다. 이것은 구체적인 현실에서 실재를 유추하는 것이며 시간에서 무시간을 순간에서 영원을 간파하는 것이다; "역사가 없는 국민은/ 시간에서 구제될 수 없다. 역사는 무시간의 순간의 패턴이기 때문이다."(*CPP*, 197) 역사는 과거를 말한다. 과거는 현재를 결정하기도 하지만 역사를 통해서 현재가 구원이 되기도 한다. 우리는 시간의 톱니바퀴 속에 있지만 역사를 통해서 시간의 톱니바퀴에서 벗어날 수도 있다. 현재의 사슬에 더 얽매여서 역사의 패턴을 강요한다면 현재가 거짓이 되며 현재는 역사의 노예가 될 것이다. 그러나 역사는 시간에 갇힌 우리 인간에게 초탈과 자유를 줄 수 있다. 여기서 역사는 우리에게 노예가 될 수도 있고 자유를 줄 수도 있다며 우리에게 결단을 요구한다. "역사는 노예가 될 수 있으며,/ 역사는 자유가 될 수도 있다."(「리틀 기딩」, Ⅲ. 13-14) 역사는 단순한 반복이 아니다. 역사적인 순간은 시간에서 일어나지만 시간을 초월하면 그 중요성이 커지기 때문이다. 시간에서 일어난 것이 시간을 초월한 패턴에 반영된다고 시인은 주장한다.

> Hence in a season of calm weather
> Though inland far we be,
> Our souls have sight of that immortal sea
> Which brought us hither;
> Can in a moment travel thither —
> And see the children sport upon the shore,
> And hear mighty waters rolling evermore.

142

워어즈워드는 우리가 신의 세계인 고향을 떠나서 영원불멸의 바다
를 건너서 육지에 왔다고 생각한다. 네오플라토니즘의 영향을 받았다
고 생각되는 워어즈워드의 「영생불멸에의 송부」("Ode: Intimations of
Immortality from Recollections of Early Childhood")는 인간의 영원과
의 합일을 갈망시인의 기억을 통하여 하늘의 빛이 사라지고 성인이
된 지금 어린시절에 대한 기억을 통하여 인간과 자연에 잠재해 있는
이데아의 흔적을 추적하면서 얻는 기쁨을 묘사하고 있다. 엘리엇도 인
간은 시간 세계인 물질세계에서 영적 바다를 건너 영원한 신의 세계
로 간다는 비슷한 생각을 한다.

<blockquote>

The sea howl

And the sea yelp, are different voices

Often together heard: the whine in the rigging, ······

The toiling bell

Measures time not our time, rung by the unhurried

Ground swell, a time

Older than time of chronometers, older······.

When time stops and time is never ending:

And the ground swell, that is and was from the beginning,

Clangs

The bell.(*CPP*, 185)

</blockquote>

바다의 정경을 시각적인 이미지로 묘사한 시인은 이번에는 청각적
이미지를 가지고 그리고 있다. 바다에서 육지로, 육지에서 바다로 많
은 여러 소리가 들려온다. 귀로 여러 가지 바다의 소리를 듣던 시인의
마음에 고요한 안개가 무겁게 끼고 그 밑으로는 종소리가 들려온다.
그 종소리는 인간의 시간이 아닌 시간을 재고 있다. 이 종은 영원의

시간을 재는 영원의 세계에서 울려 나오는 종이다. 그것은 영적 바다의 저쪽에 있는 영원의 세계에서 유유히 몰려오는 거대한 파도에서 울리는 종소리이다. 「프르프록의 연가」에는 바다에서 인어의 노래가 들린다. 생명의 상징인 바다와 그 속에 사는 생명으로 상징되는 인어가 등장한다. 저 멀리 인어들의 환상에 도취되거나 인간의 목소리 때문에 그의 꿈이 깨어지고 그는 현실로 돌아온다. 바다는 이처럼 인간의 세계를 벗어나는 상징으로 사용되고 있다.

바다에서 울리는 종은 인간의 시계가 아무리 정확해도 그보다 훨씬 오래전의 시간을 재고 있다. 근심 걱정에 휩싸인 여인이 새벽에 잠을 이루지 못하고 밤을 새면 그 밤은 지루하고 심리적으로 무한 긴 것같이 느껴진다. 이런 시간보다 영원의 시간은 한층 더 오래된 시간이다. 그러나 아침에 깨어 있지 않으면 미래는 미래일 수 없고 과거도 모두 믿을 수 없는 것이다.

그리스도가 내림할 때 시간은 정지하나 시간은 결코 끝이 없다. 그리스도는 영원한 존재이다. 그때 지금은 있었고 태초부터 있었던 영원의 거대한 파도는 그리스도의 재림을 알리는 종을 울린다. 강과 바다를 상징하는 시간을 주제로 하는 제1장은 결국 시간을 통해 그리스도를 노래하고 있다.

「이스트 코우커」에는 원죄를 갖고 있는 인간의 영혼이 환자에 비유된다. 그는 그리스도의 치료가 필요하나 그리스도의 치료 방법은 인간에게 평화를 주는 것이 아니라 질병을 더욱 악화시키고 죽음의 벌을 상기시키는 고통을 준다.

> Our only health is the disease…….
> Whose constant care is not to please

But to remind of our, and Adam's curse
And that, to be restored, our sickness must grow worse.(*CPP*, 181)

십자가의 성 요한(St John of the Cross)은 하나님에게 올라가는 사랑의 사다리를 열 단계로 말한다. 첫 층은 '영혼을 병들게 하는 단계'로 영혼이 10계의 단계를 거치면서 온전한 하나님을 닮는 영혼의 어둔 밤의 단계이다. 역시 자기를 부정하는 정죄의 길이 제시된다. 정죄의 길은 죄로 가득 차 있는 인간 세상에 '정화의 불'과 '파괴의 불'로서 독일 폭격기에서 내뿜는 불로 묘사되어 「리틀 기딩」에서 나타난다.

The dove descending breaks the air
With flame of incandescent terror
Of which the tongues declare
The one discharge from sin and error.
The only hope, or else despair
Lies in the choice of pyre or pyre.
To be redeemed from fire by fire.(*CPP*, 196)

장미 정원에 복귀하려면 이런 전쟁의 불과 같은 정죄가 필요하다. '죄가 더한 곳에 은혜가 더욱 넘친다(로마서 5장 20절)'는 로마서의 말씀처럼 하나님의 은총은 정화의 단계를 거친 사람에게 주어지는 것이다. 육적 삶에서 영적인 삶으로의 전이는 종교에서의 근본 체험과 같이 상대 세계에서 절대 세계로의 변화이다. 바울이 다메섹(Damascus) 도상에서 하나님을 만나는 영적 체험은 영적인 자기 부정(spiritual surrender)으로 그리스도가 십자가에서 보여준 고통과 사랑의 길이기도 하다.

시간과 기억은 동전의 양면처럼 서로 밀접한 관계를 맺고 있어서 개별적으로 분리하여 생각할 수 없다. 시간의 세계에서 영원을 발견하는 길은 계시의 신비로운 순간이며, 시간이 없는 시간이다. 시간 밖의 시간을 현재의 시간과 연결시켜 주는 것은 아우구스티누스가 말한 기억이다. 기억을 통해 과거를 회복하여 시간의 사슬에서 자유로워지는 것은 베르그송의 순수 기억을 통해서이다.

> Time past and time future
> Allow but a little consciousness.
> To be conscious is not to be in time
> But only in time can the moment in the rose – garden, ……
> Be remembered; involved with past and future.
> Only through time time is conquered.(*CPP*, 173)

이 시구는 카이로스의 시간인 그리스도를 통해 일상적인 시간인 크로노스가 정복될 수 있다는 의미로 해석되었다. 데리다의 언어로 말하면 과거와 미래로 분산된 디페랑스(*différance*)를 아이덴티티로 일치시키는 성육신 사건은 인간 세계와 신의 세계를 합일시킨 사건이다. 매써슨, 헬렌 가드너, 리비스 같은 많은 신비평가들은 엘리엇을 고전적 전통에서 해석했다. 그리고 인간의 기억을 통해 '상실되었으나 회상되는 정원'은 부재에서 현존으로 부활시킨 로고스 중심적인 시로 인식된다. 이같이 기억을 통해 과거의 시간으로 역류하여 잃어버린 것을 되찾는 구조를 갖는 모더니스트의 시는 낭만주의를 계승한 서구의 형이상학의 전통을 잇고 있는 것으로 볼 수 있다.

『네 개의 사중주』에서 모든 시간은 영원의 순간을 지향하고 있으며 존재(being)와 과정(becoming) 사이에 통합을 바란다는 기쉬의 지적을 상기해 볼 필요가 있다. 시간의 의미가 무한한 지평을 열어 새로운 탐험이 끊임없이 계속되면 닫힌 구조가 아닌 열린 구조로의 지향이며 시는 더욱 풍부한 의미가 띨 것이다. 비록 엘리엇이 지향하는 종교적 메시지가 귓전에 울려 퍼질지라도 이런 시의 세계가 갖는 본질적인 요소는 이런 탈중심적 해석에도 희망을 준다. 아울러 이런 포스트모던적 해석 이외에 베르그송의 시간의 해석도 그 의미를 갖는다고 하겠다.

베르그송의 시간은 영혼을 온전히 경험하는 시간으로 과거의 시간을 회복하는 의미를 띤다. 이런 회복의 의미는 기독교의 구원과는 전혀 다른 시간의 차원에 속한 구원이다. 베르그송의 시간의 의미는 체험되는 시간으로 의식에서 성장하고 발전하여 양으로 치환할 수 없는 경험이다. 그런 경험은 신비주의에서 말하는 근본 체험과 같다. 시간에 대한 엘리엇의 관점은 종교적인 구원의 의미를 가지고 있기 때문에 베르그송보다는 아우구스티누스의 시간과 많은 유사성을 갖고 있다.

W. F. Stead에게 쓴 편지에서 엘리엇은 시의 중요한 형식[102]에 대해 말했다. 시의 형식에 관한 엘리엇의 이 말은 새로운 시의 분야를 개척하려는 탐구자의 정신이 깔려 있다. 이 점은 그를 비개성적인 시인으로 생각하게 만든다. 종교적 목표를 탐색했기에 그는 시간과 초시간의 문제에 관심이 있었다. 시간을 초월해서 더 높은 실재를 터득하려는 것은 과학의 논리로서는 가능하지 않으며 시간과 영원의 관점은 엘리엇의 문학을 이해하는 데 본질적인 접근법이다.

---

102) ⋯⋯ between the usual subjects of poetry and 'devotional' verse there is a very important field still very unexplored by modern poets —the experience of man in search of God, and trying to explain to himself his intense human feeling in terms of the divine goal⋯⋯ 9 August 1930. Helen Gardner, *The Composition of Four Quartets*(New York: Oxford University Press, 1978), p.29.

　현대는 변화를 과대평가하여 영원한 것을 경시한다고 생각했기 때문에 엘리엇은 진보의 이론에 반대했다. 왜냐하면 그것은 지나간 시대의 가치를 부정하고 과거를 단지 현재에 필요한 서곡으로서만 보기 때문이다. 즉 '변화된 가치'의 세계는 우리에게 무가치하기 때문이다.

　시간 개념을 유기체로 간주하여 '성장'한다는 소재를 택한 것은 「이스트 코우커」에서 볼 수 있다. 그러나 시간을 성장한다는 개념으로 본다고 했을 때 반드시 베르그송의 '창조적 진화'나 '진보' 같은 의미의 시간을 의미하지는 않는다. 이런 개념의 시간은 완전히 바뀌어 미적 세계와 합쳐서 구체화되었다. 엘리엇의 시간은 유기체인 베르그송의 시간과 비슷한 면도 있지만 이런 유기체의 속성에서 탈피하여 종교적 시간으로 전이한다. 엘리엇은 한때 '형이상학에서 골라 새로운 감각을 발명했다'[103]고 베르그송을 비난했다. 그러나 엘리엇 역시 베르그송의 유기체에서 '실재 시간'의 감각을 새롭게 찾아냈다. 시간은 이전의 과거만이 아니고 상호 침투하여 새로운 과거를 만든다. 이처럼 과거와의 차이 때문에, "실재 지속은 사물을 갉아먹고 그 사물에 이빨 자국을 남긴다"(『창조적 진화』 46)는 생각을 하게 된다. 의식은 상호 침투하여 과거는 현재의 토대가 되고 현재는 새로워진다. 이런 시간은 현재의 실용성에서 해방되어 과거의 전체가 살아나는 시간이다. 순수 기억이 온전하게 되살아나는 시간은 의식의 차원을 뛰어넘는 시간이고 의식이 상호 침투하여 새로운 현재가 되는 시간이다.

　반면에 엘리엇은 『대성당의 살인』(*Murder In The Cathedral*, *CPP*, 246)에서 '시간을 씹는' 잡식성의 식성을 분명히 불쾌한 것으로 보았다. 엘리엇은 생명의 본질인 충동을 동물 세계로부터 형이상학의 영역으로 끌어들이는 베르그송의 낙천성에 대해 공감하지 않았을 뿐만 아

---

103) "London Letter", Dial, LXXI, 216.(Aug, 1921)

니라 때때로 유기적 통일체(organic unity)에 상당한 혐오감을 표시했다. 그 예로서 『대성당의 살인』의 사람들은 그 시대의 사회, 정치 구조에 구조적으로 관련되고 있고 토마스의 죽음은 그 사람들의 책임이 있다는 생각은 코러스의 입을 통해 점점 강조된다. 그러나 엘리엇의 시간은 구조나 관계에 의한 관계성의 시간이 아니라 절대 세계의 차원이 상대 세계를 구원하는 의미의 시간이다. 이런 근거는 기독교적 시간이 그의 사상에 근저를 이루고 있기 때문이다.

결정론적인 인과론에 갇힌 시간에 얽매인 사람은 자유를 얻지 못한다. 그들의 얼굴은 시간에 찌든 얼굴이요 상대 세계에 사는 뿌리 없는 삶이요, 생명 없는 삶이다. 엘리엇은 기억을 통해 이런 결정론적 시간에서 해방될 수 있는 가능성을 보여준다. 그는 기억의 기능에 대해 다음과 같이 말하고 있다.

> This is the use of memory:
> For liberation—not less of love but expanding
> Of love beyond desire, and so liberation
> From the future as well as the past.
> Thus love of a country
> Begins as attachment to our own field of action
> And comes to find that action of little importance
> Though never indifferent. History may be servitude,
> History may be freedom. See, now they vanish,
> The faces and places, transfigured, in another pattern.(*CPP*, 195)

이 시구를 통해, '언어'의 한계가 아닌 '기억'을 통한 시간에서의 해방이 가능함을 시사하고 있다. 기억이 인간에게 시간과 공간에서 탈피하여 자유를 주는 역할은 다음 시구에서 잘 나타나 있다. 창조적 기억은 실재를 있는 그대로 인식하여 시간에서 해방시킨다. 이런 기억은 베르그송의 순수 기억의 기능과 너무 흡사하다.

기억을 통해 과거의 경험을 재구성하면 자아의 참된 모습을 찾고 찾아가는 것이다. 엘리엇의 「전통과 개인의 재능」104)에서 '시인은 끊임없이 자아와 개성을 버리는 것이 예술가의 과정'이라는 생각으로 시인의 자아를 말하고 있다. 엘리엇은 '고요한 마음에서 회상되는 감정(emotion recollected in tranquility)'이라는 워스워드(William Wordsworth)의 시론을 반박한다. 여기서 수동적 시인의 태도는 절대와의 합일을 이루기 위해 부정의 길을 갈 때 인간이 겪는 겸허한 자세를 암시한다. 엘리엇은 진정한 신비주의 시인으로 단테를 꼽는다. 그의 시는 종교적 감정으로 승화되어 시인의 감정은 사라졌다고 엘리엇은 말하고 있다. 이런 관점에서 기억이 인간의 자아와 밀접한 관계를 맺을 때 기억에 대한 아우구스티누스의 평가는 엘리엇의 시에 계승된다.

기억은 인간의 경험을 '다른 유형(pattern)'으로 변형(LG, Ⅲ)시켜 현실을 넘어서게 해준다. 장미원의 경험으로 제시되는 최초의 세계는 기억에 의해 재창조되어야 한다. 그 세계가 만일 '애착' 또는 '욕망'에 머무르거나 혹은 과거가 현재에 인과론적으로 계승되면 역사는 노예가 된다. 그러나 기억을 통해서 고거에서 자유로우면 인간은 자유롭게 된다. 기억에 의해 새롭게 재구성된 자아는 과거의 자아와는 다르다. 순수한 장미원의 경험으로 돌아갈 수는 없으나 과거와는 전혀 다른

---

104) 시는 '감정의 회상이 아닌 농축(concentration)'이며, 그 '농축 과정을 수동적으로 기다린다(a passive attending upon the event)'는 뜻에서 고요함이라고 할 수 있다고 엘리엇은 말한다. 이런 농축 현상은 의식적으로 또는 심사숙고에서 생기는 것이 아니다. 의식적이고 자의적 태도보다 수동적으로 기다리는 자세에서 자아는 사라지고 시인은 매개체로서의 기능을 할 뿐이다.

새로운 자아가 된 것이다. 그러나 이런 기억은 영원의 차원이 아닌 인간의 차원으로 영원한 무시간의 세계로 이끌 수 없다.

기억을 자아와 관련지을 때 생각해 보아야 할 점은 엘리엇의 비개성 시론이다. 엘리엇의 「전통과 개인의 재능」("Tradition and the Individual Talent")에서 "시는 감정의 표현이 아니라, 감정으로부터 도피이며, 개성의 표현이 아니라, 개성으로부터의 도피"[105]라고 선언했다. 엘리엇은 일관되게 그의 예술론에서 무아(無我)를 강조하고 있다. 엘리엇의 이런 이론은 자아(自我)를 부정하는 흄(David Hume)의 이론과 유사하다. 전통적으로 개성의 정체성(identity)을 찾으려는 것 자체가 실수이다.

이전에도 자아를 부정하는 것은 특히 불교[106]의 사상가들과 인도 사상가들에서 일치되었다. 자아를 부정하는 이런 생각은 시간을 부정하는 것에 그 기원을 두고 있다. 시간은 악하고 환영일 뿐이다. 그래서 시간 속에서 태어나고 자라는 것은 모두 악하고 환영일 뿐이라는 시각을 갖는다. 모든 신비 문학은 시간을 환영이나 혹은 악으로 기술하고 있다. 완벽한 실재는 시간을 넘어서고 시간 밖의 존재로서 일관되게 묘사되어 있다. 그래서 이상적 삶은 시간과 갈애(渴愛) 그리고 개성에서 벗어나야만 성취될 수 있다고 말해진다. 엘리엇도 비개성 시론에서 "시인은 좀 더 가치 있는 어떤 것에 집중할 때 자신을 끊임없이 죽이는 과정"이라고 말한다. "예술가의 과정은 끊임없는 자기희생

---

105) 그에 다른 논문, "Four Elizabethan Dramatists"에서 시 예술을 발레와 비교하면서 발레리나는 "자기의 표현이 요구되지 않는다. 위대한 발레리나와 단지 유능한 발레리나의 차이점은, 위대한 발레리나의 하나하나의 동작 사이에 발산하는 그 생명의 불꽃, 저 비개성적인, 아니 저 비개인적인 힘에 있다."(Eliot, 1932, 95)

106) 불교의 三法印 가운데 변하는 세상에서 나라는 실체에 집착하여 열반적정(涅槃寂靜)에 이르지 못하는 자아는 제법무아(諸法無我)의 이치를 깨닫지 못하는 불교의 교리이다.

과 끊임없는 개성의 소멸 과정"이라는 말도 자아의 부정을 의미하는 것이다. 이처럼 그의 시에는 시간 세계에 대한 환멸과 무시간의 영원한 세계에 대한 갈망이 전편에 깔려 있다. 자아의 부정은 신비주의 방법 가운데 부정의 길을 가는 방법으로 쓰이고 있다.

기억을 자아와 관련지어 생각할 때 엘리엇의 비개성 시론의 개성과 역사의식으로 볼 때 기억을 통한 회상의 기능이 엘리엇에게는 배제되는 요소로 생각된다. 그러나 자아의 멸각이 진정한 자아를 얻기 위한 것이라면 이때 새롭게 창조되는 기억을 반드시 부정적으로 볼 수는 없겠다.

엘리엇은 기억과 직관에 중요성에 대해 가치를 인정하고 이런 두 가지의 기능을 보존하고 싶어 한다. 그러나 이런 기능에 대해 무한한 힘을 부여하고 싶지는 않은 듯하다. 엘리엇은 마리(John Middletion Murry)와의 논쟁은 기억과 직관에 관한 생각[107]을 여실히 보여준다.

---

107) 엘리엇은 "어떤 관점에서 보면 기억은 완성된 무한과 경쟁하는 것 같은 헛된 시도"라고 주장한다. 엘리엇의 이런 말속에 기억이 자아와 밀접한 관계가 있다는 아우구스티누스 이래의 심리학 이론을 인정하면서 또한 그의 비개성 시론에서 보여준 그의 생각과 연관지어 볼 수 있다. 엘리엇은 "기억이 실제적인 삶의 수많은 효과를 이루는 도구"라 하더라도, 만일 파르메니데스가 진리라고 부르는 것을 추구한다면, 이런 방법으로 진리를 얻을 수 없는 것은 "눈을 감고 자신의 모습을 볼 수 없는 것과 같다고 말할 수 있다"(DB, 26)고 말한다. 기억에 대한 엘리엇의 이런 견해는 머리와의 논쟁에서 직관에 대한 견해와 일치한다. 직관을 부정하면서 직관을 지성의 한 요소인 유형쯤으로 생각한다고 말하면서 머레이의 반박에 대해서 엘리엇은 다음과 같이 말한다. 자신은 "직관을 부정하지는 않지만 직관이란 단어를 사전에서 완전히 삭제하기를 바라지도 않는다"고 말한다. 그는 직관을 지성의 한 유형으로 생각하며 "지성은 속(屬)이고, 직관과 담론은 종(種)"이라고 주장한다.(Eliot, "Mr. Middleton Murry's Synthesis", *Criterion*(London: October, 1927) Vol.Ⅵ, No.4) 여기서 속(屬)은 과(科)와 종(種) 사이로 엘리엇은 지성을 직관보다 상위 개념인 훨씬 넓은 범위로 보고 있다. 그리고 직관은 담론의 세계에서

이런 엘리엇의 태도는 베르그송을 염두에 두었음을 부인할 수 없을 것이다. 이런 직관과 기억에 대한 견해와는 달리 '의미는 지성의 몫이지만 시는 그렇지 않다'고 생각했다. 시의 기능은 '지적이기보다 정서적'이기 때문에 "지성의 언어로 적절히 정의 내릴 수 없다"[108]고 그는 말한다. 이런 말은 시의 속성도 베르그송의 경우와 같이 합리론의 전통보다는 낭만주의 유산을 따르고 있다는 것으로 볼 수 있다. 그래서 좋은 의미의 지성은 시에 방해된다고 믿는다. 엘리엇은 낭만주의 전통으로서의 중요한 인간의 기능으로 기억과 직관에 무한한 신뢰를 하지 않는다. 그러나 그는 낭만주의 전통에서 시의 본질적 기능을 찾고 있다. 비평가로서 그는 '전통과 개인의 재능'에서 낭만주의의 시의 이론에 철퇴를 가하지만 시인으로서 낭만주의 영향을 받고 있는 이중성을 띠고 있다.

엘리엇이 기억에 대한 무한한 신뢰를 거부하는 것은 기억이 직관의 기능과 관계가 있다고 생각하기 때문이다. 직관에 대한 강조는 이성에 대한 신뢰의 부족을 의미하기 때문이다. 그래서 엘리엇은 서양의 전통[109]적인 넓은 의미의 지성(intellect)의 기능에 무한한 신뢰를 보내고 있다. 이러한 지성은 아리스토텔레스와 그의 철학을 신학에 접목시

그 자리를 잡아야 한다고 말한다. 이와 같이 엘리엇은 직관을 "우주를 여는 열쇠"(OPP, 257)로 생각하는 사람들을 경멸하고 있다.

108) Eliot, review of *The Name and Nature of Poetry*, by A. E. Housman, *Criterion* 13(Oct. 1933): 154.

109) 토마스 아퀴나스로 계승되는 아우구스티누스의 시간은 영원한 하나님에 의해 창조되었고 현재에도 유지되고 시간의 무상함은 그리스도를 통해서만 극복될 수 있다는 시간관이다. 아우구스티누스의 영향을 끼친 신플라톤주의자인 보에티우스(Boethius)에 따르면 현재라는 시점은 과거와 미래가 모이는, 즉 '공시적으로 소유(*simul possessio*)'하는 '정지된 현재(*nunc stans*)'에서 보는 시간이다. 존재론적 전통은 눈에 보이는 것만 존재한다는 것으로 아우구스티누스는 이런 전통을 이어받고 있는 것이다.

킨 토마스 아퀴나스가 정의한 지성이다. 이 지성은 직관, 감정, 사고가 통합되어 있는 일종의 '통합적 감수성'이다.

아우구스티누스는 기억을 생명의 힘이 있는 놀라운 능력을 말하고 있으나 그의 영원에 대한 의미를 함께 생각하면 아우구스티누스의 기억은 영원을 어렴풋이 이해하는 도구는 될 수는 있을지라도 기억을 통한 영원으로의 접근은 가능하지 못한다. 스티븐 시커리(Stephen Sicari)도 기억을 '하나님께 이끄는 힘'이라고 했다.(413) 그러나 기억을 통해 하나님에게 가까이 갈 수 있는 희망을 줄 뿐이다. 아우구스티누스의 전통을 이어받고 있는 엘리엇도 기억에 대해 같은 생각을 가지고 있다. 인간의 내면 자아와 기억이 밀접한 관계를 갖고 있다는 것은 기억의 한계를 나타내 주는 말이라 하겠다.

기억은 상이한 지각들을 하나로 통합시켜 준다. 이런 마음과 기억 간의 관계를 밝히는 데 도움을 준 작가는 프루스트(Marcel Proust)[110]이며 이런 점에서 그는 가장 주목받는 작가이다. 프루스트는 이런 점에서 베르그송의 기억과 일치한다. 하나는 습관에 의해 형성된 기억이고 다른 하나는 독특한 사건으로 이루어진 기억이다. 후자의 기억은 시간과 자아를 탐구하는 데 중요한 역할을 하는 기억이다. 이런 기억은 창조적 상상력으로서 직접적 자아한테서는 볼 수 없는 통일성과 연속성을 갖는 새로운 자아의 개념이다.(Meyerhoff, 43-5)

시인은 기억을 통해 과거에 경험하지 못한 이루지 못한 사건을 회

---

110) 프루스트는 자아의 재구성이 경험적 시간의 재구성과 어떻게 상응하는가를 드러내 주며 시간과 자아의 탐구가 기억에 독특한 기능을 부여하며, 한 인간의 상이한 기억 내용 사이에 연속성을 보여준다는 점에서 특이하다. 그는 기억을 사용함으로써 자아 동일성(identity)과 재발견이 변증법적인 발전을 이룬다고 생각한다. 이때의 기억은 창조적 상상력을 의미하게 된다.

상하면서 현재에 새롭게 창조된 자아를 발견한다는 점에서 기억은 영원성을 띤다고(Meyerhoff, 56) 마이어호프는 말한다. 현재의 시간에 영원성이 부여되는 것은 언제라도 기억을 통해 시간의 사슬에서 해방되어 다시 경험할 수 있다는 의미다. 그러나 이런 시간은 **영원한 현재**에 의해 무시간과의 결합을 통한 종교적 차원과는 근본적으로 다른 것이다. 회상을 통해 이루지 못한 자아를 재창조하는 베르그송의 순수 기억은 시간과 공간을 초월하여 지금(now) 여기(here)에 영원히 존재하는 무시간과의 결합과는 근본적으로 다르다. 이것이 베르그송과 엘리엇의 시간의 차이다.

V

시극에서의 시간과 기억

1. 엘리엇과 시극

시보다 극을 통하여 사상과 종교를 효과적으로 전달될 수 있다는 엘리엇의 생각은 1930년대에 시인으로서 사회에 대한 사명으로 극을 쓰게 된다. 1933년에 엘리엇은 자신이 詩劇을 쓰게 된 동기를 『시의 효용과 비평의 효용』(*The Use of Poetry And The Use of Criticism*)에서 다음과 같이 말하고 있다. "시가 사회에 유용하려면 현존 이미 엘리엇은 "산문 극은 일시적이고 표면적 면만을 강조하는 성질이 있으므로 항구적인 것이나 보편적인 것에 이르고 싶을 때 인간은 운문으로 자기를 표현하고 싶어 한다"(Eliot, 1928, p.46))고 말한다. 이런 엘리엇의 말은 시가 사회에서 유용한 것이 되려면 시극의 형식으로 표현해야 되고, 시극111)이야말로 항구적이고 보편적인 것을 표현하는 수단으로 간주하여 시극의 위상을 한층 높여 주었다. 시극을 통해 시를 사회에 유용하게 보급하는 수단으로 만들어서 난해한 시 속에 전개된 그의 사상을 흥미롭게 독자에게 전달하려는 사명을 엘리엇은 한 것이다. 행동으

---

111) "The ideal medium for poetry, to my mind, and the most direct means of social 'usefulness' for poetry, is the theatre. In a play of Shakespeare you get several levels of significance. For the simple auditors there is the plot, for the more thoughtful the character and conflict of character, for the more literary the words and phrasing, for the more musically sensitive the rhythm, and the auditors of greater sensitiveness and understanding a meaning which reveals itself gradually."(Eliot, 1933, 153)

로 보여줄 수 있고 직접적인 호소력이 있는 극의 장점을 엘리엇이 인정하게 된 것은 중요한 변화다.

엘리엇의 다섯 편의 시극 가운데 전기의 『대성당의 살인』(1935), 『가족 재회』(*The Family Reunion*, 1939)는 비극으로 분류되고 후기의 『칵테일파티』(*The Cocktail Party*, 1949), 『개인 비서』(*The Confidential Clerk*, 1953) 그리고 『원로 정치가』(*The Elder Statesman*, 1958)는 대체로 희극으로 간주된다.

초기 시에서부터, 궁극적인 인간의 삶에 관심을 기울여 온 엘리엇은 시극에서도 죄와 영혼의 구원에 관심이 있었다. 시극의 등장인물은 기독교의 배경을 깔고 있지는 않았다. 그러나 기독교의 구원을 생각하지 않을 수 없는 것은 엘리엇의 「문학과 종교」("Religion and Literature", 1935)라는 논문에서 찾을 수 있다. "종교적 판단과 문학적 판단이 분리된다면 결코 완전할 수 없다"(*SE*, 388)는 그의 신념은 문학을 통해서 종교적 구원을 찾는다. 이런 종교와 문학의 밀접한 관계는 『문화의 정의에 관한 소고』(*Notes towards the Definition of Culture*, 1962)에 나타나는 문화론112)을 통해 엿볼 수 있다. 인간 실존의 근거가 되는 종교와 문학 간의 불가분의 관계를 간과하고 있는 경향에 대한 경종이다. 여기서 그가 말하는 종교는 다름 아닌 기독교를 의미하고 있음을 『異神을 좇아서』(*After Strange Gods*, 1934)에서 볼 수 있다.

---

112) I then try to expose the essential relation of culture to religion, and to make clear the limitations of the word relation as an expression of this 'relation'. The first important assertion is that no culture has appeared or developed except together with a religion: according to the point of view of the observer, the culture will appear to be the product of the religion, or the religion the product of the culture.(Eliot, 1948, 13)

and though of course I believe that a right tradition for us
must be also a Christian tradition, and that orthodoxy in general
implies Christian orthodoxy, I do not propose to lead the present
series of lectures to a theological conclusion.(22)

예의 바른 사교계의 응접실의 세계와 현대적 회화체에 더 가까운 시를 사용한 『가족 재회』는 주인공 오레스테스(Orestes)가 자기 아버지 아가멤논 (Agamemnon)을 살해한 클뤼타임네스트라(Clytemenstra)를 죽이고 복수의 여신들에게 쫓기는 과정의 여러 이야기를 내용으로 하는 아이스킬로스(Aeschylus)의 비극 『오레스테이아』(Oresteia)의 3부작 중 두 번째 작품인 코에포로이(*Choephoroi*)에서 이야기의 주제를 얻은 작품이다.

『시와 극』(*Poetry and Drama*, 1949)에서 엘리엇은 『대성당의 살인』과 『가족 재회』에서 현대적 상황의 배후에 그리스 비극의 고전적 모형 등을 등장시켰다. 이것은 운문에서 극으로 발전시키기 위해 보다 서정적 시극의 형식이 필요했기 때문이라 말했다. 『대성당의 살인』은 단편(fragments)으로 구성된 그의 최초의 시극 형식의 작품인 『스위니 아고니스테스』(*Sweeney Agonistes*)에서 사용했던 제식적 요소(ritual elements)113)을 극 전체의 밑바닥에 깔고 있다. 그리스의 비극 형식, 특히 아이스킬로스의 코러스를 적극적으로 도입하고, 중세의 작자 미상의 도덕극 『에브리맨』(Everyman)의 시형114)을 신중히 채용함으로

---

113) 제식적 요소는 아리스토파네스의 작품 속에 나타나며 엘리엇은 최초로 현대극에 도입했고 봄이 다시 오게 하는 주술적 성격을 띤 그리스 민속극에 기원을 두고 있다. 사람들은 어둠과 죄를 제거하고 새로운 삶을 준다고 믿었다. 엘리엇의 NevillCoghill's to *Murder in the Cathedral* with an introduction and notes(London: Faber and Faber, 1965), pp.13-4.

114) 엘리엇은 'Poetry and Drama'(1951)에서 지나친 Iambus를 사용하지 않

써, 이 극을 그의 시극 중에서 모든 요소들이 가장 유기적으로 잘 짜여진 작품으로 만들었다.

『원로 정치가』는 그의 나이 70세가 되는 1958년에 공연된 엘리엇의 최후 작품이다. 전체 3막, 등장인물 8명으로 짜여진 이 극은 가장 짧고 상징성이 적어 일상적이고 현실적 세계를 배경으로 한 것이 특이다. 엘리엇은 『가족 재회』에서 주인공 해리의 생을 완성하기 위해 『원로 정치인』을 썼다. 『원로 정치인』의 작품 배경은 소포클레스의 『콜로누스의 오이디푸스』였다. 『원로 정치인』에는 신이라는 단어가 한 번도 사용되고 있지 않지만, 『가족 재회』나 『원로 정치인』은 "구원의 방법으로서 신의 뜻에 대한 순종과 사랑의 유대를 충실히 지키는 것"(Carol Smith, 1963, 231)을 강조하는 공통점이 있다.

속죄와 구원, 죽음과 영생의 문제는 그의 시와 시극에서 끊임없이 계속되는 기본적 주제이다. 『원로 정치가』에서도 작가는 인간이 행한 악과 죄가 주는 고통과 갈등이 제시되고 이런 고통과 갈등은 참회를 통한 구원의 추구로 제시되어 있다. 여기서 초기 시에서부터 엘리엇을 괴롭혀 온 죄의식이 시극에서도 계속 지속적인 관심이 되었음을 알 수 있다. 무엇 때문에 그는 원죄와 죄의식에 사로잡히게 되었나? 작가의 삶과 작품은 별개이므로 연관 지어서 생각할 수 없다고 신비평에서는 주장한다. 그러나 엘리엇의 삶을 조명해 보면 왜 그가 그토록 고통스럽게 갈등하고 죄의식에 괴로워했는가를 알게 된다. 그는 기독교의 원죄를 결국 받아들였고 이것은 그가 베르그송을 거부한 이유로 이해할 수 있다.

비비엔(Vivienne Haigh-Wood)과의 불행한 결혼 생활은 엘리엇에

고, 약의의 두운을 사용하고 가끔 튀어나오는 예기치 못한 rhyme 등은 이 극을 19세게 시형과는 다르게 만들었다고 말한다.

게는 견디기 어려운 시련이었다. 엘리엇은 아내가 죽은 후에 언제나 죄의식과 공포에 시달렸고 장례 기간에는 마비 증세가 재발할 정도로 충격이 컸다고 허치슨(Mary Hutchinson)에게 밝히고 있다. 비비엔의 죽음에서 받은 충격과 상처에서 일시적으로나마 회복된 후 그는 다시 시극을 시작했고 1948년 6월 브라운(Martin Browne)에게 『칵테일파티』의 초고를 보냈다. 그리고 같은 해 『문화의 정의에 관한 소고』가 출판되었다. 속죄와 고행을 주제로 하는 『칵테일파티』는 어떻게 하면 우리가 불완전한 삶으로부터 죽음을 초월할 수 있으며 또한 자아의 속박과 시간의 예속에서 벗어나 우리 자신과 시대를 구원할 수 있는 가에 대한 엘리엇의 관심과 의문을 다루고 있다. 그 대안은 참된 자아를 받아들여 구원을 얻을 수 있다는 종교적 내용이다.

1933년까지 정식으로 이혼하지 않고 견딘 것은 그의 타고난 도덕적 양심 때문이었으며 도덕적 가책은 그를 종교에 귀의하게 만들었다. 『가족 재회』에서 아버지가 어머니에게 품었던 살의(殺意)의 죄가 유전되어 있듯이 해리 자신도 죽이지도 않은 아내에 대한 죄책감에 사로잡힌다. 왜 해리는 자신이 이런 고통을 겪어야 하는가를 알지 못한다. 해리가 등장하는 첫 장면에서부터 죄지은 자를 추적하는 복수의 여신 에우메니데스(Eumenides)가 등장한다. 해리는 자기 집에 돌아와 처음 에우메니데스를 보면서 이것들이 '이전에 이미 왔었다는 것을 알았다'고 말한다. 이것은 그가 이유를 확실히 알지 못했으나 막연하게 어떤 죄책감에 시달리고 있음을 암시한다. 그는 처음에 자기 집에서 에우메니데스를 볼 때 그곳에 집안의 저주가 내렸음을 안 것이다. 에우메니데스는 주인공에게 자신의 죄를 깨닫게 하는 매체의 역할을 한다. 그리고 과학의 결정론에서 같이 과거는 현재에 고스란히 이어지고 이런 상태에서 구원은 없다.

『원로 정치인』에서도 과거의 죄를 상기시키는 친구인 고메즈(Gomez) 와 한 여자인 카그힐(Mrs. Carghill)이 나타난다. 이 작품도 과거는 현재 에 인과론적으로 이어져서 죄가 유전됨을 암시하고 있다. 이 죄로 말미암 아 클레버튼(Lord Claverton)은 고민하며 괴로워한다. 엘리엇이 고행을 택하고 양심의 가책에서 벗어나려고 하는 것처럼 클레버튼도 과거에 저 지른 자신의 죄 때문에 양심의 가책을 받고 있다.

2. 『가족 재회』의 시간과 기억

2-1. 흄의 영향

엘리엇이 흄(T. E. Hulme)에게서 받은 영향과 흄과의 관계 그리고 흄에게 끼친 베르그송의 영향을 연구하는 것은 세 사람의 관계에 대 한 흥미 있는 단서를 제공할 것이다. 이 점에서 우선 엘리엇과 흄의 관계를 살펴보자.

엘리엇은 흄의 시와 그의 시관을 칭찬했다. 그러나 흄은 베르그송 의 제자였다. 흄의 『사색』(*Speculations*) 중 상당 부분은 베르그송의 시간 철학에 바탕을 둔 예술의 형이상학에 깊은 애정을 두고 써졌다 는 점을 엘리엇은 소홀히 했다. 엘리엇은 시간 철학과 그에 부산물인 사상과 가설들에 한 번 이상 혐오감을 표시했으며 변화에 환호하는 사람들에게 동조하지 않았다. 그는 소르본느에서 베르그송의 강의를 들을 당시 바이러스같이 강력한 유행병인 시간에 한때 감염되었다. 그 러나 그는 결국 시간을 사악한 질병으로 생각하게 된다. 그래서 이 파 괴적인 질병과 싸우기 위해 스스로 면역 체계를 만든다. 그런 체계는 기독교의 전통이고 그는 그런 문화를 보존하고 싶어 한다.

162

　3년 후에 흄의 『사색』을 엘리엇은 언급했지만 베르그송이 흄의 선생이라는 점을 엘리엇은 간과했다. 엘리엇은 "만일 20세기의 시대정신이 있다면 20세기 정신이 될 수 있는 새로운 정신의 선구자를"[115] 흄으로 생각하게 된다. 1909년 흄은 이미지즘 운동에 이론적인 자극을 주고 시에서 급진적인 실험을 하도록 유도하는 동안 엘리엇은 배빗의 지도 아래 19세기와 20세기 초기의 불란서 문학비평을 연구하는 중이었다. 그는 시몬즈(Arthur Symons)의 『문학에서의 상징주의 운동』(*The Symbolist Movement in Literature*, 1958)을 읽고 라포르그(Laforgue)를 모방하여 시를 썼다. 그 당시 흄은 베르그송의 제자였고 베르그송의 형이상학을 흄은 일시적으로 이용했다. 그러나 그는 원죄의 교리를 밑바탕으로 삼았다. 그는 반낭만주의, 반인본주의, 반민주주의 철학을 구성하는 한편 그 당시에 풍미하던 과학의 결정론의 허구성을 밝히려는 베르그송의 형이상학에 공감했다. 1911년 흄은 St. John College에서 철학을 연구하는 과정에 베르그송의 사상을 옹호하며 그의 『형이상학 입문』을 번역하기 시작했다. 같은 해에 엘리엇은 베르그송의 강의를 듣기 위해 솔본느 대학을 방문했다. 엘리엇이 들은 베르그송의 강의는 흄이 1911년 3월에 볼로나 의회에서 강의를 들은 것과 유사했다. 흄이 경험한 것과 똑같이 엘리엇도 "베르그송으로의 일시적 전환"[116]을 겪었다. 1916년 그는 베르그송의 형이상학을 그의 고전적 위치와

---

115) *Criterion*, Ⅱ, 231.(April, 1924) 흄은 1917년에 죽었다. 『사색』은 1924년까지 출간되지 않았다. 그러나 엘리엇은 1910년 "대화에서 표현된 것같이 흄의 철학적 이론들"의 시에 대한 영향력을 언급했다.("A Commentary", *Criterion*, ⅩⅥ, 668, July, 1937) 매세이센(Matthiessen)은 엘리엇은 "개인적으로 흄을 알지 못했으나 파운드로부터 그에 관한 많은 것을 들었다"고 『엘리엇의 업적』(*The Achievement of T. S. Eliot: An Essay on the Nature of Poetry*, New York, 1947, p.71)에서 말하고 있다.

116) T. S. Eliot, *A Sermon*(Cambridge Univ. Press, 1948), p.5.

양립할 수 없는 낭만적 '감염'으로 간주했다.117) 흄은 또한 이 기간 동안 불란서 반동주의자들의 비평 이론에 흠뻑 빠져 있었다. 특히 엘리엇과 흄은 조르즈 소렐(Georges Sorel), 모라스(Maurras), 라세르(Pierre Lasserre), 쥬리앙 방다(Julien Benda)와 공통되는 정신적인 토대를 가진 사람에게 사상의 기반을 얻게 된다. 고전 정신을 계승하는 배빗과 모라스를 계승하는 흄은 파스칼 이론과 기독교의 원죄 개념에 정체성이 있기 때문에 루소에서 유래된 모든 낭만주의와 자유주의의 변화무쌍한 형태에 반대하는 비평의 입장을 취한 20세기 최초의 영국인이 된다. 무엇보다도 그의 입장의 기반은 원죄였다. 윈담 루이스(Wyndham Lewis)는 런던에서 흄의 문학을 기술하면서 "만일 문학가가 별명이나 애칭을 준다면 흄은 '원죄의 흄'이라 불렸을 것이다"고 말했다.118)

우선 흄과 베르그송의 시간을 비교하면 엘리엇의 시간을 이해하는 데 중요한 계기가 될 것이다. 『가족 재회』를 통해 베르그송의 시간과 기억이 어떻게 구현되었나 분석하겠다.

흄은 베르그송의 예술론의 형이상학적 근간을 분석하면서 베르그송이 전제로 하는 "순수 지속이나 순수시간"(흄, 195)은 두 개의 다른 시간 개념인 기계적 개념과 목적론적 개념과 본질적으로 반대된다고 말했다.(흄, 203) "창조는 끊임없는 성장이고 생성(becoming)은 결코 과거의 상태와 같을 수 없고, 결코 그 자체가 반복되지 않고 항상 새롭고 끊임없이 성숙되며 창조된다"(흄, 203)는 것이 베르그송의 유기적 시간에 대한 흄의 평이다.

흄은 베르그송의 형이상학이 보여주는 세 가지 가능한 세계를 주장

---

117) Unsigned review of *Group Theories of Religion and the Individual*, by Clement C. J. Webb, The New Statesman, 29 July 1916, p.405.

118) *Blasting and Bombardiering*(London: Eyre & Spottiswoode, 1937), p.108.

한다. 첫째는 수학에서의 시간은 현상의 유사성과 반복성이 특징이다. 수학의 시간은 공간에서 동시성들을 예측하는 동질적인 매체로서 물질세계에서 보인다. 둘째는 시간이 상호 침투하여 이질적으로 섞여 있는 유동하는 생명의 세계다. 이 세계는 지성에 의해 양적으로 분석될 수 없으며 질로 느껴질 수밖에 없는 생명의 세계이다. 셋째는 양적인 변화나 아니면 질적인 변화로 이해되는 시간으로는 설명할 수 없는 절대적 종교와 윤리가 제시하는 가치의 세계이다. 흄은 베르그송의 분석한 시간을 인정했다. 그러나 시간의 유기적 세계가 모든 세계 가운데 최고의 세계라는 주장에는 동조하지 않는다. 사실 흄은 인본주의에 관한 에세이에서 유기적 현상의 영역에 속하는 개념인 진보나 역동적 발전의 개념을 선호하지 않는다. 오히려 변화와 진보의 영역보다는 종교적 영역인 고정과 질서를 옹호하는 데 특별한 관심이 있었다. 시간을 의식하는 3가지 다른 차원 가운데 엘리엇의 특성이라 생각되는 정서적 가치들은 베르그송의 정서적 가치들과는 다르다. 그러나 흄의 정서적 가치들과는 상당히 유사한 것은 흄과 엘리엇의 관심이 유사하다는 것을 보여주는 것이라 하겠다.

베르그스텐(Staffan Bergsten)은 『시간과 영원』(*Time and Eternity*)에서 "엘리엇이 베르그송의 시간과 진화의 철학을 비평가로서 거절했을지 몰라도 시인으로서 베르그송의 영향을 틀림없이 받았다"고 말하면서 그의 시의 많은 부분이 시간에 대한 내면 의식이 눈에 뜨일 정도로 깨닫고 있음을 강조했다. 그리고 어떤 면은 베르그송의 영향을 입었을 것이라고 말한다. 베르그송의 철학을 전체적으로 배격했다 하더라도 엘리엇은 그에게서 더 많은 개념들을 부분적으로 분리하고 수용하면서 이미지들을 얻었을지 모른다고 말하고(Bergsten, pp.15-6) 있다. 시간의 내적 인식을 깨닫는 것은 시간을 과학의 경우와 같이 객관적으로 보는 것이 아니다. 오히려 인간 의식의 시간의 초점을 맞추고 있다. 시간은 흘러가고 있다. 흘러가는 시간을 구별하여 사람들은 시대를 나눈다. 그것은 시간이 흘러감에 따라 사람들의 의식이 변하기 때문일 것이다. 자연 자체는 변함이 없지만 인간의 자연에 대한 이해는 시대에 따라 변하는 것과 같은 이치이다.

인간에 따라 시간을 의식하는 주관적 깊이와 폭은 차이가 있다. 이런 점에서 시간은 개인에 따라 주관적으로 상대성을 띠게 된다. 이런 주관적인 시간의 특징은 베르그송이 말한 지속성이라는 시간의 개념이다. 지속이란 시간을 연속적 흐름으로 경험하는 것이다. 이런 시간의 경험은 순간의 연질성과 다양성을 지니고 있다. 즉 다양성 속의 통일체라는 성질은 경험이 질적인 양상을 띠고 있다고 말할 수 있겠다. 물리학은 이런 경험을 공간화하여 양적으로 치환할 수 있다는 것을 베르그송은 반대한다. 기계적 시간에서 벗어나서 심리적이고 주관적 시간으로 사는 인간만이 시간의 사슬에서 벗어날 수 있다. 베르그송의 순수 지속은 과거와 현재와 미래는 언제나 상호 침투하여 흐르고 있다. 이런 내면의 지속적 흐름은 양으로 환원할 수 없는 순수한 지속으로서 직관적으로 체험하는 윌리엄 제임스의 '표면적 현재(specious present)'의 바탕이 된다. 엘리엇이 『네 개의 사중주』에서 중요한 테마로 제시하는 정점(still point)을 에델(Leon Edel)은 '연속으로서의 시간'인 포크너의 시간[119]과 같은 것으로 본다.

---

119) The intense awareness of time as a merging of time past and time present, as T. S. Eliot has put it,
"Time past and time future/
What might have been and what has been/
Point to one end,/
Which is always present", is at the very core of the work of William Faulkner.(Leon Edel, 147)

엘리엇과 포크너가 바라보는 시간은 과거, 현재, 미래가 인과론적으로 구분되는 시간이 아니라 현재 속에 통합된 시간이다. 현실의 모든 경험은 매 순간마다 새롭고 현재 속에 영원함을 갖게 되는 것이다. 과거와 미래의 시간은 자유롭게 현재의 시간을 넘나든다. 이런 시간의 신축성은 아우구스티누스가 말하는 마음의 팽창(distention)의 작용이기에 가능한 것이다. 의식의 자유로움은 '온전한 인격(whole personality)'에서 나온다는 베르그송의 『시간과 자유 의지』(Bergson, 172)는 아우구스티누스의 마음의 확장과 밀접한 유사성을 보인다.

기억은 시간과의 밀접한 관계가 있으므로 시간을 의식하는 기계적 시간과 시간을 넘어선 차원으로 나눌 수 있다. 기계 의식이라고 말할 수 있는 시간 의식은 『가족 재회』에서 두드러지게 나타난다. 이런 기계 시간은 에이미의 의식에서 찾을 수 있다. 에이미는 해리가 없었던 기간에 가족의 다른 구성원과 해리 사이에 어떤 변화도 인정하지 않는 인물이다. 에이미는 해리에게 집안 친척들과 집안일과 관련된 법률이나 세금 관계 등의 일상적 얘기들을 퍼부으며 이 집에 아무것도 변한 것이 없다고 강조한다. 이러한 강조에 해리는 놀라면서 '어떻게 아무것도 변하지 않았다고 말할 수 있느냐'고 반문한다. 변화를 두려워하기 때문에 변한다는 사실을 인정하지 않는 에이미의 태도는 과거에 집착하기 때문에 흘러가는 시간을 현실로 인정하지 않는 것을 엿볼 수 있다. 마음이 썩어 냄새나는 황무지에 사는 그들의 생활을 오래된 집으로 해리는 비유한다. 해리는 지나 버린 과거에만 집착하여 '항상 현존하는 것(what is always present)'을 보지 못하는 그들을 비난한다. 그러나 과거에 집착하여 현재보다는 과거만이 지배하는 해리에게 흘러가고 변하는 의식과 세상은 인정될 수 없다. 해리 자신도 너무 많은 고통에 마취되어 고통에 대한 느낌도 없이, '군중 속에서 방향도 없이 이리 채이고 저리 채이며 안개 속을 배회하고 있다'고 자신의 상황을 설명한다.

그러나 엘리엇은 '항상 현존하는 것'을 영원한 현재인 '정지된 현재(standing Now=*nunc stans*, the still point)'로 보고 과거와 미래가 이 정점에서 과거가 속죄되면 변화된다. 그러면 과거에 '실현되지 못한 가능성(what might have been)'은 실현된다고 믿었다. 이런 시간에 대한 관점은 과거와 현재가 합쳐 항상 새로운 현재를 창조하는 베르그송의 현재나 불교의 연기(緣起)와는 다르다. 엘리엇은 고정된 영원한 현재(eternal now)에서 과거는 새로운 존재로 변할 수 있다고 보았지만 베르그송은 현재 자체가 과거와 합류하여 변하는 것으로 보았다. 즉 엘리엇에 있어서 변하는 것은 현재로 들어간 과거이지 현재 자체는 아니다.

베르그송의 이론에 의하면 사회적 행동으로 보이는 피상적 행동 양식들은 지속적이고 예측할 수 없을 정도의 변형되어 인간의 개성 속에 숨어 있다. 이런 점에서 에이미의 행동은 베르그송이론의 객관적 상관물로서 해석될 수 있다. 에이미는 해리가 위시우드의 주인이 되게 하려는 야망이 실현되는 의도가 진행되어 사건의 진행은 결정되어 있다. 그녀는 형식적인 시간의 패턴을 여러 번 중지하려고 시도한다. 그러나 그녀의 계획으로 떨어지는 사람들은 복잡한 심리적 변화들을 겪는다. 그녀는 자기의 의도가 좌절될 운명이라는 암시를 받고 이런 국면을 결정적으로 전환하려고 기도한다. 그녀는 마치 이런 사람들을 고정되고 변화 없는 기계처럼 조작하려고 한다. 해리가 위시우드로 귀향하면 고통스러울 것이라는 애거서의 말은 과거와 현재가 단절되지 않고 이어지는 것을 보여주고 있다.

168

Because the past is irremediable,
Because the future can only be built
Upon the real past.(CPP, 288)

애거서의 말처럼 해리는 '새로운 위시우드를 찾으면' 고통스러울 것으로 생각하나 에이미는 아무것도 변한 것은 없다고 대답한다.

Nothing is changed, Agatha, at Wishwood.
…… I have seen to that.(CPP, 288)

에이미가 조작하려는 시간은 수학자나 천문학자들의 추상적 시간과 닮았다. 베르그송에 의하면 과학적 시간은 절대적으로 새로운 어떤 것도 창조할 수 없다는 가정에서 우주를 물질로 취급한다. 물리학자에게 시간은 서로가 관계없고 공간에서 재정렬되어 겹쳐지는 단순한 불활성 매체이다. 인과론적 결정론[120]은 현재, 과거, 미래가 독자적으로 존재하여 현재가 과거에 어떤 영향을 주거나 미래가 현재에 어떤 영향을 주는 상호 보완적인 시간도 아니다. 그리고 과거의 시간이 인간의 의식 속에서 반성되고 수정되는 의식의 시간과도 다르다.

과거는 구제받을 수 없고 회복 불가능하며 미래 또한 진정한 과거를 토대로 결정되기 때문이라고 말한다. 그는 과거 어린 시절의 기억

---

120) 이와 같은 시간은 과학의 법칙으로 미래가 결정되는 결정론이다. 호킹의 물리학조차 미래를 예측하는 결정론적인 과학인 것이다. 소립자와 같은 세계는 불확정성의 원리 때문에 결정할 수 없다는 것을 인정하고 있다. 그러나 호킹의 우주와 시간의 이론은 현재의 과학의 한계를 인정하면서도 미래의 어느 때는 과학에 의해 해명될 수 있다는 희망을 버리지 못한다는 점에서 과학의 결정론을 고수하고 있다. 이런 시간은 현재, 과거, 미래는 일직선상의 점으로서 공간화되어 수리적인 양으로 치환할 수 있다.

에 잠길 것이며 새롭길 바라던 현재는 과거와 다를 바 없고 과거 속으로 추락하는 느낌을 받을 것이라고 예언한다.

『가족 재회』에서 에이미의 기계적 사고는 사람에 대한 제한된 인식을 갖는 베르그송의 용어로 설명될 수 있다. 그녀는 자아를 공간화하려는 경향이 있어 '외적인 투사'나 '공간적이고 사회적인 재현'에만 관심이 있다. "끊임없이 생성되는 내적 상태"(『시간과 자유의지』231)는 그녀의 세속적 영역을 벗어나기 때문에 그녀의 관심에서 벗어난다.

에이미는 현재는 과거와 전혀 변한 것이 없는 것처럼 거짓된 상황121)을 만들려고 한다. 이런 상황에서 가족 구성원이 어떻게 반응하는가를 전달하기 위해 생소한 역할을 수행하는 배우들의 이미지가 사용되고 있다. 그러나 애거서와 메어리는 단지 그들에게 부여된 인형과 같은 역할에서 초탈해 있다. 애거서는 그 가족들이 과거를 무시하고 지난 8년 동안 어떤 일도 일어나지 않은 것처럼 행동한다는 에이미의 요청이 불가능한 요청임을 깨닫고 있다. 다른 식구들인 아이비, 바이어렛, 제럴드, 찰스는 "소름끼칠 만한 소극에서 무식한 역할을 하며 악몽 같은 팬터마임에서 우스꽝스러운 역할을 하라는 에이미의 명령"(『가족 재회』22)에 동의한다. 에이미의 명령에 동의하면서도 그들은 진정으로 과거의 고통스러움을 피하고 싶은 욕망과 한편으로는 그

---

121) 뉴욕 타임스 평론가(1947년 11월 29일)는 『가족 재회』의 최근의 Cherry Lane 프로덕션의 공연에서 아이비, 찰스, 바이어렛, 제럴드의 역할을 하는 배우들의 인형 같은 행동을 비판하고 있다. 그러나 이런 비판은 배우가 아니라 평론가의 인식 부족을 드러내 주는 것이라 하겠다. 네 명의 등장인물의 놀라운 특징은 그들의 말의 인위성, 부분적으로 비극을 향하는 태도의 피상적인 속성을 띠기로 되어 있다. 이 공연의 장점 중의 하나는 그 등장인물들이 사람이 아닌 꼭두각시라는 것을 희미하게나마 가끔 인식하면서 꼭두각시처럼 행동하는 네 명의 등장인물이 성공하고 있다는 점이다.

들이 행하고 있는 비현실적 역할에 당혹감을 드러내는 감정적인 양면성을 나타내고 있다. 종종 코러스에서 그들은 '현상을 지키는 데' 몰두하고 "엄격하고 실용적인 목적들에 부합되는 제한된 숫자"(『가족 재회』 128)에 집착하면서 스스로 기계처럼 인과론에 얽매인 혼란되어 있는 의식을 부분적으로 드러낸다.

『시간과 자유의지』에서 베르그송은 피상적인 사회와의 관계에 대하여 다음과 같은 논평이 있다.

Hence our life unfolds in space rather than in time; we live for the external world rather than for ourselves; we speak rather than act ourselves.(Bergson, 231 – 32)

베르그송의 논평처럼 에이미의 명령을 따르는 아이비, 바이어렛, 제럴드, 찰스 등은 기계 의식에 사로잡혀 있다. 에이미의 의식 세계같이 그들은 인과론에 얽매여 "변한 것이 없고 모든 것이 그가 떠날 때와 같이 보존되어 있다"(*CPP*, 288)고 믿는다. "세상이 우리가 늘 생각하던 그대로"(*CPP*, 302)라고 주장하는 코러스의 말에서 등장인물들은 변화를 추구하는 지속적 흐름보다 안정되고 결정된 구조를 찾으려 한다.

에이미가 환상에 사로잡혀 있다는 사실은 그녀의 존재가 단지 시계의 기능에 불과하다는 사실로 나타난다. 에이미의 판에 밝힌 삶은 지나가는 시간을 기록하는 기계적 시계이다. 시계가 어둠 속에서 멈추게 될 것을 그녀는 두려워한다. 이런 시계에 대한 두려움은 그녀의 기대대로 사건이 진행되지 않을지도 모른다는 그녀의 근심을 상징한다. 에이미는 다음과 같이 선언한다.

I do not want the clock to stop in the dark.
If you want to know why I never leave Wishwood
That is the reason. I keep Wishwood alive
To keep the family alive, to keep them together,
To keep me alive, and I live to keep them.(*CPP*, 287)

그녀의 확고하게 계획된 삶은 어떤 변화에도 혼란받지 않을 것이라고 굳게 믿고 있다. 그녀의 어렴풋한 예언처럼 어둠 속에서 실제로 시계가 정지되자 그녀는 죽는다. 가정과 사회의 의무에 부응하는 데 실패한 해리는 에이미가 시간을 조작하려는 시도가 실패하였음을 깨닫게 해주지만 결국 그녀는 죽는다. 변하고 발전하는 시간은 그녀의 의도대로 통제되지 않는다. 그녀의 마음대로 멈출 수 있고 통제할 수 있는 시간은 오직 기계적 시간뿐이다. 그녀에게 현재는 과거를 새롭게 변화시키는 능력이 없다. 그녀에게 과거는 현재에 고스란히 유전되는 결정론적 시간이다. 미래의 삶이 이미 결정된 것이 왜 불행한 이유를 해리와 메어리의 다음의 대화를 통해서 알 수 있다.

                         There was something
I want to ask you. I don't know yet.
All these years I'd been longing to get back
Because I thought I never should. I thought it was a place
Where life was substantial and simplified —
But the simplification took place in my memory,
I think. It seems I shall get rid of nothing.
Of none of the shadows that I wanted to escape;
And at the same time, other memories,
Earlier, forgotten, begin to return
Out of my childhood. I can't explain.

> But I thought I might escape from one life to another,
> And it may be all one life, with no escape. Tell me,
> Were you ever happy here, as a child at Wishwood?
> (*CPP*, 306)

해리는 원죄의 끄나풀처럼 끈질기게 쫓아다니는 복수의 여신을 피하여 도망 다닌다. 해리가 다시 위시웃드에 돌아왔으나 기대했던 변화와는 다르게 아무것도 변한 것이 없다는 에이미의 말에 실망한다. 그는 과거와 전혀 변하지 않은 메어리와 가족들에게 탈출과 변화를 기대한다. 어린 시절의 기억이 단지 기계적으로 되살아나면서 그는 모든 것이 에이미의 계획대로 되어 버린 과거에 불행을 느낀다. 그는 이런 과거를 기억에서 지우고 싶었다. 그러면서 그는 메어리에게 위시웃드의 어린 시절이 행복했냐고 묻는다.

> Well, it all seemed to be imposed upon us;
> Even the nice things were laid out ready,
> And the treats were always so carefully prepared;
> There was never any time to invent our own enjoyments.
> But perhaps it was all designed for you, not for us.(*CPP*, 306)

메어리는 에이미의 철저히 계획된 미래의 삶에 전혀 희망도 기대할 수 없었다. 그는 과거를 막연히 떨쳐 버리고 싶었다. 그러나 기억이 현재에 고스란히 남아 있어서 현재는 없고 고통스러운 과거만이 있을 뿐이다.

미래가 결정되어 버리는 시간은 「가족 재회」에서뿐만 아니라 『대성당의 살인』에서도 잘 드러난다. 코러스는 대주교가 추방된 7년 동안에 보통 사람의 시간에 대한 의식은 단편화되고 삶은 반복되었다. 사람들은 토마스가 없는 동안에 삶이 단조롭고 피상적이 다는 것을 깨달았지만 절박한 운명이 가까이 다가오자 그나마 자신들의 단순한 존재마저 꺼져 버릴 것을 두려워한다. 그들의 '부분적으로 사는' 삶은 마치 『황무지』의 주민이 '삶 속의 죽음'을 살듯이 판에 박혀 살고 있다. 토마스를 재난과 같은 급류 속에 빠지게 하는 것보다 현재에 "살지만 부분적으로만 사는 삶"(『대성당의 살인』 257)에 고통을 덜 느낀다는 것은 이들이 기계적 의식에 갇혀 미래가 결정되는 삶을 살고 있다는 증거다.

엘리엇의 다른 종류의 시간 의식은 『가족 재회』에서 설득력 있게 잘 묘사되었다. 특히 그 작품에서 해리의 경험에 동참하는 등장인물의 태도는 잘 나타나 있다. 애거서, 메어리, 다운잉은 다양한 정도로 에이미가 하는 시간 의식에서 벗어나서 해리의 시간 의식에 참여한다. 해리는 과거 일이나 그의 아내에 대한 죄가 '영원히 존재(eternally present)'(「번트 노튼」, 3)하는 것을 깨닫고 편안한 삶으로 돌아갈 수 없다는 것을 인식한다. 의식의 깊은 차원을 말할 때 해리는 아이비, 바이오렛, 제럴드 그리고 찰스 등과 같은 '정상적' 시간 양식을 초월한다.

과거가 현재를 결정하는 세계는 베르그송의 순수 기억처럼 온전한 과거 전체가 부활하는 것이 아닌 유용성이라는 필터에 의해 선택하여 기억하는 과거다. 이런 결정론은 베르그송의 기계 기억처럼 삶에 효용이 있는 것만을 기억하는 세계이다. 에이미는 삶에 유용한 것만을 기억한다. 그녀는 과거가 온전히 현재에 지속되어 현재도 과거처럼 삶이 이미 결정되기를 바란다. 그녀는 변화를 인정하지 않고 과거, 현재 ,미래 가운데 오로지 과거만이 존재한다고 생각한다. 그래서 해리는 자신을 낡은 집에 비유한다.

174

> I am the old house
> With the noxious smell and the sorrow before morning,
> In which all past is present, all degradation
> Is unredeemable. As for what happens —
> Of the past you can only see what is past,
> Not what is always present. That is what matters.
> (*CPP*, 294)

해리는 악취와 슬픔이 배인 낡은 집이다. 그에게 모든 과거가 존재하면 모든 타락은 다시 회복될 수 없다. 그는 과거의 것만을 보게 되고 현재의 것을 볼 수 없는 결정론의 세계에 갇힌 자신을 고백한다. 「번트 노튼」에서 고소되지 못하는 시간이 해리에게 적용되어 객관적 상관물로서 구체적으로 보여주고 있다. 과거와 현재 그리고 미래의 모든 시간이 존재하면 구원받을 수 없다는 인과론의 속박이 「번트 노튼」의 음성에서 메아리쳐 오는 듯하다.

> And then I had no horror of my action,
> I only felt the repetition of it
> Over and over. When I was outside,
> I could associate nothing of it with myself,
> Though nothing else was real. I thought foolishly
> That when I got back to Wishwood, as I had left it,
> Everything would fall into place. But they prevent it.
> I still have to find out what their meaning is.(*CPP*, 331)

해리는 과거에 대한 죄의식과 미래에 대한 두려움에 사로잡혀 진정으로 현재에서 자유롭지 못하다. 그는 과거와 미래에 사로잡혀 사는 불안한 존재이다. 그에게는 행동에 대한 공포도 없고 반복만 있을 뿐이다. 그에게 있어 자아는 연속적이지 못하고 분리되었다.

그들은 이처럼 판에 박힌 삶을 사는 것에 익숙해서 『황무지』의 주민이 봄이 오는 것을 두려워하듯이 토마스가 겪는 순교의 고통과 정화의 길로 가는 것을 두려워하듯이 사물과 분리하여 생각한다.

> You go on trying to think of each thing separately,
> Making small things important, so that everything
> May be unimportant, a slight deviation
> From some imaginary course that life ought to take,
> That you call normal
> Is merely the unreal and the unimportant.(*CPP*, 326)

이렇듯 해리에게 과거의 죄는 현재까지 유전되어 살아 있다. 그에게는 현재는 없고 과거만이 존재한다. 에이미도 과거는 현재로 이어져 현재의 시간은 없고 과거만이 남아 있다. 그녀의 의식에는 과거만이 면면히 흘러 있어 현재의 의식을 지배한다. 그녀에게 있어 기억은 현재를 변화시키는 힘으로 작용하지 않고 단순한 회상과 반복뿐이다. 그녀에게 세계는 과거와 현재는 변함없이 똑같은 세계이다. 베르그송에서 현재의 의식은 끊임없이 창조적으로 과거를 수용하고 진화한다는 것이다. 그러나 에이미는 이것을 인정할 수 없다. 그녀에게 인간의 의식은 물질처럼 균등하고 동질적인 것이어서 공간화하고 언어화된다. 물질처럼 의식도 굳어 있어 살아 움직여 변하는 것은 아니다. 해리를 괴롭히는 것은 과거의 죄다. 과거가 현재에 인과론적으로 영향을 주어 현재의 삶을 결정한다. 이런 결정론적인 삶 속에서는 구원은 없고 모든 것은 결정되어 아무리 인간이 발버둥쳐도 인간은 인간이 저지른 함정에 빠져나올 수 없다. 그를 진정으로 자유롭게 해주는 길은 과거와의 단절이다. 그러나 이 시점에서 해리와 에이미의 시간 세계는 과거만이 존재하며 현재가 과거를 변형시킬 힘은 없다.

그래서 해리는 8년 전의 시작부터 그에게 고통을 주는 회복할 수 없는 분리 의식이 주는 깨닫지 못한 의미를 찾으려 한다.

> I still have to learn exactly what their meaning is.
> At the beginning, eight years ago,
> I felt, at first, that sense of separation,
> Of isolation unredeemable, irrevocable −
> It's eternal, or gives a knowledge of eternity,
> Because it feels eternal while it lasts. That is one hell.(*CPP*, 330)

해리는 죄의 멍에를 영원히 짊어지는 것도 불사하고 찾으려 한다. 해리는 애거서에게 부모님에 대해 말해 달라고 한다. 애거서와 해리의 대화 가운데 그 해결의 연결 고리는 과거로의 기억이다. 기억을 더듬으면서 아버지와 어머니 사이의 관계를 추적하게 된다.

> Harry. In what way did he wish to murder her?
> Agatha. oh, a dozen foolish ways, each one abandoned
> For something more ingenious. You were due in three
> month's time;
> You would not have been born in that event: I stopped him.
> (*CPP*, 332−33)

해리는 자신의 정체성을 깨닫는 다음과 같은 말을 하면서 과거에 대한 기억을 회상하며 현재에 새로운 의미로 다가오고 있음을 깨닫는다. 기억은 과거를 현재에 이어주어 고통을 주기도 하지만 기억을 통해 깨달음을 얻게 되면 과거와의 단절을 하는 결정적 계기를 주기도 한다.

> A sense that would have seemed meaningless before.
> Everything tends towards reconciliation
> As the stone falls, as the tree falls. And in the end
> That is the completion which at the beginning
> would have seemed the ruin······ Perhaps
> I only dreamt I pushed her.(*CPP*, 333)

자신이 그 여자를 배에서 밀어서 죽였다는 죄책감은 기억을 통해 깨달은 것이다. 과거에는 전혀 무의미하다고 생각한 것은 행동에 유용한 것만을 기억하는 기계 기억에 사로잡혀 있기 때문이다. 그러나 지금 그는 이런 선택적인 차별기가 사라졌다. 그는 과거를 온전히 바라보는 순수 기억의 상태로 돌아왔다. 돌이 떨어지듯 나무가 떨어지듯 화해를 향해 가는 것을 깨닫고 있다. 처음에는 파멸로 보이던 것이 완성되는 것을 깨닫게 된다. 이제 해리는 과거가 현재를 결정하는 결정론적인 시간에서 벗어난다. 의미 없었던 과거는 의식 속에서 새로운 의미를 갖게 된다. 과거는 의식 속에서 화해되고 과거에 파멸은 현재에 의해 변형되어 새롭게 완성된다.

> Look, I do not know why,
> I feel happy for a moment, as if I had come home.
> It is quite irrational, but now
> I feel quite happy, as if happiness
> Did not consist in getting what one wanted
> Or getting rid of what can't be got rid of
> But in a different vision.(*CPP*, 333)

해리의 시간 세계는 더 이상 무가치하고 개성이 없는 판에 박힌 세계는 아니다. 그의 시간 세계에서 나타나는 사건들은 뚜렷이 두드러지고 질서 잡혀서 연속성을 띤다. 여기서 시간은 능동적인 힘으로 작용하여 생명을 분리시키고 단절하는 지성을 제거한다. 이런 자아는 경험의 연속적 흐름을 가능케 하는 다리의 역할을 한다.

베르그송의 순수 지속의 세계처럼 해리의 시간 세계는 기계가 보여주는 특징보다는 시냇물이나 유기체의 양상을 띠는 시간 세계를 보여준다. 사건의 발전은 시간의 기계적 통제에서 벗어나 상호 침투하는 경험의 흐름으로 들어간다. 일련의 상호 침투하는 경험의 흐름은 이성적 계획으로 환언되는 것을 거부한다. 이런 시간은 '강'인 상징으로『네 개의 사중주』122)에서 잘 나타난다.

내면세계는 강물처럼 연속적으로 흐르고 지속한다는 베르그송의 이론은 문학에서 연속적 흐름이나 지속성으로 나타나서 「전도서」(*Eccle-siastics*)와 헤라클라이투스에서부터 조이스, 엘리엇, 토마스 울프에 이르기까지 서양의 문학작품의 영원한 주제가 되어 왔다. 문학에는 이런 성질을 명확히 하기 위해 '강', '바다'123)와 같은 상징이나 '비상(飛

---

122) sullen, untamed and intractable, ……
Keeping his seasons and rages, destroyer, reminder
Of what men chose to forget. Unhonored, unpropitiated
By worshippers of the machine, but waiting, watching
and waiting.(DS, 184)

123) 헤라클레이토스는 "In the same river, we both step and do not step, we are and we are not."로 말한다. 똑같은 강이나 시간이 흐름에 따라 변하는 강의 속성을 말하고 있다. 오마 카이엠은 'One thing at least is certain—this life flies', 'Time is like river', 'Of time and river'으로 삶을 강으로 비유하였다. 토마스 울프는 "And time still passing…… like a leaf…… fading like a flower…… time passing like a river flowing."로 묘사했다. 그는 흘러가는 시간의 무상성을 지는 낙엽에 비유하며 시

翔)', '흐름'과 같은 감각적 심상들이 가장 일반적으로 사용되고 있다.

경험적 시간은 '흐름'의 성질로 묘사된다. 이 성질은 끊임없이 변화하고 연속적으로 이어지는 시간의 각 순간에 존재한다. 문학은 오랫동안 수없이 되풀이하여 이 주제를 취급해 왔다. 예를 들면 울프는 '변화 없는 변화'라는 표현을 사용했고, 괴테(Goethe)는 '변화 가운데서 지속'이란 말을 시의 제목으로 사용했다. 버지니아 울프(Viginia Woolf)와 토마스 울프(Thomas Woolf)도 지속성의 테마를 사용했다. 이처럼 많은 사람에 의해 사용되었지만 언제나 새로운 것은 각기 다른 상황에서 다른 사람들에 의해 새롭게 시간은 변형되어 나타나기 때문이다.

인간 행위는 경험으로 지속되는 연속성에서 벗어나서 기계적으로 반복되는 삶을 산다. 그런 권태에서 벗어나면 시간은 홍수같이 통제할 수 없고 위협하는 시간으로 다가온다. 그때 시간은 성장과 부패의 모든 것을 포함하는 공포의 세계로 다가온다. 시간은 강이나 바다와 같은 상징으로 사용되며 강이나 바다가 인간에게 반드시 유익하지만은 않는다.

베르그송에게 있어 시간은 창조적인 속성을 갖는다. 그러나 시간이 '새롭고' '예측할 수 없을'지라도 시간의 창조성은 필연적으로 새로운 것을 바람직하게 보지만은 않는다. "그 생성의 계획에도 없는"(LG, CPP, 191) 시간의 창조물들은 때때로 결실도 없고 몹시 혐오스러운 것이 되기도 한다. 더욱이 엘리엇은 시간을 창조자이며 파괴자라는 점을 끊임없이 강조하고 있다. 그래서 『가족 재회』의 붕괴와 부패의 과정은 해리의 세계를 분해시키고 있다. 복수의 여신인 에우메니데스에 의해 성육화된 더러운 질병은 해리의 시간 세계를 삼켜 버린다. 그러

간을 흘러가는 강으로 표현한다. 엘리엇도 "The river is with in us, the sea is all about us."로 「드라이 셀 베이지」에서 묘사하고 있다.

나 해리의 영혼이 부패함은 외적인 우주에 똑같이 반영되어 있다는 것을 인식할 때 극복된다. 해리는 외친다. "질병에 걸린 것은 내 양심도 내 마음도 아니다. 내가 살아야만 하는 세계이다."(*CPP*, 295) 질병에서 부패하는 과정을 밟으면서 세계가 질병에 걸렸다고 외치는 해리의 상황은 죄의 결과이다. 그러나 엘리엇은 죽음을 부정보다는 긍정적으로 본다. 초기 시에는 죽음을 극복하는 경험인 정화의 길과 부활의 빛으로 이르는 생명의 길이 제시되지는 않는다. 그의 초기 시에는 '삶 속의 죽음(death in life)'으로 묘사되는 『황무지』의 상황만이 부정적으로 묘사되어 있다.

해리는 가족의 죄를 짊어지고 고통스러워하면서 속죄의 길을 가는 것이라고 애거서는 말한다.

> It is possible that you have not known what sin
> You shall expiate, or whose, or why……
> In its dark instinctive birth, to come to consciousness
> And so find expurgation. It is possible
> You are the consciousness of your unhappy family,
> Its bird sent flying through the purgatorial flame.
> Indeed it is possible. You may learn hereafter,
> Moving alone through flames of ice, chosen
> To resolve the enchantment under which we suffer.(*CPP*, 333)

아리스토텔레스는 『시학』에서 비극의 본질적 요소로서 역전(Peripetia)과 인식(Anagnorisis)에 대해 언급하고 있다. 일반적으로 비극의 주인공은 어느 결과를 의도하고 행동했으나 정반대의 결과가 발생한다. 주인공은 이제까지 모르고 있는 것을 인식하지만 이미 때는 늦었다. 아이러니(irony)는 비극의 본질적인 요소로서 주인공에게 공포와 전율 그리고 놀라움을 유발시켜 관객을 무섭게 사로잡는 효과를 준다. 해리는 에우메니데스(Eumenides)가 인도하는 '하나밖에 없는' 속죄를 위한 고행의 길을 가야 하는 뜻을 깨닫는다. 유령들은 그에게 자유와 평화를 주지 않고 계속 고통을 주어 죄를 깨닫게 한다. 이 고통에서 벗어나는 유일한 방법은 속죄의 길을 가게 하는 것이다. 해리는 에우메니데스를 '빛 밝은 천사(The bright angel)'라고 부르게 된다. 여기서 해리의 운명에 역전(reversal)이 생기고 아리스토텔레스의 용어로 갑작스러운 전환(peripeteia)이 생긴다. 이 역전은 자기 발견(discovery), 즉 인식(anagnorisis)에 이르게 되어 이전까지 모르고 있던 것이 아이러니컬한 상황(ironical situation)으로 찾아와 뒤늦게 자기를 재발견하고 새로운 인식에 도달한다.

아가사는 아버지가 어머니를 살해하려고 했으나 애거서의 제지로 해리가 태어났다는 것을 해리에게 알린다. 해리는 또한 그 가족의 죄에서 번민하다가 고통 속에서 얼음의 불속을 방황한다. 해리는 속죄의 길을 가도록 선택되었고 이 고통받는 사슬을 풀 수 있도록 선택되었다는 사실을 아가사가 말한다는 점은 『황무지』의 테이레시아스의 역할 못지않게 실타래처럼 얽힌 죄의 사슬을 풀어 주는 실마리를 제공한다.

3. 『원로 정치가』의 사랑을 통한 구원

초기와 중반의 시에서 보여준 자기 부정의 정화의 길과는 비슷하게 그의 시극 중 『칵테일파티』(*The Cocktail Party*)는 실리아가 택한 소수의 특출한 용기 있는 인간들에게서나 볼 수 있는 순교의 길이 제시된다. 그러나 에드워드 부처는 절대 다수의 인간들이 갈 수밖에 없는 운명적으로 한정된 길을 택한다. 그리고 엘리엇은 이런 길을 '사색과 봉사와 기도'의 생활로서 '부끄럼 없는 차선(honourable second best)'의 길이라 대답한다. 그러나 작품에서 실리아(Celia)가 택한 길이 더 나으냐고 묻는 질문에 대해 다음과 같이 대답한다.

> Neither way is better.
> Both ways are necessary. It is also necessary
> To make a choice between them.(*CPP*, 418)

여기서 말년에 엘리엇이 제시하는 타협과 관용의 모습이 드러나며 여기서 그가 보여준 인생의 폭을 느낄 수 있다. 무엇보다도 초월적인 세계에 대한 갈망보다 현실 세계에 대한 조화와 통합을 모색하는 일면은 그에게서 볼 수 없는 새로운 세계이다.

엘리엇의 좀더 진전된 화해의 자세는 그 다음의 시극인 『원로 정치가』(*The Elder Statesman*)에서 볼 수 있다. 여기서 그는 인간의 사랑을 찬미하고 세속적인 가치를 인정한다. 이 극 전체는 원로 정치가인 클레버튼 경(Lord Claverton)의 심중을 털어놓는 독백에 가까운 대화로 이루어져 있다. 그는 오랜 정치 생활을 하는 동안 명성과 권위를 지키기 위해, 진실한 자아가 아닌 자기의 허상(虛像)에 매달려 한평생을 살아오다가 이제 병들어, 죽음을 눈앞에 두고 과거를 뉘우치면서 고독을 느끼고 있다. 행동의 의욕도 행동하려는 힘도 그에게는 없다. 삶의 공백을 느끼는 심정은 마치 마지막 기차가 떠난 후에 대합실에 앉아 있는 것 같다고 딸 모니카(Monica)에게 하소연한다. 제2막에서 그는 과거의 남자와 여자 친구가 방문한다. 이들은 그에게 잊혀졌던 과거의 죄의식을 불러일으키는 촉매로서의 존재다. 그가 느끼는 죄의식 중 하나는 그가 자동차를 운전하다 죽어서 쓰러져 있는 시체를 다시 치고서 도망친 사실이고, 다른 하나는 여자관계이다. 클레버튼은

이 두 가지의 사건이 양심의 가책이 되어 괴로워한다. 마치 원죄를 지고 에덴동산에서 추방되어 있는 인간처럼 과거의 죄가 현재까지 유전되어 인과론적으로 현재에 결정된 삶에 얽매인 인간이다. 양심의 가책을 받아 괴로워하는 클레버튼 경은 과거의 인간이지 현재의 인간은 아니다. 그리고 그는 과거에서 해방되고 싶어 한다. 보이지 않는 감시자를 마음속에 의식하면서 살아온 클레버튼 경은 인생을 즐길 겨를도 없이 자의식의 거울 속에서 양심의 가책만을 항상 느끼며 살아왔다.

  엘리엇이 이처럼 죄의식에 사로잡히어 도덕적 책임감에 벗어나지 못한 것은 인간이 원죄[124]을 가지고 태어난 것이라는 흄의 원죄론 때문이다. 이런 죄를 정죄(淨罪)하기 위해 그는 스스로 고행의 길을 택했고 엘리엇의 전 작품에 일관되게 나오는 죄와 정화 그리고 지복(至福)의 과정이 중요한 이유는 바로 여기에 있다. 『원로 정치가』에서는 이런 죄의식에서 해방되는 실마리가 제공되고 있다. 그를 지겹도록 내리누르는 원죄의 짐에서 자유로워지는 순간이 다가왔다. 그것은 사랑이다. 클레버튼 경은 진정으로 자신이 사랑한 사람은 없었으며 딸 모니카를 사랑한다고 말하면서 아버지와 딸 사이의 솔직한 이해와 고백의 어려움을 토로한다. 이런 아버지의 고백을 듣고 모니카는 진실한 자아로 돌아간다. 모니카는 아버지의 사랑과 행복을 찾으려는 고독한 모습을 보고 사랑과 이해로서 그를 위로한다. 이때 클레버튼 경이 느끼는 평화는 초월적 신을 통해서가 아니라 사랑하는 인간의 마음을 통해서다. 모니카와의 사랑은 시간 속에 무시간이 들어오는 것이요,

---

124) 원죄는 아담이 저지른 죄를 말하나 엘리엇에 있어서 누구보다 죄의식이 강했고 『원로 정치인』에서도 자신이 수십 년 전에 저지른 죄에 고민하고 있다. 『가족의 재회』에서도 아버지의 어머니에 대한 살의가 해리에게도 유전되어 배에서 아내를 죽이려는 살의가 있었다는 죄책감에 괴로워한다.

184

인간에게 그리스도의 사랑을 보여주는 증거이기도 하다. 그것은 이웃을 사랑하는 것이 신을 사랑하는 것이라는 성경의 말씀이기 때문이다.

인간적 사랑을 통하여 행복을 찾게 되는 이 극은 엘리엇의 자서전적 요소가 두드러진다. 이 극의 주인공인 클레버튼 경을 엘리엇 자신으로, 딸 모니카는 시인이 재혼한 젊은 아내로 대치한다면 상당한 유사성을 발견할 수 있겠다. 여기서 엘리엇이 고행하는 정화의 길은 끝난 것 같다. 발레리를 만나고 나서 그는 얼마나 행복했는가는 그의 오랜 친구인 로버트 지루(Robert Giroux)는 다음과 같은 증언을 한다.

> More than once in those years I heard him utter the words,
> "I'm the luckiest man in the world".(Bergonzi, 180)

이런 종교적 관점에서 엘리엇의 『대성당의 살인』(*Murder in the Cathedral*)을 볼 때 베켓의 죽음은 왕권과의 반목에서 빚어진 정치적 사건이기보다는 신의 차원에서 신의 뜻이 완수되는 것으로 볼 수 있다. 이 생에서의 죽음은 죄의 대가이나 하나님의 차원에서는 재결합이며 새로운 시작이다. 『네 개의 사중주』의 '시작 속에 끝이 있다'는 구절은 '끝 속에 시작이 있다'는 구절로 끝난다. 이런 시간의 관점은 기독교의 시간에서 의미가 있다. 순교는 종말이 아니라 시작이다. 그때는 시간 속에 무시간이 오는 정점의 경험이다. 그의 시 속에서 줄곧 표현하려 한 정점의 경험이나 시간과 무시간의 교차의 순간인 성육화는 그의 시극인 『대성당의 살인』에서 상징적으로 표현되고 있다.

『가족 재회』에서 엘리엇의 관심은 순수 지속인 의식으로 표현되는 질의 세계를 언어로 바꾸려는 해리의 투쟁이 구체화되어 있다. 해리는 그의 경험을 "말로 설명할 수 없고, 해석할 수 없는(unspeakable,/

Untranslatable)"(*CPP*, 294) 것으로 본다. 이것은 베르그송이 말하는 예술의 형이상학으로 설명될 수 있다. 베르그송에 따르면 실제적인 목적을 염두에 두고 있는 지성의 성향을 반영하는 언어는 경험을 일반화하고 공간화된 상징으로 고정시킨다. 일상의 언어는 사물의 판에 박힌 외형 때문에 제한된 인식을 갖고 있기 때문에 에이미 같은 사람의 시간 의식을 표현하는 데 적합하다. 그러나 진정한 변화나 진정한 운동은 지성으로 표현되는 언어의 형식으로는 규정지을 수 없다고 베르그송은 말한다. 예술가는 개인적이고 특별한 경험인 질의 세계를 나타내려고 노력한다. 이런 과정에서 예술가들은 언어의 특성인 고정화[125]하려는 시도들과 끊임없이 싸워야 한다.

베르그송이 말하는 예술가처럼 해리 자신도 "특별한 것을 표현할 언어가 없기 때문에/ 일반적인 언어인 말로"(*CPP*, 294) 말할 수밖에 없는 자신을 발견한다. 해리의 경험에서 절대적으로 흘러간다는 의식은 "나와 모든 다른 세계들을 그것으로/ 용해시키는 수증기"(*CPP*, 311)같이 유동적이다. 이런 의식은 생명의 특징을 띠고 있어서 기계적 시간 세계에서 만들어진 용어로는 진술될 수 없다고 베르그송은 말한다. 베르그송은 『시간과 자유의지』에서 "인간의 의식은 상호 침투하여 시시각각 변하여 호수 같은 유기체의 성질"(166)을 가지고 있어서 그것을 언어로 표현하려는 시도를 불신했다. 신비주의의 경험하는 신비 체험도 말로 표현할 수 없는 속성을 지닌다. 만일 전달하려면 상징을

---

125) 동양의 경전인 『老子』에서 살아 있는 생명은 약하고 유한 것이지만 죽어 굳어진 사물을 이긴다는 말(柔之勝剛, 弱之勝强)은 생명처럼 변하고 살아 있어 실체화할 수 없는 것으로 언어로 이름 지을 수 없다(名可名非常名). 도(道)라고 이름 지을 수 있는 도(道)는 도(道) 아니라는 「도덕경」 1장의 말은 실체화하고 확정하려는 언어의 시도를 경계하는 것과 같다.(김흥호, 『노장사상과 무문관 해설』, 1984, p.104)

통할 수밖에 없다고 한다. 이런 경험은 기계적인 시간 세계로는 설명할 수 없는 경험이며 그런 점에서 베르그송의 지속과 매우 유사하다. 그러나 엘리엇은 「번트 노튼」에서 시사한 바와 같이 언어는 시간 속에서 움직이고 진리는 '중국 항아리처럼 고요 속에서 움직이기' 때문에 표현할 수 없다고 말한다. 고요 속에서 움직인다는 말을 그는 다시 끝과 처음이 '공존'한다고 설명한다. 이러한 '정중동의 정점(the still point)'은 움직이기만 하는 시간에 비하여 움직이지 않는다. 그러므로 그는 다시 진리로서 '사랑은 움직이지 않는다'고 말한다. 이것은 세부적인 것(detail)은 움직이지만 패턴(pattern)은 변화가 없다는 것과 같은 의미이다. 이것은 엘리엇이 『전통론』에서 예술은 변하지 않으나 예술의 소재는 변한다고 말한 것과 같다.

> This is the use of memory:
> For liberation — not less of love but expanding
> Of love beyond desire, and so liberation
> From the future as well as the past.(*CPP*, 195)

엘리엇은 기억을 통해 시간에서의 해방됨을 제시하고 있다. 해방은 욕망을 넘어서 사랑으로 확장해야 하며 그러게 되면 과거와 미래의 사슬에서 인간은 해방될 수 있다는 비전이 제시하고 있다. 여기서 영원한 진리는 사랑으로 암시하고 있다.

엘리엇은 『가족 재회』에서 에이미나 해리 같은 등장인물을 과거와 미래로부터 가혹할 만큼 도피할 수 없게 만들었다. 구체적인 지속을 보여주는 해리의 세계는 그런 세계가 무의미해져 견딜 수 없을 때까지 심각해지며 구원의 희망이 없어 보인다. 그래서 그는 지적이고 감정적 해결책이 요구된다. 그러나 해리는 피상적으로 안정되어 있는 에

이미의 세계로 되돌아갈 가능성은 없다. 에이미에서 보이는 사회적 관계는 수학의 시간이 바탕을 이루고 있다. 과학의 시간을 넘어 시간을 깊이 의식하는 세계로 해리는 가야 한다. 목적론적 세계로 불리는 엘리엇의 최종 세계는 그의 첫 두 세계가 확립되는 것이 필요하다. 그자신의 과거와 가족의 죄의 짐에 얽매인 해리는 그러나 "한때나마 가장 힘들지만 유일하고 가능한"(*CPP*, 338) 해결책을 찾게 된다. 해리는 다음과 같은 순간에서 해방된다.

> in an endless drift
> Of shrieking forms in a circular desert
> Weaving with contagion of putrescent embraces
> On dissolving bone.(*CPP*, 335)

그 해결책은 해리가 "공평한 태양 아래/ 궁극적인 눈"(under the judicial sun/ Of the final eye)(『가족 재회』 335)으로 보는 입장에 서 있을 때이다. 그 순간 그는 시간을 넘어선 절대적 영역의 존재를 인정한다. 그는 궁극적 영역의 강렬함을 탐험하는 것을 소명으로 받아들이고, 기꺼이 "시간을 구원"(「재의 수요일」 116)하기 위한 "속죄의 순례"(『가족 재회』 350)를 기꺼이 시작한다. 대주교 토마스가 순교하려는 결의에 찬 믿음처럼 절대적인 판단과 자비를 찾으려는 해리의 결심은 토마스가 자신의 상황을 "시간 세계를 넘어서"(『대성당의 살인』 71)서 이해돼야 한다는 말이다. 이것은 무시간과의 만남에서 이루어진 결심이다. 『가족 재회』에서 보이는 시간과 종교 세계는 『네 개의 사중주』와 크게 다르지 않음을 확인할 수 있다.

VI

맺는 말

베르그송은 시간을 4차원으로 보았다. 그런데 과학은 3차원이다. 인간의 정신세계는 4차원인 시간이기 때문에 공간인 3차원으로 표현할 수 없고, 언어로 형상화하기에도 한계가 있다고 베르그송은 생각했다. 언어 또한 3차원이기 때문에 4차원인 시간 세계를 재현하는 데에도 한계가 있다. 의식의 깊은 세계는 4차원이기에 언어로 표현할 수도, 공간화할 수도 없다고 베르그송은 『시간과 자유 의지』에서 말한다. 이런 언어의 한계 때문에 베르그송은 시인의 경험을 전달하는 가장 가까운 방법으로서 감정의 등가물 사용하는 것을 제안한다. 작가가 소설에서 감정적 등가물을 사용한다면 작가가 경험한 것을 독자가 비슷하게 경험할 수 있다고 베르그송은 주장한다. 이미지를 통해 독자에게 경험을 환기시키는 감정의 등가물은 엘리엇의 객관적 상관물 이론과 매우 유사하다. 그러나 시인의 경험이 객관적 상관물로 독자에게 똑같이 전달되는 데에는 한계가 있다. 그러므로 신비 체험의 세계는 언어로 표현하는 데 한계가 있다고 엘리엇은 생각한다. 그래서 엘리엇은 언어를 부정하는 역설과 양자 부정(*neti-neti*)을 사용한다.

엘리엇은 언더 힐로부터 신비주의에 대해 배웠고 신비주의의 전형을 단테나 성 요한의 십자가로 생각했다. 엘리엇은 언더 힐이나 성 요한의 십자가를 유럽의 전통을 계승하는 고전적 신비주의로 보았다. 그래서 엘리엇은 베르그송을 '허약한 신비주의'로 폄하한다. 인간의 의식은 변하기 때문에 어떤 특정한 시기의 사상만을 다룰 수 없다. 한 사람의 평가도 그의 전 작품이나 사상의 전 과정 속에서 특정 작품을 본다면 그를 올바로 이해할 수 있다. 이런 점에서 엘리엇은 베르그송을 너무 일찍 단정했다. 그래서 그는 변하는 베르그송의 사상을 볼 수 있는 기회를 잃어버리게 된 것이다.

베르그송은 자아를 물질과 의식으로 양분했다. 의식 상태를 언어로 공간화할 수 없다는 베르그송의 주장에 대해 엘리엇은 의식과 물질은 서로 무관한 것이 아니고 상호 전환이 가능하다고 말한다. 물질만을 숫자로 표현할 수 있다는 베르그송의 견해에 엘리엇은 찬성하지 않았다. 그리고 엘리엇은 인간의 감정조차도 숫자로 나타낼 수밖에 없다고 주장한다. 그러나 엘리엇의 이런 주장은 신비 체험은 언어로 표현할 수 없다는 신비주의의 고전적 정의와도 부합하지 않는 모순이다. 엘리엇의 역사의식은 과거와 현재가 상호 영향을 주는 상대주의적 관점을 갖는다. 이런 시각은 흐르는 시간의 관점과 유사하다. '흐르는 현재(*nunc fluens*)'의 시간은 독립된 실체로서의 시제는 없고 과거와 미래에 의해 구성되는 현재만이 있다. 이런 상대주의적 관점을 가지는 엘리엇의 역사의식은 '영원한 현재'의 관점과도 모순되는 시각을 보여준다.

초기 시 가운데 「프루프록의 연가」와 「바람 부는 밤의 광시곡」은 직접 베르그송의 사상에 그가 심취했던 시기이므로, 베르그송의 직접적 영향을 받은 작품들로 생각된다. 이 시기의 엘리엇의 작품들은 후반기 작품에서 보이는 안정되고 확고한 기독교의 세계와는 다르다. 초기 시의 화자들은 불안해하며 과거는 현재를 지배한다. 화자는 현재에 속하지만 현재에 살지 못하며, 화자는 과거의 유령들에게 지배받는 피동적 모습이다. 『가족 재회』에서 주인공으로 나오는 해리처럼 초기 시의 주인공은 희망도 자유도 없는 황무지의 인간 군상들이다. 이런 사람들은 삶의 효용성이라는 필터로 자기에게 필요한 것만을 선택하는 인간들이다. 「바람 부는 밤의 광시곡」에서 가로등은 관심사만을 부각시킨다. 달빛은 순수 기억의 역할을 한다. 가로등은 삶에 긴박한 효용이 없는 것들은 배제하는 베르그송의 기계 기억의 기능이다. 현재 속에 과거가 온전히 회복되는 베르그송의 순수 기억의 희망은 잠시뿐 이런 시들에서 보이는 세계는 '칼날' 같은 현실의 실용 기억이 우세하고 주조를 이룬다.

「번트 노튼」에서는 시간과 기억에 대한 명상이 직접적으로 등장한다. 초기 시에서는 베르그송의 실용 기억이 우세하였다. 그러나 「번트 노튼」에서 순수 기억은 잃어버린 과거를 회복하게 해준다. 이때 과거는 현재에 새로운 의미를 띠고 자아는 새롭게 구성된다. 현재의 삶에서 순수 기억은 우세한 것처럼 보인다. 순수 회상을 통한 무사심의 경지는 연꽃이 피는 신비 체험의 순간을 보여준다. 「번트 노튼」에서 보여준 신비 체험은 기억을 통한 회상의 경험으로 효용성을 바탕으로 한 베르그송의 기계 기억과는 전혀 다르다.

오히려 이런 회상은 베르그송의 순수 기억의 상태와 매우 비슷하다. 순수 기억은 삶 속에서 중요하게 생각되지 않은 것들이 새롭게 의미를 회복한다. 이런 점에서 꿈이나 무의식의 언저리 같은 삶에서 중요하지 않은 것들이 자리를 찾는 것은 순수 기억에서 가능하다. 베르그송에 따르면 과거에는 효용성의 관점에서 행동에 유리한 것만을 기억하기 때문에 과거의 전체가 온전히 기억할 수 없으나 그런 관점이 사라진 지금 새롭게 사심이 없는 마음으로 과거를 보기 때문에 과거에는 볼 수 없는 것을 새롭게 보는 것이다. 엘리엇의 기억도 과거에는 깨닫지 못한 의미를 현재에서 기억을 통해 새롭게 깨닫는다. 이런 깨달음은 과거의 시각이 사라지고 사심이 없는 관조의 마음이 되기 때문에 가능한 것이다. 시간이 지나면 현재의 우리는 다른 형태로 경험을 한다. 그러나 과거에 경험했으나 깨닫지 못한 의미가 현재에 새롭게 깨닫게 되고 경험은 회복된다.

그러나 이런 순수 기억의 효과는 아우구스티누스가 말하는 무한한 기억의 능력에까지는 못 미친다. 베르그송의 기억만으로는 엘리엇의 시 세계를 완전히 이해할 수는 없다. 엘리엇의 시 속에는 과거에 일어날 수 있었던 일과 일어난 일 모두가 영원한 현재로 향한다. 이런 현재는 '영원한 현재'가 된다. '영원한 현재'는 과거와 미래가 모이는 정중동의 정점이다.

엘리엇이 단테로부터 배운 기억의 기능은 단순한 저장고 이상의 생명의 힘으로서 역할을 한다. 그러나 토마스 아퀴나스를 잇는 존재론적 형이상학의 전통을 계승하는 엘리엇은 기억의 기능에 대해 무한한 힘을 부여하지 않는다. 엘리엇은 이런 기억의 기능을 신에게 인도하는 도구 정도로 생각하고 있다. 엘리엇이 직관에 무한한 힘을 부여하지 않은 것은 기억에 무한한 힘을 인정하지 않는 것과 같다.

그러나 구름은 다시 몰려오고 순수 기억은 현실에서 멀어진다. 『네 개의 사중주』에서는 현실과 이상화된 추상이 번갈아 나타난다. 죄와 암흑으로 가득 찬 현실은 현실의 삶을 지배하고 있다. 이런 세계는 결정론이 지배하는 구원의 희망이 없는 세계이다. 결정론에 매여 있는 인간은 미래를 예측하려 하고 결정론에서 미래는 분명히 예측된다. 그러나 베르그송은 미래를 예측할 수 없다고 말한다. 살아보지 않고는 미래는 알 수 없다고 『시간과 자유의지』에서 베르그송은 말한다. 그러나 『네 개의 사중주』에서 인간은 미래를 알고 싶어 한다. 인간은 온갖 점(占)을 쳐서 미래를 알려고 한다. 인간은 과학을 통해 미래를 예측하려고 한다. 그러나 현대 물리학의 불확정성의 원리나 호킹의 무경계 가설은 미래를 예측할 수 없는 한계를 말한다. 베르그송은 『시간과 자유의지』(Bergson, 189 – 190)에서 기계론과 목적론이 인과론적 한계가

194

있다고 말한다. 그러나 그는 순수 지속은 의식의 상호 침투가 이루어지는 매우 독특한 질의 상태로 마치 열매가 익듯이 무르익은 상태라 말한다. 이런 온전한 인격에서 우리는 자유를 느낄 수 있다. 이런 마음 상태에서 결정론으로부터 벗어날 수 있다고 베르그송은 말한다.

시극인 『가족 재회』와 『원로 정치가』에서 주인공 해리는 과거의 기억을 통해 자신과 가족의 죄를 깨닫는다. 기억은 지속을 의미하기 때문에 과거의 죄는 현재까지 나의 의식을 지배하고 따라 다닌다. 자신과 자기 가족의 죄는 기억을 통해 지금까지 계속된다. 그러나 이런 기억은 시간 속에서 지속되고 현재를 결정하기 때문에 구원이 없다. 시간 속에 무시간이 들어오는 정점(still point)의 경험은 현재 속에 과거와 미래가 들어오는 영원한 현재이며 시간과 무시간이 만나는 경험이다. 이런 성육화를 통하여 우리는 과거의 죄에서 해방되고 미래의 공포에서 자유롭게 된다.

『가족 재회』에서 '에우메니데스'는 유전을 나타낸다. 그러나 '에우메니데스'는 시간 세계에 있는 해리가 시간을 넘어서서 결단하게 만든다. 해리는 기억을 통해 과거의 죄를 깨닫고 속죄의 길을 간다. 그러나 이런 기억의 효과는 자아를 재구성하는 베르그송의 순수 기억의 효과와는 다르다. 베르그송의 순수 기억은 과거가 현재 속에서 다시 부활할 때 의미가 있다. 시간 속에서의 부활이다. 그러나 해리에게 있어 기억은 과거와 미래가 현재에 들어오는 '영원한 현재'의 의미에 가깝다. 해리는 과거의 죄에서 해방되고 미래에 받게 되는 죄의 공포에서 해방되어 구원을 얻는 기독교의 '영원한 현재'에 가깝다. 그런데 해리가 '영원한 현재'에 도달하게 된 것은 기억을 통해 과거에는 경험했어도 깨닫지 못한 것을 지금 새롭게 깨닫는 순간이다. 이 점은 베르그송의 순수기억과 가깝다. 순수기억은 과거에서 해방되어 현재에서 과거가 온전히 회복하는 것으로 해리가 얻는 기억이다. 그러나 해리가 과거에 지은 죄는 순간적으로 정화되지 않는다. 죄의 정화는 '속죄의 순례'라는 기나긴 여정이 필요하며 정죄의 고통이 요구된다. 이런 정죄는 『가족 재회』에서 소수의 특별한 사람이 거치는 순교의 길로 제시되지만, 『원로 정치가』에서는 보통 사람이 갈 수밖에 없는 '사색과 봉사와 기도의 생활'로서 나타난다. 엘리엇이 이런 보통 사람의 길을 인정하는 것은 그의 신비주의로 볼 때 상당한 변화라 하겠다. 이런 시극에서 제시되는 세계는 그가 보여준 『네 개의 사중주』의 세계와는 다르게 인간의 사랑을 통한 구원의 세계이다.

『네 개의 사중주』나 『가족 재회』에서 보여주는 시간과 종교적 세계는 『칵테일파티』나 『원로 정치가』에 이르러서는 약간 변화했음을 본론에서 살펴보았다. 『네 개의 사중주』의 관념 세계는 시극에 오면 구체적인 인간과의 관계에서 나오는 사랑으로 변화된다. 그는 재혼해서 한평생에 걸친 고난과 정화의 길을 거쳐서 지복인 환희의 세계로 들어가게 된다. 무시간이나 절대자를 통하기보다는 딸인 모니카를 통한 사랑으로 그는 과거의 죄에서 해방된다. 시간 세계에 살았던 그는 사랑을 통해 절대 세계로의 전이가 이루어진다. 이런 변화는 『네 개의 사중주』에서 보여준 이상적 세계관과는 사뭇 다른 세계다.

엘리엇은 잡지인 『크라이테리언』에서 『도덕과 종교의 두 원천』을 긍정적으로 평가했어도, 궁극적으로 그는 아우구스티누스적 전통을 따랐기 때문에 베르그송의 사상을 결코 인정하지 않았다. 그러나 만일 엘리엇이 베르그송이 가톨릭으로 개종할 의도를 알았다면 엘리엇 역시 놀랐을 것이라는 것을 우리는 충분히 상상할 수 있다. 엘리엇이 아무리 베르그송을 거부한다 해도 베르그송이 엘리엇이 살던 그 시대에 영향을 주고 그리고 무엇보다도 그에게 문학의 토대를 제공했다는 점은 부인할 수 없겠다.

『도덕과 종교의 두 원천』은 『창조적 진화』의 결론을 뛰어 넘는다고 베르그송은 말한다. 왜냐하면 마지막 저서에서 그는 기독교의 창조설을 수용하고, 그의 '생명의 약동'이 '사랑의 약동'으로 발전하기 때문이다. 이 점은 베르그송이 철학적 체계를 세우려 했다기보다는 구체적 경험을 통해서만 실증되는 신비 체험의 객관성을 인정한 것으로 볼 수 있다. 계시적의 종교 세계는 관념적이거나 이론적인 체계로 신의 존재를 증명하는 자연신학이 아니다. 때문에 그의 동적 종교의 본질은 삶과 행동을 강조하여 사변이나 관조에 두지 않고 사랑의 실천에서 추구한다. 엘리엇은 그의 마지막 시극인 『원로 정치가』에서 신과의 관념적 사랑이 아닌 인간과의 구체적 사랑을 통해 구원을 찾은 것은 베르그송이 『도덕과 종교의 두 원천』에서 실천적 사랑의 예로 제시한 기독교 신비주의의 비전과 궁극적으로 일치한다.

엘리엇과 베르그송은 정신적인 사상의 편력 끝에 모두 기독교에 귀의했다. 그들은 언어와 신비주의에 대한 공통된 생각을 했다. 엘리엇이 『원로 정치가』에서 딸인 모니카와의 사랑으로 구원을 얻는 메시지는 베르그송이 『도덕과 종교의 두 원천』에서 기독교 신비주의의 비전을 실천적 사랑으로 생각한 것과 궁극적으로 일치한다. 신이 아닌 인간을 통해 실천적 사랑을 택한 것은 이 길을 구원의 길이라 생각했기 때문이다. 엘리엇과 베르그송의 사상과 입장은 분명한 달랐다. 그러나 베르그송의 순수 기억과 기계 기억 그리고 시를 쓰는 회상의 기법과 시간에 대한 명상은 엘리엇이 초기 시에서부터 시극에 이르기까지 그의 작품의 배후에 표현되었고 엘리엇의 의식의 깊은 곳에 자리 잡고 그의 시의 근저를 이루었다. 이런 점들은 베르그송의 시간과 기억이 엘리엇에게 끼친 영향을 부인할 수 없게 만든다.

참고문헌(BIBLIOGRAPHY)

Ⅰ. Primary Sources

Eliot, T. S. *The Complete Poems and Plays of T. S. Eliot.* London: Faber and Faber. *CPP*로 약하고 면수만 표시함. 1969.

__________. *Selected Essays.* London: Faber ad Faber. *SE*로 축약.

__________. *Knowledge and Experience in the Philosophy of F. H. Bradley.* New York: Farrar Straus & Giroux. *KE*로 축약. 1964.

__________. *The Use of Poetry And The Use of Criticism.* *UPUC*로 축약. 1933.

__________. *Notes towards the Definition of Culture.* New York: Harcourt, Brace & World, 1949. *NDC*로 축약. 1933.

__________. *The Sacred Wood: Essays on Poetry and Criticism.* New York: Methuen. *SW*로 축약. 1960.

__________. *After Strange Gods.* New York: Harcourt, Brace, 1934. ASG로 축약.

__________. "A dialogue on Dramatic Poetry", *Selected Essays*(London: Faber and Faber, 1976) *DP*로 축약.

__________. "Draft of a Paper on Bergson", Ms. 1910–11, Eliot Collection, Houghton Library, Harvard University. *DB*로 축약.

__________. "London Letter", Dial 71(Aug. 1921).

__________. "Mr. Middleton Murry's Synthesis", *Criterion* 6(Oct. 1927). *MMS*로 축약.

__________. "Notes on Bergson's Lectures", a manuscript in the Eliot

Collection, Houghton Library, Harvard Univ. Anne Ward, "Speculations on Eliot's Time—World", *American Literature* 21(March 1949).

__________. "The Clark Lectures: Lectures on the Metaphysical Poetry of the Seventeenth Century, with Special reference to Donne, Crashaw and Cowley". Eliot Collection, Houghton Library, Harvard University.

__________. "A Prediction in Regard to Three English Authors, Writers Who, Through Masters of Thought, Are Likewise Masters of Art". *Vanity Fair* 21.6(1924): 29, 92.

Ⅱ. Secondary Sources

Auguistine, *The Confessions of St. Augustine*, Ryan, John K.(역) (New York : Doubleday & Co. Inc., 1970).

St. Augustine. *The City of God*, tr. by Marcus Dobs, New York: Haffner, 1948.

Bailey, B. "The Waste Land in Parody, Travesty, and Satire", *Yeats Eliot Review*, Vol.5, No.1(1978).

Bergson, Henri. *Creative Evolution*, translated by Arthur Mitchell, New York: Henry Holt, 1911.

__________. *Time and Free Will: An Essay on the Immediate Data of Consciousness*, authorized tr. F. L. Pogson(London, 1910), xⅲ—xⅳ.

__________. *Matter and Memory*, tr. N. M. Paul and W. S. Palmer(New York, 1988).

__________. *The Two Sources of Morality and Religion*, translated by R. A. Audra and C. Brereton(New York: Henry Holt, 1935).

Bergonzi, Bernard. *T. S. Eliot*(New York, 1972).

__________________, *Four Quartets: A Casebook*. London: Macmillan, 1969; rpt. 1977.

Bay-Peter, Ole. "T. S. Eliot and Einstein: The Fourth Dimension in *Four Quartets*", English Studies, 66(No.2, 1985).

Bergstein, Staffan. *Time and Eternity:* A Study in the Structure and Symbolism of T. S. Eliot's *Four Quartets*. Stockolm: Bonniers, 1960.

Blamires, Harry. Word Unheard: A Guide through Eliot's *Four Quartets*. London: Methuen & Co. Ltd., 1969.

Bradley, F. H. *Appearance and Reality:* A *Metaphysical Essays*, 2nd. edn 1893; rpt, Oxford, Oxford University Press, 1930.

Brooks, Van Wyck. Introduced by Van Wyck Brooks, *Writers at Work:* The Paris Review Interviews SECOND SERIES(New York: The Viking Press: 1968).

Brun, Philip Le. 1967. "T. S. Eliot and Henri Bergson", *Review of English Studies*, No.70.

Childs, Donald J. "T. S. Eliot & Evelyn Underhill: An Early Mystical Influence", Durham University Journal, New Elvet, Durham, England, 1987 Dec., 80: 1.

__________________, "Risking Enchantment: The Middle Way between Mysticism and Pragmatism in *Four Quartets*".

__________________, *American Literature*(Duke University Press, 1991), Volume 63, "T. S. Eliot's Rhapsody of *Matter and Memory*".

__________________, "T. S. Eliot: From Varieties of Mysticism to Pragmatics Poesis".

Culmann, Oscar. 1950. *Christ and Time*. 김근수 역. 『그리스도와 시간』. 서울: 나단, 1987.

Dante. *The Divine Comedy*, John Ciardi(tr.), New York: W. Norton & Company, 1977.

______, *Vita Nuova*. Translated by Mark Musa. Bloomington: Indiana

University Press, 1973.

Derrida, Jacques. *Of Grammatology*. Tr. Gayatri Chakravorty Spivak. Baltimore and London: The Johns Hopkins UP. 1974.

__________. *Speech and Phenomena*. Tr. David B. Allision. Evanston: Northwestern UP. 1973.

__________. *Writing and Difference*. Tr. Alan Bass. Chicago: UCP. 1978.

__________. *Margins of Philosophy*. Tr. Alan Bass. Chicago: UCP. 1982.

Douglass, Paul. *Bergson, Eliot, and American Literature*. The University of Kentucky, 1986.

Drew, Elizabeth. *T. S. Eliot: The Design of His Poetry*. New Yorks: Charles Scribener's Sons, 1949.

Edel, Leon. *The Modern Psychological Novel*(Gloucester: Peter Smith, 1972).

Frye, Northrop. *T. S. Eliot*. New York: Capricorn Books, 1963.

Gardner, Helen. *The Art of T. S. Eliot*. London: Faber and Faber, 1968.

__________. *The Composition of Four Quartets*. London: Faber and Faber. 1978.

__________. *The Art of T. E. Eliot*. London: Faber and Faber. 1990.

Gish, Nancy. *Time in the Poetry of T. S. Eliot*. London: The Macmillan Press Ltd., 1981.

Gordon, Lyndall. 1977. *Eliot's New Life*. New York: OUP. Hulme, T. E. "Romanticism and Classicism", Adams, *CTSP*.

Gray, Piers. *T. S. Eliot's Intellectual and Poetic Development* 1909–1922, U. K.: Harvester, 1982.

Habib, M. A. R. "'Bergson Resartus' and T. S. Eliot's Manuscript" JHI, 51(1990).

Hans Meyerhoff. *Time in Literature*(Los Angeles: Univ. of California Press, 1955).

Hawking, Stephen W. *A Brief History of Time*. 현정준 역. 『시간의 역

사』. 서울: 삼성출판사, 1990.

Hay, Eloise. *T. S. Eliot's Negaive Way.* Cambridge: Harvard University Press, 1982.

Hulme, T. E. *Speculations: Essays on Humanism and the Philosophy of Art,* ed. Herbert Read(New York, 1924).

Huxley, *Perennial Philosophy*(New York and London: Harper, 1945).

Ishak, Fayek. *The Mystical Philosophy of T. S. Eliot.* New Haven: College and University Press, 1970.

James, William. "Bradley or Bergson?" *Journal of Philosophy, Psychology and Scientific Methods* 7(Jan. 20, 1910): 29.

＿＿＿＿＿＿, *The Principle of Psychology,* 2 Vols(New York: Henry Holt, 1890). 1950.

＿＿＿＿＿＿, *The Varities of Religious Experiences*(New York, 1958).

Jeo－Yong, Noh. *Biographical Themes in T. S. Eliot's Early Poetry*(DAI －HAK PUBLISHING, Seoul, Korea, 1984).

Kearns, Cleo. *T. S. Eliot and Indic Tradition*(Cambridge: Cambridge Univ. Press, 1987).

Kenner, Hugh. *The Invisible Poet: T. S. Eliot.* London: Methuen & Co. Ltd.

Knight, Wilson. *The Wheel of Fire: Interpretations of Shakespearian Tragedy,* 4th enlarged ed., (London: Methuen, 1930).

Le Brun, Philip. "T. S. Eliot and Henri Bergson". *Review of English Studies* ns 18(1967): 149－61, 274－86.

Lewis, Wyndham. *Time and Western Man*(New York, 1928). Lobb, Ed. Edward. *Words in Time.* Ann Arbor: The University of Michigan P, 1993, 107－30.

Lucy, Sean, T. S. *Eliot and the Idea of Tradition*(New York: Barnes and Noble, 1960).

Lukacher, Ned. *Primal Scenes: Literature, Philosophy, Psychoanalysis.*

Ithaca: Cornell University Press, 1986.

Lynch, William F., S. J. "Dissociation in Time", in T. S. Eliot: *Four Quartets*. Ed. B. Bergonzi. London: Macmillan. 1969.

Matthiessen, F. O. *The Achievement of T. S. Eliot*. London: OUP. 1958.

Maxwell, D. E. S. *Poetry of T. S. Eliot*. London: Routiedge & Kegan Paul Ltd. 1954.

Michaels, Walter Benn. "Philosophy in Kinkanja: Eliot's Pramatism", Glyph 8(1981): 171−202.

Milward, Peter. 1968. *A Commentary on T. S. Eliot's Four Quartets*. Tokyo: The Hokuseido Press.

Mitchell, Arthur, tr. 1954. *Creative Evolution* by Henri Bergson. London: Macmillan.

Moody, A. D. "To fill at the desert with inviolable voice", in *The Waste Land* in Different Voices. EdA. D. Moody. 1974.

Ole, Bay−Peterson. "T. S. Eliot and Einstein: The Fourth Dimension in *Four Quartets*". English Studies, 66(No.2, 1985): 143−55.

Pattern, Gertrude. *T. S. Eliot: Poems in the Making*(Manchester, U. K.: Manchester Univ. Press, 1971).

Perl, Jeffrey M. *Scepticism and Modern Enmity: Before and after Eliot*. Baltimore: John Hopkins UP. 1989.

Perry, R. B. *The Thought and Character of William James*(Boston: Little, Brown, 1935).

Poulet, George, *Studies in Human Time*, tr. by Elliot Cloeman(New York: Hayer Torchbooks, 1959).

Prabhavananda, Swami and Christopher Isherwood. Tr. 1972. *The Song of God: BHAGAWAD−GITA*. New York: Macmillan.

Russell, Bertrand. *Wisdom of the West*(Garden Cith, N. Y.: Double day, 1959).

─────────────, *History of Western Philosophy*. London: George Allen

& Unwin, 1961.

Sharp, Sister Corona, "'The Unheard Music': T. S. Eliot's *Four Quartets* and St. John of the Cross", *University of Toronto Quarterly*, 51.3(1982), 264–78.

Sicari, Stephen. "In Dante's Wake: T. S. Eliot's Art of Memory". *Cross Currents*, Winter 88–89.

Sri, P. S. *T. S. Eliot: Vedanta and Buddhism*(Vancouver: Univ. of British Columbia Press, 1985).

Smidt, Kristian, *Poetry and Belief in the Work of T. S. Eliot*, 1949; rpt. London, Routledge & Kegan Paul, 1961.

Smith, Carol. *T. S. Eliot's Dramatic Theory and Practice*(Princeton: Princeton University Press, 1963).

Smith, Grover. *T. S. Eliot's Poetry and Plays*. Chicago: The University of Chicago Press, 1974.

Schuchard, Ronald. "Eliot and Hulme in 1916: Toward a Revaluation of Eliot's Critical and Spirtual Development", Emory University Atlanta, George.

Spanos, William V. "Hermeneutics and Memory: Destorying". T. S. Eliot's *Four Quartets, Genre,* 11. No.4(Winter 1978): 523–573.

Spender, Stephen. "Remembering Eliot". T. S. Eliot: The Man and His Work. Ed. Allen Tate. London, 1967.

Thompson, Eric. T. S. *Eliot: The Metaphysical Perspective*(Carbondale: Southern Illinois Univ. Press, 1963).

Underhill, Evelyn. *Mysticism: A Study in the Nature and Development of Man's Spirtual Consciousness*. London: Methuen, 1911.

Ward, Anne. "Speculations on Eliot's Time World", *American Literature* (New Jersey College for Women).

Weitz, Morris. 1969. "Time as a mode of Salvation", in T. S. Eliot: *Four Quartets*. Ed. B. Bergonzi. London: Macmillan.

Williamson, George. *A Reader's Guide to T. S. Eliot*. London: Thames and Hudson, 1955.

Woolf, Virginia. *Orlando*(New York: Harcourt, Brace, Jovanovich, 1958).

고창수, T. S. Eliot의 *Four Quartets*에 나타난 佛敎思想, 성균관 대학교 박사학위 논문, 1981.

김흥호. 『노장 사상과 무문관 해설』, 서울: 풍만, 1984.

______. 『사색』 전집, 1973-82.

김진성. 『베르그송 연구』, 서울: 문학과 지성사, 1985.

김규영. 『시간론』, 서강학술총서 15. 서울: 서강대학교 출판부, 1987.

김형효. 『데리다의 해체철학』, 서울: 민음사, 1993.

김지원. *WILLIAM FAULKNER*, 서울: 한신 문화사, 1987.

김영민. 『현상학과 시간』, 서울: 까치, 1994.

유병천. "『기타』와 『신곡』과 엘리엇", 『T. S. 엘리엇』, 서울: 민음사.

이명섭. "T. S. Eliot의 The Still Point와 만다라", 「성심 여자 대학 논문집」 제8집(1977), 27-51쪽.

______. "*Four Quartets* 태장계 만다라에 육화된 자비의 신앙", 『T. S. 엘리엇 연구』 창간호(1993), 한국 엘리엇 학회, 117-194쪽.

______. 『현대 문학비평이론의 전망』, 성균관대학교 출판부, 1994.

이창배. 『T. S. 엘리엇 연구』. 서울: 탐구당, 1988.3.

______. 『T. S. 엘리엇 연구』. 서울: 민음사. 1988.

이정호 편저. 1996. 『포스트모던 T. S. 엘리엇』. 서울: 서울대학교출판부.

차건희. 「베르그송의 시간관과 생명의 드라마」, 『과학 사상』, 범양사, 1996년 여름.

선한용. 『시간과 영원』, 서울: 성광문화사, 1986.

스티븐 호킹. 『시간의 화살』, 서울: 두레, 1992.

배리 파커. 『우주여행. 시간여행』, 서울: 전파 과학사, 1991.

콜린 윌슨. 『시간의 발견』, 서울: 한양 대학교 출판원, 1994.

최정식. 「베르그송의 형이상학」, 『철학과 현실』, 서울: 철학 문화 연구소, 1995.

· 저자 ·

양재용　　**· 약 력 ·**
1986: 성균관대학교 생명과학부 졸업
1988: 성균관대학교 영어영문학과 석사학위
1998: 성균관대학교 영어영문학과 박사학위
2001: Shenandoah Univ. 방문교수
2002~2003: California State University(Fresno) TESOL Certificate 취득
현재: 강원대학교 삼척캠퍼스 영미언어문화과 조교수

· 주요논저 ·
〈저서〉
『영미시 입문』
『GLOBAL TOEIC』(공저)
『T. S. 엘리엇 시』(공저)
『영미시와 불교』(공저)
『For English Reading Skills』(공저)

〈논문〉
「A. R. 에몬즈의 과학적 비전에서 노자의 관으로」
「A. R. 에몬즈의 시와 동양의 관」
「A. R. 에몬즈의 과학적 비전」
「베르그송을 거부한 엘리엇의 변명」
「아키랜돌프애먼:자연과 생명의 시인」
「네 사중주와 동양의 성인」
「T. S. 엘리엇의 『원로 정치가』의 죄와 구원」
「네 사중주의 시간과 기억」
「In Search of Unity in Diversity」
외 다수

T. S. 엘리엇 문학과
베르그송 철학

• 초판 인쇄	2007년 10월 30일
• 초판 발행	2007년 10월 30일
• 지 은 이	양재용
• 펴 낸 이	채종준
• 펴 낸 곳	한국학술정보㈜
	경기도 파주시 교하읍 문발리 513-5
	파주출판문화정보산업단지
	전화 031) 908-3181(대표) · 팩스 031) 908-3160
	홈페이지 http://www.kstudy.com
	e-mail(출판사업부) publish@kstudy.com
• 등 록	제일산-115호(2000. 6. 19)
• 가 격	23,000원

ISBN   978-89-534-7725-4 93840 (Paper Book)
       978-89-534-7726-1 98840 (e-Book)